한 번은 전하고 싶었던 이야기

어른이 된다는 것은

김미영

김인설

김채영

조국향

조재자

한 번은 전하고 싶었던 이야기

어른이 된다는 것은

담다

목차

프롤로그

한 소녀에게
사랑의 씨앗이
뿌려져서

김미영

낯선 것을 두려워하지 않는 용기

진작 쓸걸
그랬어

김채영

Viva la Vida

조국향

기적을 꿈꾸는
편지

조재자

프롤로그

무엇을 시작하기에 두려운 나이,

그러나 무엇을 시작하기에 늦지 않은 나이. 두려움을 앞장세우는 대신 용기를 앞장세운 우리는 이 책의 주인공들이다.

'생각하는 대로 살지 않으면 사는 대로 생각하게 된다'라는 말에 이끌려 시작한 도전이다. 10개월 동안 마치 태아를 잉태하듯 보이지 않는 작은 것에서 시작해 조금씩 형태를 갖추어 가며 마침내 한 권의 책을 완성했다. 결코 쉽지 않은 여정이었다. 하지만 우리 내면에 잠재되어 있던 능력은 놀라운 위력을 발휘하며 여기까지 올 수 있도록 도와주었다.

"삶은 희로애락(喜怒哀樂)으로 이루어져 있다"라는 말이 있다.
이 책 속에는 다섯 명의 희로애락(喜怒哀樂)이 담겨져 있다.
굳건한 신념으로 지켜낸 가족에 대한 사랑 이야기에서부터 일상의 사소함에서 찾아낸 행복, 도전을 통해 얻은 삶의 변화, 긴 여정을 거쳐 알게 된 담대함이 고스란히 녹아있다.

파릇파릇한 봄기운을 통해 생동감을 얻을 수도 있고, 뜨거운 여름을 지나면서도 흔들림 없이 살아가는 열정을 발견할 수도 있을 것이다. 가을바람에 전해오는 삶의 지혜를 배울 수도 있을 것이며, 몸을 웅크린 채 서서히 밀려드는 겨울 햇살을 차분하게 바라보는 신선한 경험도 얻게 될 것이다.

평범한 일상의 작은 행복을 놓치지 않기 위해 두려움과 맞서는 우리를 통해 사랑, 열정, 행복, 용기, 그리고 삶의 지혜를 배우게 될 것이다. 각기 다른 매력으로 똘똘 뭉친 다섯 명이 전해주는 솔직하고 따뜻한 이야기가 잠시 기대어 쉴 수 있는 쉼터가 되었으면 좋겠다. 인생은 '학교'라는 말이 있다. 인생이라는 길 위에서 혼자, 때로는 함께 많은 것을 배우며 터득해 나가야 한다. 이 책이 그런 당신에게 좋은 말동무가 되었으면 좋겠다.

지친 몸을 이끌고 돌아온 저녁, 당신의 침대나 혹은 책상 어디쯤에 놓여 있기를 희망해본다. 봄, 여름, 가을, 겨울. 어느 계절을 지나고 있든, 당신의 가장 좋은 시절을 함께할 수 있었으면 좋겠다.

2018년 11월, 김인설

한 소녀에게
사랑의 씨앗이 뿌려져서

김미영

소녀의 삶은 늘 절실했다.
소녀는 독했다.
매사에 미친 듯이 파고들었다.
어느 날, 소녀에게 사랑의 씨앗이 뿌려졌다.
소녀의 세상이, 삶이 달라지기 시작했다.
평범한 일상이 특별한 일상으로.
소소한 일상의 행복을 누릴 줄 알게 되었다.
소녀는 오늘도 웃는다.

낯선 것을 두려워하지 않는 용기

삶에는 항상 위험이 따른다
그러나 용기를 내는 수밖에 없다
약속된 것은 아무것도 없다

그렇다고 해서 아무런 결정도 하지 않거나,
어떤 일이든 사전에 안전하다는 것을 확인하고
나서야 움직이는 사람은 인생을 놓치게 될 것이다
낯선 것을 거부하는 사람은 결코 자신의 힘을 키우지 못한다

- 안젤름 그륀의 「하루를 살아도 행복하게」 중에서

큰아이의 방 벽면에 레터링 작업을 한 문구이다. '내 집이 생기고 아이 방을 꾸미면서 큰아이에게 부족한 점이 무엇일까'를 생각했다. 모든 엄마의 마음이 똑같을 것이다. 아이가 나보다는 좀 더 나은 삶을 살기 바라는 마음, 행복했으면 하는 마음이 자라잡고 있다. 하지만 가끔은 아이를 잘못 대하는 오류를 범하기도 한다.

글 속에서 말하는 '용기'가 큰 아이에게 가장 필요한 부분이었다. 동시에 나에게도 가장 필요한 부분이기도 했다. 어쩌면 아이가 부족한 것은 당연한 건지도 모르겠다. 그러면서 생각했다.

'아이가 용기를 가지고 한 걸음씩 내딛게 하려면 엄마인 나부터 노력해야 되겠구나'

청소하기 위해 아이 방을 들어갈 때마다 문구를 읽었다. 1년쯤 읽었다. 경력 단절된 내가 직장을 구하려고 한창 이력서를 쓸 때의 일이다. 컴퓨터를 잘 다루지만 이력서에 단지 컴퓨터를 잘 다룬다고 쓰기엔 뭔가 부족했다. 나의 학창시절만 해도 컴퓨터 자격증이 활성화되지 않았던 시절이었다. 자격증이 필요했다. 그러려면 우선 18개월밖에 되지 않은 아이를 어린이집에 맡기는 것부터 시작해야 했다. 안쓰럽게 느껴졌지만 지금 아니면 나중에는 직장을 구하는 것이 힘들어질 것 같았다. 우는 아이를 매몰차게 어린이집에 맡기고 가까운 컴퓨터학원을 찾았다.

학원은 오후 5시부터 정규수업을 한다고 했다. 2학년 아이와 18개월 된 아이를 키우면서 오후 5시에 학원을 다니는 것은 거의 불가능한 일이었다. 하지만 어디서 그런 용기가 나왔는지, 나는 원장 선생님에게 상황을 설명했다.
"원장 선생님, 제가 오후 5시에는 수업을 들을 수가 없어요. 그리고 지금 아니면 또 언제 이런 시간을 낼 수 있을지 장담할 수 없어요. 오후 1시에 수업을 해주시면 안 되나요? 딱 40일만 수업해주시면 돼요. 그럼 자격증 딸 수 있어요. 수업해 주실 수 없을까요?"

원장 선생님은 오후 1시 출근하는 선생님에게 물어보겠다고 했고, 다행히 선생님은 흔쾌히 수업해주시기로 결정 났다. 담당 선생님과 만난 첫날, 나는 자신 있게 얘기했다.
"필기 수업 3주, 문제 풀이 1주, 실기 1주, 그리고 원서 써주세요. 예습, 복습 확실하게 해 오겠습니다"

"학생들도 한 번에 자격증 못 따요. 그런데 어머니는 더 힘들어요"
나를 믿지 못하는지 선생님은 고개를 갸우뚱거리며 한 번에 안 될 거라고
말했다. 하지만 수업이 시작되고 나는 40일 만에 계획대로 워드프로세서
1급 자격증을 손에 쥐었다.

수업 일수를 채우지 않아 학원비의 절반을 환불받아야 하는 상황이
벌어졌다. 학원비를 환불받으려고 40일 만에 자격증을 취득한 것도
사실이었다. 그런 내 마음도 모르고 선생님은 말씀하셨다.
"어머니. 어머니 같은 사람은 처음 봐요. 제가 ITQ 한글 자격증 수업을
해 줄게요. 이건 필기는 없고 실기만 있어서 어머님이면 1주일 수업으로
충분합니다. 책도 제가 그냥 줄게요. 환불받지 마시고 해 보세요"
그렇게 ITQ 한글 자격증도 취득했고, 원장 선생님은 경력 단절 여성의
컴퓨터 수업이 필요하다는 사실을 알게 되었다면서 오후 1시 수업을
개설했다.

자격증 취득을 시작으로 새로운 것을 시도할 때마다 낯선 것에 대한
두려움을 이기고 움직이게 되었다. 취업도 그중 하나였다. 10년을
전업주부로 살다가 다시 회사로 복귀하는 것은 쉽지 않았다. 나이가
많아 매번 취업과 연결되지 않았다. 그렇게 6개월, 어떡하면 취업이
가능할까를 고민하기 시작했다. 그래서 접근 방법을 바꿨다. 근무환
경이 조금 부족한 회사, 남들이 선호하지 않는 회사, 그러면서 원하는
시간 동안 근무할 수 있는 회사를 찾아다녔다. 그렇게 취업에 성공
했고 직장생활을 시작했다.

낯선 것을 거부하지 않는 용기, 그 용기 덕분에 나는 새롭게 태어났다.

만약 그때 학원에서 5시 수업뿐이라고 포기하고 왔더라면, 아이가 자라 5시 수업이 가능해질 때 학원을 찾았더라면, 지금의 내 모습은 없을지도 모른다. 2~30대에는 가지지 못한 용기, 알면서도 가질 수 없었던 용기, 불가능하게만 생각했던 용기, 엄마가 되고서야 비로소 그 용기를 얻었다. 아니, 엄마라서 가능했다.

내가 엄마라서 좋다.
두 아이의 엄마라서 좋고,
누군가에게 '엄마'라고 불리는 지금이 좋다.

1. 엄마와 나, 그리고 아이

내 엄마

흔히 사람들은 '우리 엄마'라고 말한다.

둘째는 친구에게 나를 소개할 때 "내 엄마야"라고 말한다. 아이가 온전히 자신만의 엄마였으면 하는 것 같아, 듣는 나는 좋았다. 어릴 적 나 또한 우리 엄마가 나만의 엄마였으면 할 때가 있었다. 어른이 된 지금도 간혹 그런 마음이 생긴다. 여기서만큼은 '내 엄마'라고 말하고 싶다.

어릴 적, 기억 속의 엄마는 아이를 넷이나 키우면서도 아이를 싫어했다. 아니 아이에게 관심이 없었다. 잠이 많은 엄마는 학교를 가는지 오는지, 학교생활은 어떤지, 선생님은 괜찮은지 물어보지 않았다. 고등학교를 졸업한 후 직장을 다니는 것은 당연한 일이었다. 아이가 하고 싶은 것이 있는지 궁금하지 않았다. 하고 싶은 것이 있다고 해도 기회를 주지 않았다. 엄마에게 돈을 벌지 않는 자식은 찬밥이었다. 엄마는 시부모님을 모시는 맏며느리였다. 시부모님의 반대를 무릅쓰고 아이 공부를 위해 시골에서 대구로 무작정 이사하다 보니 부모님의 지원 없이 아이 넷을 공부시켜야 했다. 그런 이유로 자식이 학교를 졸업하고 직장을 다니고 급여를 엄마에게 주는 것은 당연한 일이었다.

예전에 주말연속극 '왕가네 식구들'이라는 드라마 속 엄마인 이앙금 여사가 꼭 '내 엄마'같았다. '어쩜 저렇게 똑같지' 내 엄마 말고도 그런 사람이 존재한다는 사실이 비록 드라마였지만 놀라웠다. 그러면서 한편으로는 위로가 되기도 했다.

'내 엄마만 그런 게 아니구나! 내 엄마보다 더한 엄마도 있구나!'
'부모라는 이유로 자식에게 모든 걸 희생해야 되는 건 아니다. 그렇다고
자식이라는 이유로 부모에게 당연히 받아야 되는 것도 아니다'
어릴 적부터 내 머릿속에 박혀있는 생각이다. 그래서인지, 엄마의
행동에 대한 특별한 거부감이 없었다. 오히려 당연하다고 생각했다.
하지만 생각이 바뀌게 된 계기가 있었다. 결혼을 통해 시어머니를 만나고
난 후였다. 비교 대상이 생긴 것이다.

시어머니는 내가 어떤 일을 할 때마다 이야기하셨다.
"잘 하네. 힘든데 쉬면서 해. 좀 많으면 할 수 있는 만큼만 해"
내 엄마에게서는 들어보지 못한 말이었다. 당연한 것처럼 나를 부릴 줄
만 알았지, 힘든 일을 하고 난 후 '수고했다'라고 말한 적이 없었다.
그뿐만이 아니었다. 남편은 부모님께 맞은 적도. 꾸중을 들은 적도
없다고 했다. 하지만 '내 엄마'는 자식을 윽박질렀고 무엇을 하려고
하면 제대로 내용을 듣지도 않고 다짜고짜 안 된다고. 시작도 하기 전에
싹을 잘라낸 사람이 '내 엄마'였다. 칭찬은 당연히 없었다. 지적만이
있을 뿐이었다.

시어머니는 몸이 불편해도 손자를 보면 예뻐서 어쩔 줄 모르는 반면
'내 엄마'는 당신 손자조차 싫어했다. 집에 외손자가 어지럽히는 것이
싫어 농담처럼 '다 클 때까지 친정에 오지 마라'고 얘기했다. 혹시라도
손자 봐달라고 얘기할까 봐 전화 오는 것도 꺼렸다. 일이 있어 전화를
하면 '왜 전화했냐'며 기분 나쁜 목소리로 받았고 얘기도 꺼내기 전에
'아이는 안 봐준다'면서 먼저 얼음장을 놓았다. 그런 통화를 몇 번 하고
나니 안부를 묻는 전화조차 하기 싫었다. 그러면서 엄마와의 전화는 단절

되었고 친정도 명절 같은 특별한 날이 아니면 찾지 않았다.

오랜 시간이 지났지만, 아직까지도 이해되지 않는 두 사건이 있다.
하나는 큰아이가 6개월 때쯤 일이다. 밤늦게 갑자기 배가 뒤틀리는
고통으로 응급실을 가게 되었다. 엄마에게 아이를 맡기고 남편 등에
업혀서 진료를 받고 온 나를 두고 엄마는 대뜸 얘기했다.
"추석이라 할 일도 많은데 일을 만드네. 집에서 밥 안 해 먹고 시켜 먹으
니 이렇게 아픈 거 아니가? 집에 먹을 거 하나 없이 넌 뭐 하냐?"
'내 엄마'는 아픈 딸 걱정보다는 당신의 일이 많아진 것에 화를 냈다.
순간 나도 화가 나서 '당신 딸이 남편 등에 업혀가는 것을 보고도
저렇게 말하고 싶을까?'라는 생각에 큰소리로 쏘아붙였다.
"추석이라 시댁 가면 며칠 집을 비우게 돼서 음식을 다 정리한 거야.
모르면 말을 하지 마"
나를 간병할 것도 아니면서 그렇게 말하고는 엄마는 집으로 돌아가 버렸다.

또 다른 사건은 큰아이 한 살 때 일이다. 근교 공원 축제 나들이를
가려는데 집 앞에서 엄마를 만났다. 엄마도 멀리 부산에서 놀러 온
이모와 함께 우리와 같은 곳을 간다고 말했다. 버스를 타고 간다는
얘기에 남편이 우리 차를 타고 함께 가자고 말했다. 순간 엄마의 얼굴
표정이 굳어지면서 완강히 거부했다. '죽어도 같이 안 간다'라고 말
하면서 다시 집으로 들어가 버렸다. 그렇게 엄마와 우리는 같은 곳을
따로 다녀왔다. 그 일에 대해 엄마에게 작년에 물어봤다.
"그때 왜 그랬어?"
엄마 대답은 황당했다.
"장난이었다"

엄마의 대답에 더 화가 났다. 어떻게 그게 장난일까?

"엄마, 친구한테 한번 물어봐. 그게 장난으로 들리는지. 아니 장난으로 할 소리인지"

엄마는 그 후 아무 말이 없었다.

두 사건 모두, 그때도 이해가 안 되었지만, 지금도 이해가 안 된다. 남편도 마찬가지였다. 남편은 내가 주워온 아이가 아닐까, 혹은 친부모가 아니라 계모가 아닐까라는 생각을 했다고 했다. 그러면서 '모든 엄마가 자신의 엄마와 똑같지 않구나! 딸에게 친정과 가까운 것이 좋지 않을 수도 있겠구나!'라는 생각을 했다고 한다. 나도 비슷한 마음이었다. '어떻게 엄마가 저럴까? 아이를 죽어도 싫어하는 나조차도 자식을 매몰차게 밀어내지 못하겠는데 엄마는 어떻게 그랬을까?' 의문이 생기기 시작했다. 나는 밥 해주고 씻기고 옷 입히고 학교 보내주는 엄마가 아니라 시어머니처럼 무엇을 하면 "예쁘네. 잘 하네. 힘든데 쉬어"라고 마음을 어루만져 주는 엄마를 원했지만 엄마는 그렇지 못했다.

하지만 그런 엄마를 조금 이해할 수 있는 기회가 생겼다. 작년 겨울 남동생과 다툰 엄마는 누구에게도 말할 수도 없고, 꾹꾹 참고 있자니 화병 날 것 같다며 내게 하소연했다.

"엄마는 어려운 형편에 너희 배 안 굶기고 고등학교까지 시켰으면 부모 도리는 다했다고 생각했다. 경우에 어긋나는 짓 하지 말고 몸가짐 바르게 하도록 잔소리했고, 칭찬하면 너희가 잘못되는 줄 알았다. 난 내가 할 수 있는 최선을 다해서 너희를 키웠다. 그러면 엄마의 마음을 알겠지라고 생각했는데 그게 아니더라. 아이를 싫어한다고 내 자식이 그렇게 싫을까? 내 뱃속으로 낳은 자식인데 그렇진 않아. 너흰 섭섭한 게 많더라. 그런데 엄마도 섭섭한 거 많아. 가족이 섭섭하다고 그걸 일일이 시시콜콜 다 말하는 건 아니지 않냐? 가족이니까 이해하고 넘어가고 세월이 흐르면서 섭섭함이 옅어지는 거지. 안 그래"

엄마는 외할머니가 오랜 지병으로 아파 9살부터 엄마 몸짓만 한 시커먼 가마솥에 불을 지펴 밥을 해 먹었다고 했다. 당신 몸보다 더 무거운 가마솥 뚜껑을 고사리 같은 두 손으로 잡고 억지로 열었다고. 아픈 외할머니가 누워서 음식 하나하나 가르쳐주었다고. 그때 배운 건 아직도 잊혀지지 않는다고 했다. 하지만 외할머니는 일찍 돌아가셨고 결국 엄마는 어린 나이에도 불구하고 온 식구 밥 해주고 동생들을 뒷바라지하며 살았다.

20살에 맏며느리로 아빠에게 시집온 이후로도 엄마의 삶은 달라지지 않았다. 시집살이는 보통 힘든 게 아니었다. 시어머니가 있는데도 시누이, 시동생 뒷바라지는 엄마 몫이었다. 내 기억에도 예전에 집에서 결혼식이나 환갑잔치를 하면 모든 음식 준비를 엄마 혼자 했었는데, 모든 가족들은 그것을 당연하다고 여기는 것 같았다. 가장 귀하게 여겨야 할 엄마를 가족들은 부릴 줄만 알았지 누구 하나 고생했다, 수고했다, 라고 말하지 않았다. 그렇게 혹독하게 일만 한 엄마는 억세고, 딱딱하고, 강한 사람이 될 수밖에 없었다.

엄마의 이야기를 듣고 있는데, 처음으로 그런 생각이 들었다.
'아. 왜 그런 생각은 하지 못했을까? 엄마도 우리에게 섭섭한 게 있을 수 있겠구나'

물론 엄마의 모든 행동이 사랑이라고 생각하지는 않는다.

분명 잘못된 부분도 있었고, 그로 인해 나 또한 내 아이에게 많은 부분을 잘못했는지도 모른다. 하지만 지금까지 엄마가 나에게 보여준 것이 엄마가 할 수 있는 '최선의 사랑'이었다는 생각이 들었다. 표면적으로 나오는 말이 아닌, 말 뒤에 숨어있는 엄마의 속마음은 '사랑'이었다. 그렇지만 마음도 말로 표현해야 알 수 있는 법이다. 저절로 알 수 있으면 좋겠지만, 말처럼 쉽지 않다. 이해하지 못했던 지금까지의 엄마의 행동과 말속의 마음을 조금씩 알아가고 있다.

"미영아~ 밥 먹었나? 감기는 안 걸렸나? 추운데 밖에 돌아다니면 안 된다"라는 말 뒤에 숨은 엄마의 진심을, 표면적인 말을 듣는 게 아니라 말속의 마음을 들으려고 하는 요즘이다.

"미안해, 엄마. 내가 엄마 마음을 너무 늦게 알았지?"

엄마에게 마냥 착한 딸

나는 엄마가 되어 학부모 교육을 받으면서 단순히 철이 일찍 든 것이 아니라 '착한 딸 콤플렉스'가 있다는 사실을 알았다. 그것을 깨달은 후부터 머리와 가슴이 따로 놀기 시작했다. 지금까지 나는 엄마의 말을 거절해본 적도, 대들어 본적도 없다. 부모님에게만은 "아니요" 단어는 쓰면 안 된다고 생각했다. 엄마가 시키는 대로 사는 것이 당연하다고 생각했다.

착한 딸 콤플렉스는 어떻게 생겼을까? 초등시절에 부모님이 별거한 적이 있었다. 아마 그때부터였던 것 같다. 엄마에게 버려질까 두려웠다. 학교에서는 모범생이었다. 키 작고 운동신경 없는 나는 공부 말고는 할 게 없었다. 엄마를 기쁘게 할 수 있는 일은 공부뿐이었다. 두 아이 고등학교 등록금. 여동생 중학생 학비. 초등학생까지 감당하기에는 부모님의 짐이 무거워 보였다. 고등학교 다니는 것을 당당하게 생각해도 되는데, 오히려 미안한 마음이 앞섰다. 어차피 대학을 졸업해도 취업을 해야 되는 거라면 우리 집 형편에 굳이 대학을 갈 필요가 있을까? 빨리 취업하는 것이 짐을 덜어드리는 방법이 아닐까? 생각 끝에 나는 고등학교 3년 학비 전액 장학생으로 다닐 수 있는 실업고를 선택했고, 졸업 전에 취업을 했다.

취업 후 급여는 모두 엄마에게 가다 보니 회사, 집, 회사, 집을 오가는 단조로운 일상을 보냈다. 흔히 20대에 친구와 놀러 다니고, 재미있는 것을 즐길 법도 한데, 그런 생각을 해본 적이 없다. 지금 생각해 보면 노는 것 자체를 할 줄 몰랐던 것 같다. 그렇다고 집이 좋아 곧장 귀가한 것도 아니었다. 갈 곳도 없었고, 당연히 집을 가야 된다고 생각했다. 편히 쉴 수 있는 공간은 더더욱 아니었다. 매일 시끄러웠다. 부모님은 하루가 멀다 하고 싸웠다. 엄마는 아빠를 당신에게 맞추려 했고, 아빠는 그런 엄마의 잔소리를 듣기 싫어했다. 5년 동안 회사, 집, 회사, 집을 반복하면서 '평생 이렇게 살아야 하나?' 회의감이 밀려들었다. 회의가 들기 시작하니 숨이 막혔고 더 이상 시끄럽고 숨쉬기 힘든 부모님 그늘 아래 있고 싶지 않았다. 내가 번 돈을 날 위해 한 푼도 쓸 수 없고, 가질 수 없는 것도 싫었다. 지옥 같은 삶에서 벗어나 날 위해 살고 싶다는 욕구가 꿈틀거리기 시작했다.

벗어날 명분이 필요했다. 부모님으로부터 합법적으로 해방되는 길은 '결혼'이었다. 하지만 오래전부터 부모님이 내게 한말이 있다. 나는 성격 더럽고 고집불통에 키 작고 얼굴도 못생겨서 누구도 데려가지 않는다는 것이었다. 혹, 결혼을 하더라도 이혼할 거라고 얘기했다. 매년 토정비결을 찾아보면 나는 결혼할 수 없는 사람으로 나온다고 했다. 그 이야기를 너무 오래 들어서일까, 내 인생에 결혼이라는 단어는 없었다. 결혼은 꿈도 꿀 수 없고, 혼자 나가 살겠다고 말할 용기도 없고, 인생을 포기하다시피 하루하루를 죽지 못해 살았다.

그러던 어느 날, 나를 좋아하는 한 사람을 만났다. 구세주 같은 존재, 남편이다. 결혼만 하면 부모님 그늘에서 벗어날 수 있을 거라고 생각했다. 하지만 그건 착각이었다. 결혼 후에도 친정 행사는 나 아니면 챙길 사람이 없었고 사건, 사고는 계속 터졌고 이제는 사고 수습하기

위해 남편의 도움까지 요청했다. 친정 부모님은 나이 많고 법학 공부
한 남편과 상의하고 싶어 했는데 내가 싫은 내색을 보이니, 남편만
따로 불러내 몰래 상의를 한 모양이었다. 물론 남편은 그 일에 대해 내게
어떤 이야기도 하지 않았다. 하지만 나만 모르고 있는 상태에서 남편과
친정 사이에 문제가 생겼는데, 친정엄마와 이모는 남편에게 사과
는커녕 변명으로 무마하려 했다. 그 일로 남편이 얼마나 속을 끓였는
지 알지도 못하고 말이다. 뒤늦게 모든 사실을 알게 된 나는 화가 나서
그동안 쌓여있던 응어리를 엄마에게 한꺼번에 터뜨렸다.

"엄마 진짜 너무한다. 이건 아니잖아. 더는 못 참겠다. 어떻게 사람이
그래? 말 안 한다고 속상하지도 않고, 하기 싫은 것이 없는 게 아니야.
좋으면 좋은 줄 알고, 하기 힘든 일을 했으면 거기에 맞는 인사도 할
줄 알아야지. 어쩜 이러냐? 난 딸이라 그렇다 쳐도 사위에게 실수를
했으면 사과는 제대로 해줘야 딸이 당당할 거라는 생각은 안 해?
엄마도 친정 때문에 아빠와 시댁이 엄마 무시한다고 했었잖아. 지금
엄마가 내게 똑같이 하고 있는 거 알아? 당신 딸 마음이 지금 어떤지
당해본 엄마는 잘 알겠네. 진짜 해도 해도 너무 하네"
엄마는 아무 말 없이 듣기만 했다. 하지만 한번 폭발한 감정은 쉽게
수그러지지 않았다.

"엄마, 이제 그만하고 싶다. 친정일 뒤치다꺼리한다고 내 인생의 반을
보냈어. 이제 남은 내 인생은 나를 위해 살고 싶다. 엄마에게 치우쳤
던 시간과 돈을 내 아이에게 쓰고 싶어. 엄마에겐 나 아니어도 자식이
3명이나 더 있어. 이제 엄마 남은 인생은 다른 3명의 자식에게 받으
면 안 되겠나. 난 숨 막혀서 죽을 것 같아. 죽어도 가족이 먼저였던

내 생각이 잘못이었던 것 같다. 다른 사람은 몰라도 엄마는 말 안 해도 알아주겠지 생각했어. 그런데 아니네. 아프다고 소리 지르지 않았더니 알면서도 계속 괴롭히네. 참고 견디는구나, 알아줘야지. 사람이 숨 쉴 틈은 줘야지. 어떻게 죽는다는 말을 안 한다고, 말할 때까지 괴롭히기만 하냐? 진짜 내 엄마 맞아? 이젠 엄마, 아빠 스스로 해결해. 모르면 물어서 해. 내가 엄마 옆에 영원히 있을 거라는 보장을 어떻게 해? 이러다가는 엄마보다 내가 먼저 죽겠어. 그땐 어차피 엄마, 아빠가 해야 되잖아? 지금부터 해! 섭섭해도 할 수 없어. 내가 죽게 생겼는데 엄마 섭섭한 거 눈에 안 들어온다. 그리고 엄마는 인간적으로 나한테 섭섭하면 안 된다"

난생처음 엄마에게 모든 응어리와 섭섭함을 퍼부었다. 그런 나의 울부짖음에 말없이 듣기만 하던 엄마가 얘기했다.
"그래 미안하네. 너한텐 할 말이 없다. 이렇게까지 힘들었는지 몰랐다. 너 하고 싶은 대로 이제 살아봐. 엄마는 엄마가 이제 알아서 할게"
그날 이후 나는 명절에만 친정을 갔다. 챙겼던 생신, 어버이날 같은 건 생각조차 하지 않았다. '다른 자식이 챙겨 주겠지'라고 애써 외면하면서 마음이 회복될 때까지 잊고 살았다. 아니, 잊으려고 노력하면서 살았다. 철저히 나를 위해 살았다. 태어나서 처음으로 내가 번 돈을 나를 위해 쓰기 시작했다. 미친 듯이 돈을 썼고, 끝이 난건 내차를 구입하면서였다. 그날 이후 엄마는 무엇을 주고 싶을 때나 궁금한 것이 생기면 남편을 통해 전달했다.

몇 년이 흐른 어느 날, 드라마를 보는데 전갈과 개구리 이야기가 나왔다. 전갈이 강을 건너야 하는데 스스로 건널 수 없었던 전갈은 개구리에게 도움을 요청했다.

"널 업고 건너다가 네가 날 찌르면 어떡해"

"강을 건너야 되는데 널 어떻게 찔러? 그럴 리 없어"

개구리는 전갈을 업고 강을 건넜다. 하지만 강을 건너는 중에 전갈이 개구리를 찔렀고, 찔린 개구리가 죽어가면서 전갈에게 물었다.

"왜 찔렀어?"

"어쩔 수 없었어. 찌르는 게 내 본성이야"

몇 년 동안 들은 강의에서 사람의 본성은 어쩔 수 없는 것이라고 했다. 처음에는 그 말이 이해도 되지 않았고, 그럴 수 없다고 생각했다. 하지만 전갈과 개구리 이야기를 들으면서 위험이 닥치면 찌르는 전갈처럼, 사람도 누구에게나 어쩔 수 없는 본성이 있다는 생각이 들었다. 처음으로 그런 생각이 들었다.

'아... 엄마도 어쩔 수 없었겠구나!'

그 생각이 머릿속을 채우기 시작하자 희한하게도 과거에 나를 아프게 했던 엄마의 행동이나 말이 모두는 아니지만 조금씩 이해되기 시작했다.

나를 위해 살겠다고 마음먹은 후, 공허한 마음을 달래기 위해 강의도 듣고 독서모임도 나가기 시작했다. 나의 생각과 일상을 다른 사람들과 나누고 소통하면서 다양한 생각을 경험하는 시간을 보내고 있었다. 그러던 2017년 설날, 친정을 나서는 내 뒤통수에 대고 엄마가 얘기했다.

"엄마도 이제 외롭다"

이유는 모르겠지만, 그 말이 엄마에 대한 나의 마음을 이상하리만큼

확 달라지게 했다. 그동안은 엄마 옆에 이모가 살고 있어 엄마가 심심하지 않았다. 하지만 설날 무렵 이모가 타지방으로 이사를 갔고, 엄마는 외로움에 답답해하고 있었다.

'말동무가 없어져 외롭고 심심하겠네. 어떻게 해드려야 할까? 이 기회에 어릴 적에 엄마와 해보고 싶었던 것, 받고 싶었던 것을 해볼 수 있겠다. 한 달에 한 번 엄마와 데이트할까? 누구와도 나누지 않고 오로지 나만의 엄마로'
그렇게 마음을 먹고 나니, 가슴이 콩닥콩닥 뛰기 시작했다. 그날 이후 지금까지 한 달에 하루는 엄마와 시간을 보내고 있다.

예전의 나는 어쩔 수 없이 착한 딸로 살았지만, 이제는 엄마에게 마냥 착한 딸이고 싶다. 엄마와 새로운 추억을 쌓아가는 하루하루가 내게 얼마나 소중한 시간인지 모른다.

엄마를 닮은 나. 나를 닮은 큰아이

나는 정리정돈이 칼같이 되어야 한다. 군대도 아닌데 집의 모든 물건은 각 잡혀있어야 하고, 흐트러져있으면 내가 흐트러진 것 같았다. 무엇이든 1번부터 차례대로 정렬되어야 한다. 지금은 많이 나아졌지만 완전히 고치기 힘든 부분이다. 아이가 유치원 다닐 때 상담을 갔는데, 책장 정리를 아이가 혼자서 다했다고 선생님이 얘기했다. 자신이 해 놓은 대로 친구들이 놔두지 않으면 잔소리를 하고, 차례대로 두지 않는 것을 못 참는 아이같다고 했다. 그 말에 뭐라 할 말이 없었다. 나와 아이는 닮았다.

나는 물건에 대한 집착이 강했다. 둘째여서 새 물건을 가져본 적이 없어서 더 집착하는 건지도 모르겠다. 지금도 기억난다. 초등학교 입학할 때 가방이 생겼다. 얼마나 기쁜지 머리맡에 두고 잤다. 그런데 가만히 보니, 아이도 새 물건이 생기면 머리맡에 두는 것이 아닌가? 그 모습이 어찌나 신기하던지. 이런 걸 두고 '씨도둑은 못하는 게 맞나 보다'라는 생각이 들었다. 나와 아이는 닮았다.

나는 참을성도 강하고 독하기로 유명하다. 아픔을 참는 건 내게 쉬운 일이다. 감정을 제대로 표현하지 않으니 참는 것은 자신 있다. 어린 나이에도 웬만큼 아프지 않으면 아프다고 말해본 적이 없다. 그런 나와 아이는 닮았다.

아이가 6살 때의 일이다. 아이 엉덩이에 뾰루지가 생겨 앉기가 불편했다. 엄마에게 물어보았더니 죽염을 뿌려두면 자연적으로 치유된다는 얘기에 엄마 말만 믿고 잠을 청하는 아이 엉덩이에 죽염 가루를 뿌렸다. 진짜 다음날 아이 엉덩이의 뾰루지가 나아있었다. 몇 년이 흘러 둘째가 태어났다. 오래된 주택에 살다 보니 개미가 많았다. 모유를 먹이는 나에게 단내가 났는지, 잠이 들면 개미에게 물렸다. 잠결에 긁다 보니 물집이 생겼다.

엄마에게 방법을 물었고, 엄마는 이번에도 죽염을 뿌려보라고 했다. 그래서 상처에 죽염을 뿌렸는데, 이게 웬일인가? 죽염 가루가 상처 난 곳을 파고들어 마치 송곳으로 찌르는 것처럼 아팠다. 참을성이 하늘을 찌르기로 소문난 나조차도 참기 힘들었다. 밤새도록 잠을 못 이룰 정도였는데, 그 순간 아이 엉덩이에 죽염 가루를 뿌린 기억이 떠올랐다. 어른인 나도 아파 잠들지도 못했는데 6살인 아이는 이 고통을 어떻게 참았을까? 무지한 엄마로 인해 아이가 고생한 것을 생각하니 스스로에게 화가 났다. 다음날 아침 아이에게 물었다.

"아들아. 넌 그때 어떻게 참았어? 엄마가 할머니 말만 믿고 무식해서 그랬어. 미안했어. 이렇게 아픈 고통인지 몰랐어. 엄마 죽다 살았어. 넌 왜 그때 아프다고 말하지 않았어?"
"낫는다고 하니깐. 아픈 건 당연히 참아야 된다고 생각했어. 근데 엄마도 첨해본 거였어? 어쩐지 엄청 아프더라. 그래도 나았잖아. 그럼 된 거지"

아이의 말이 어른스러웠다. 엄마를 만나 성질을 있는 대로 냈다.

"엄마는 제대로 알고 말한 거가? 내가 해보니 이건 치료법이 아니다. 밤새 죽다가 살았어! 엄마도 해본 거 아니지? 해봤으면 하라고 했을 리가 없어. 손자 죽일 뻔했어"

성질내는 나를 보며 엄마는 자신도 해보지 않은 거라며, 원래 소금이 독소 제거 효과가 있어서 말한 거라고 얘기했다. 그러면서 내게 물었다. '그렇게 아프더냐?'라고.

나와 아들은 엄마 말 잘 듣는 착한 아이다. 일찍 철든 아이는 자신보다 남을 배려하고 무엇보다 부모님이 힘들지 않을까 먼저 걱정하는 아이다. 남부터 생각하다 보니 자신의 생각을 말하지 않는 경우도 많다. 그런 아이를 볼 때마다 나의 어린 시절을 보는 것 같아 마음이 아프다. 아이가 아이답게 자라야 하는데, 그렇지 못하는 것 같았다.

아이가 아이답게 살지 않고 스스로 제한된 삶을 선택하는 모습이 안쓰러웠다. 제한이 많았던 어린 시절을 보낸 탓에 나는 어른이 되고 하고 싶은 것을 하지 못한 한이 뒤늦게 터졌다. 아이만큼은 나의 삶을 되풀이하지 않기를 바랐다. 하고 싶은 모든 것을 충족 시켜줄 수는 없겠지만 최대한 만족할 수 있는 유년기를 보내주고 싶었다. 그래서 아이가 마음을 표현할 수 있도록 아이의 작은 소리에 귀 기울이기 시작했다.

"네가 생각하는 것보다 능력 있는 엄마 아빠야. 어떤 것도 괜찮아. 네가 하고 싶은 것을 말하면 된다. 안되면 안 된다고 말해줄게. 꼭 하고 싶은 것은 되는 방법을 엄마 아빠가 찾을게"

엄마의 생각을 조금씩 전달했고 아이는 스스럼없이 자신의 생각을 말하기 시작했다. 고등학생이 된 아이가 피아노를 갖고 싶다고 얘기했다. 2년 동안 쉬지 않고 말했다. 그렇게 피아노는 집으로 들어왔다. 아이 방에서 책상이 사라지고 대신 그 자리를 피아노가 채웠다. 아이의 목소리가 조금씩 더 커지기 시작했다. 아이 덕분에 그즈음부터 나도 엄마에게 나의 목소리를 내기 시작했다.

나는 엄마를 닮아 그릇을 좋아한다. 엄마의 그릇을 탐냈고, 엄마는 자신이 죽으면 가져가라고 말했다. 그 일을 계기로 엄마의 귀한 물건을 하나씩 찜하기 시작했다. 엄마는 음식 솜씨도 끝내준다. 엄마만의 비법이 있다. 음식을 할 때면 나에게 전수해주신다.

어느 날 엄마에게 물었다.

"자식 중에 왜 내게만 모든 것을 주고 가르쳐?"

"넌 엄마 말이면 뭐든 토 달지 않고 '네'라고 하니깐. 가르쳐 준대로 의심하지 않고, 엄마가 말하는 대로 살고, 엄마 말에 귀 기울이고, 엄마 물건을 귀하게 여기고, 소중히 간직할 것 같아서. 엄마도 사람이야. 다른 자식들은 말만 하면 의심하니깐 가르쳐주기 싫더라. 효도가 별게 아니다. 부모 말 잘 듣는 거 그게 효도야. 지금 와서 말이지만 너 같은 딸이면 엄마가 백 명도 키워. 넌 그런 자식이야"

그러면서 엄마는 내게 한 가지 부탁을 했다.

"혹 엄마가 죽게 되면 네가 엄마와 아빠의 마지막을 정리해줬으면 하는데 괜찮겠어? 너한테 너무 큰 짐을 주는 것 같아 조금 조심스럽다"

얘기를 듣는 순간 가슴이 벅차올랐다.

'그래도 내가 부모님께는 믿음이 가는 자식이구나!'

행복해서 눈물이 났다. 그러면서 동시에 이런 말을 자주 하게 만드는 내 아이가 떠올랐다.

'아이의 기분도 지금의 나와 같은 기분이었을까?'

나는 아이를 볼 때마다 자주 이런 말을 한다.

"너 같은 자식이면 엄마가 백 명도 키우는데. 남들이 흔히 말하는 열 딸 안 부러워"

그때마다 아이는 어깨에 잔뜩 힘을 넣고 내게 말한다.

"그치? 엄마 내 같은 아들 없지?"

"울 아들 잘생겼어. 지금 생각해보면 엄마 이상형이 딱 너인데, 엄마가 20년만 젊었으면 너에게 데이트 신청했을 것 같아"

"미쳤구먼. 아주 정신 줄을 놨네. 놨어. 어디 가서 그런 말 하지 마. 돌 맞아~"

그런 말을 하면서도 해맑게 웃던 아이의 얼굴이 생각난다.

나를 닮은 아이, 나보다 훨씬 밝게 웃는 그 모습이 나는 정말 좋다.

내게도 모성애가

난 두 번의 유산 경험이 있다. 처음은 남편의 의한 강제 유산이었다. 서로 합의하에 둘째 아이를 가졌지만 남편의 변심으로 유산을 하게 됐다. 첫째 아이를 데리고 친구와 담양에 놀고 온 날, 남편은 유산을 권했다. 자신의 60세 이후의 삶은 스스로를 위해 살고 싶다는 것이 이유였다. 난 살면서 처음으로 무릎 꿇고 빌었고 남편은 단호했다. 남편은 내게 미안해하면서도 자신이 할 수 있는 일이 아니라며, 유산을 하던지. 유산을 안 하면 이혼을 하든지, 둘 중에 하나를 선택하라고 요구했다.

선택의 여지가 없었다. 아니, 어떤 것도 내가 원하는 것이 아니었다. 고민할 시간이 많지 않았다. 이혼할 수 있을까? 혼자 살아본 적 없는 내게 혼자 산다는 것은 두려움이었다. 결혼하고 나서 직장을 다니지 않아 다시 직장을 구할 수 있을지 걱정이 되었다. 또 아이는 어떻게 할 것인가? 내가 키우는 건 아니다, 싶었다. 내 몸도 제대로 챙기지 못하는데, 아이까지는 엄두가 나지 않았다. 오만가지 생각을 해보아도 결론이 나지 않았다. 누군가의 도움이 필요했다. 누구에게 물어볼 것인가? 평소라면 엄마에게 물어보겠지만 내가 원하는 답을 줄 것 같지 않았다. 그렇다고 이런 속 얘기를 나눌 친구도 없었다. 고심 끝에 인터넷카페 익명 방에 상담을 요청했다.

첫 댓글이 남편의 의견을 존중하라면서, 내가 모르는 남편의 사연이 있을 거라고 했다. 댓글을 읽는 동안, 아무리 생각해도 이번 일로 이혼을 결정하기에 나의 자존심이 허락되지 않았다. 한 번은 나의 생각을 접어야 나중에 후회하지 않을 것 같았다. 그렇게 유산을 결심했다. 남편 손에 이끌려 수술을 하고 마취에서 깨어난 후 나는 목 놓아 울었다. 신랑 앞에서는 죽어도 울고 싶지 않았지만 흐르는 눈물을 멈출 수 없었다. 지금 이 순간, 글을 쓰면서도 눈물이 나는 걸 보면 아직 그 상처가 완전히 아물지 않은 모양이다.

그때가 또렷하게 기억난다. 남편 등에 업혀 울기 시작한 후 몇 날 며칠을 먹지도 자지도 못하고 울기만 했다. '눈물이 이렇게 흐를 수도 있구나. 우리 엄마가 죽어도 이렇게까지 울지 않을 것 같은데'라는 생각이 들 정도였다. 그렇게 한참 동안 울고 나니, 그제야 아이가 눈에 들어왔다. 나에게 아이가 있다는 사실을 깨달은 것이다. 그때 아이 나이 고작 28개월이었다. 그런데 아이는 내가 유산의 아픔으로 정신 못 차리는 걸 알았던 걸까. 며칠 동안 한 번도 날 찾지 않았다. 그렇다고 집에 다른 누군가가 있었던 것도 아니었다. 아이는 엄마가 유산의 아픔을 이기고 정신 차릴 때까지 기다려주었던 것이다. 아이가 보이는 순간, 뒤통수를 한 대 얻어맞은 기분이었다.

'내가 미쳤구나! 눈으로 보지도 만져본 적 없는 아이 때문에 지금 당장 챙겨주고 신경 써줘야 하는 이 아이를 버려두고 몇 날 며칠 정신을 놓았구나!'
정신이 번쩍 들었다. 유산의 아픔은 나의 마음 한구석에 아이에 대한 트라우마로 자리 잡았다. 남편은 냉정했다. '너의 아픔은 너 스스로 견뎌라'라는 식이었다. 길가에서 아기를 볼 때면, 누군가 유산을 했다고 하면, 매년 유산했던 그 달이 돌아오면, 마음 깊은 곳에 숨겨뒀던 아픔이 나의 의지와 상관없이 눈물이 되어 나왔다. 무슨 우울증 환자처럼 말이다. 얼마나 보냈을까. 그렇게 한참을 보내고 평범한 일상으로 돌아왔을 때, 나는 남편에게 얘기했다.

"내 인생의 무릎 꿇는 일은 더 이상 없을 거야. 죽을 만큼 당신에게 큰 잘못을 해도 무릎 꿇지 않아. 그땐 내가 이혼할 거야. 내 인생의 무릎 꿇는 일은 한 번으로 충분해. 이혼을 원치 않으면 이제 당신이 무릎을 꿇어"

몇 년이 흘러 생각이 바뀌었는지, 남편이 둘째를 가지자고 얘기했다. 남편은 '첫째 아이가 6살이 될 때까지 왜 둘째를 가지지 않았냐?'라는 얘기를 많이 들었다고 했다. 너무 자주 듣다 보니 혹 자신이 잘못 생각하고 있는 건 아닌가 생각하게 됐다고 했다. 유산의 두려움이 있었던 나는 남편에게 마음 바뀔 거면 됐다고 했다. 남편은 얘기했다. 이젠 그럴 일 없을 거라고, 그렇게 둘째를 임신했다. 사실 유산 이후로 '남편에게서 버려질 수도 있겠구나!'라는 생각에 직장을 다니기 시작했었다. 그게 무리였는지 두 번째 유산을 하게 됐다. 진료받는데 아이 심장소리가 들리지 않았다. 뱃속에서 사산되었다.

이유는 알 수 없었다. 처음의 유산과는 달리 마음이 담담했다.
의사선생님은 바로 입원을 하라고 얘기하면서 우리에게 물었다.
"다시 아이를 가질 건가요?"
"네. 왜 그러세요?"
"엄마 몸이 너무 안 좋으세요. 이런 몸으로 여태 어떻게 살았어요? 자궁유착도 너무 심하고 심신이 많이 약해서 수술하고 난 후 임신이 힘들 수도 있어요"

아이를 못 가질 수도 있다는 말에 남편과 나는 놀랐다. 나보다 남편이 더 놀란 것 같았다. 눈동자가 흔들렸고 몸이 얼어붙은 느낌이었다. 남편은 나에게 저지른 과오가 있어 더 놀랐다고 했다. 우리는 임신을 원한다고 얘기했고 선생님은 신경 써서 수술을 하겠다고 하셨다. 첫 번째 유산은 나의 아픔이었고, 두 번째 유산은 남편의 아픔이었다. 하지만 전화위복이라고 해야 하나? 유산 이후 남편에게 분에 넘치는 사랑과 배려를 받으며 지금껏 살고 있다.

둘째는 돼지해에 태어났다. '한 아이만 낳아 잘 키우자'했던 우리의 자녀계획은 둘째가 태어나면서 바뀌었다. 첫째를 무탈하게 낳아 아이를 가지는 것의 어려움을 몰랐던 나는 아이가 오는 것이 얼마나 큰 축복인지를 두 번의 아픔 후, 둘째를 낳고서야 알게 되었다. '내게도 모성애가 있구나!'라는 것도 온몸으로 느꼈다. 이번에는 엄마로서 해 볼 수 있는 모든 것을 해보리라 다짐했다. 그래서 시작한 것이 모유 수유, 돌까지 울리지 않고 키우기, 36개월 업어주기, 36개월 아이에게 맞춰 생활하기였다.

첫 번째, 모유 수유.
친정엄마의 협박 반. 강요 반으로 해보지 못한 모유 수유. 모유 수유가 이렇게 힘든지 몰랐다. 아이에게는 더할 나위 없이 좋은 것이지만 엄마에겐 아니었다. 유선을 터트리기 위해 몇 날 며칠 밤을 새워야 했고 24시간 아이가 엄마 품에 붙어 있어야 했다. 몸이 많이 힘들었는지 눈에 혹이 생겼다. 혹여나 큰 병은 아닐까? 겁이 나면서도 병원을 갈 수 없었다. 큰 병이라고 해도 문제였다. 아이를 1분도 몸에서 떼어

놓을 수 없으니 말이다. 다행히 일주일이 지나 혹은 가라앉기 시작했다. 모유는 내가 많은 양의 음식을 섭취해야 잘 나왔다. 난 먹는 것보다 자는 것이 중요했다. 그런 내가 모유 수유를 위해 새벽 3시에 일어나 밥을 먹었다. 그 모습을 본 남편이 놀라워하며 말했다.

"이야~밥을 다 먹네. 깨우면 밥 먹는 게 뭐 중요하냐고 난리 친 사람 맞아?"

그렇게 모유 수유를 18개월 동안 했다.

두 번째, 돌 때까지 울리지 않고 키우기. 첫째 때도 했던 것이었다. 아이가 깨어 있으면 아무것도 하지 않고 아이 옆에만 있었다. 그렇다고 아이와 함께 놀아준 것도 아니었다. 그냥 곁에 있는 것뿐이었다. 첫째 때 기억이 난다. 아무 말 없이 하루 종일 아이를 안고 있으니 문득 의문이 들었다. 아이가 누구에게서 말을 배우지?, 물론 남편이 퇴근해서 많은 말을 해주지만 듣는 양이 적다는 생각이 들었다. 그래서 생각한 방법이 라디오를 들려주는 것이었다. 도움이 되었는지는 모르겠지만, 첫째는 언어능력이 좋다. 다행히 둘째는 그 걱정을 할 필요가 없었다. 첫째가 와서 계속 조잘거려준 덕분에.

마지막 세 번째, 36개월 업어주기. 36개월 동안 잔소리하지 않고 아이 생활에 맞춰 살기. 아이 생활에 맞춰 살다 보니 입술 뜯는 나의 못된 습관이 없어졌다. 이것 말고도 아이를 키우면서 사라진 습관이 하나 더 있다. 첫째 아이 임신 중에는 입덧이 심해 물조차 먹지 못했다. 물 대신 콜라를 먹었는데 임신 내내 콜라로 입덧을 견뎠다. 아이가 태어날 때쯤 아이가 콜라를 먹는 건 아닐까? 걱정했을 정도였다. 엄마란 참 희한한 존재인 거 같다. 아이에게 해롭다는 생각을 하고 나니 별 노력 없이 좋아하던 콜라를 자연스럽게 멀리하게 되었다. 그뿐만 아니라 아파도 약조차 챙겨 먹지 않고 버티던 내가 약부터 찾게 되었고 심하면 병원도 가게 되었다. 두 아이가 생긴 후, 내 몸이 나만의 몸이 아니라는 것을 알게 된 것이다.

둘째를 키우면서 나는 아이에 대한 트라우마에서 벗어날 수 있었다. 둘째가 열 살 때인가. 인문학 강의를 듣는데 예전에 남편이 내게 '너의 아픔은 너 스스로 견뎌라'고 했던 말이 '나도 아파서 네 아픔까지 감당할 수 없어!'일 수도 있겠다는 생각을 들게 했다. 당시에는 남편이 시킨 일이니 남편은 아프지 않을 거라고, 나만 아픈 거라고. 남편은 밥 때문일 거라고 생각했다. 남편은 밥에 목숨 거는 사람이고 나는 물과 밥의 비린내때문에 입덧이 심했다. 음식을 먹는 것은 괜찮지만 만들 수는 없었다. 남편 입장에서는 잘 놀고, 잘 먹으면서 '왜 밥을 안 해주지?'라고 생각했을 것 같았다. 60세 이후 스스로를 위해서 살고 싶다는 남편의 얘기가 그놈의 밥 때문에 유산하라고 한 것만 같았다. 그 강의로 '나처럼 아팠겠구나! 어쩌면 아직도 아픔이 남아있을 수도 있겠다'라는 생각을 하게 되었다. 첫 유산 후 생겨난 남편에 대한 미운 마음이 조금씩 줄어들기 시작했다.

2. '로봇 엄마'에서 '그냥 엄마'로

내 인생의 터닝 포인트 강의

큰아이가 5학년 때쯤 학원을 옮겨야 하는 고민을 시작했다. 계속 학원에 의지할 것인가? 집에서 자기주도 학습을 할 것인가? 집에서 하게 되면 제대로 도와줄 수는 있을까? 여러 생각에 빠져있을 때 학교에서 자기 주도 학습 관련 강의 안내장을 받고 강의 신청을 했다.

그러던 중 아이에게서 사고가 생겼다. 한 달 전쯤이었다. 새벽에 아이폰으로 반 친구들의 육두문자가 날아왔다. 이유인즉, 친구들에게 아이 휴대폰 번호로 성희롱 문자가 왔다는 것이다. 아이는 누군가 자신의 휴대폰 번호를 도용한 것 같다며 일일이 회신 문자를 보냈다. 사건은 그렇게 정리되는 줄 알았다. 며칠이 지나 같은 학년 다른 반 아이들에게서 육두문자가 또다시 오기 시작했다. 아이는 동요하지 않고 차분히 상황을 설명하고 오해하지 말라며 문자를 보내온 모두에게 회신했다. 내용을 알게 된 남편은 장난이 아닌 것 같다며 선생님께 문제의 문자를 보내 확인 요청을 했다. 선생님께서 전화가 왔다.
"어머니, 지금 학교로 와 주실 수 있나요?"

'아이에게 무슨 문제가 생겼구나'
선생님께서 지금 바로 학교로 와주면 좋겠다고 하셨다. 급히 업무를 마무리하고 버스에 몸을 실었다. 그때부터 이유 없이 손이 떨리기 시작했다. 아무리 두 손을 꼭 잡아도 떨리는 손을 멈출 수 없었다. 집이 가까워 오자, 여러 가지 생각이 떠올랐다.

무슨 사건일까? 아이가 뭘 잘못했을까?

사건의 내용을 먼저 알아야겠다는 생각에 아이에게 전화를 걸었다.

"선생님께 전화를 받았는데 무슨 문제인지 엄마가 먼저 알아야 될 것 같아? 그래야 너의 편에서 수습을 할 수 있을 것 같아"

아이가 풀이 잔뜩 죽은 목소리로 울먹이며 학교에서 있었던 일을 설명했다. 지금이 9월인데 문제의 사건은 5월이라고 했다. 친구 집에서 5명이 놀았는데 한 친구가 내 아이에게 계속 시비를 걸어 그만하라고 몇 번을 얘기했는데도 멈추지 않았다고 했다. "그러다 죽는다"라고 했더니, "죽여라"해서 다른 친구들과 함께 주방에 있는 칼로 시비 거는 친구에게 "깐죽대지 마라"라고 얘기하면서 겁을 줬다고 했다. 그 일을 겪은 친구가 지금까지 잘 지내오면서도 마음에 상처가 남았는지 복수를 결심했고 한참이 지난 지금, 휴대폰 번호를 도용해 반 친구들에게 성희롱 문자를 보냈다고 했다. 그런데 아무 일 없었던 것처럼 정리되어버리자 학년 전체로 일을 크게 만들었다고 했다.

어찌 되었건 사건의 발단은 내 아이로부터 시작된 것이었다. 그 칼이 부엌칼이라는 말을 듣는 순간, 가슴이 덜컹 내려앉으면서 버스에서 내리는데 온몸에서 힘이 빠져나가는 느낌이었다. 한참을 그 자리에 멍하니 서 있었다. 너무 큰일을 겪으니 마음을 어떻게 가져야 될지 어려웠다. 하지만 나는 사소한 일에는 죽자고 덤비면서 큰일은 오히려 대범해지는 편이다.

'정신 똑바로 차리자. 나도 이렇게 놀라운데 아이는 얼마나 놀랐을까? 아이부터 안정시키자'

지금쯤이면 아이가 하교해서 내가 있는 곳을 지나갈 것 같았다.

다시 아이에게 전화를 걸어 아이를 만났다. 그리고 나에게 걸어오는 아이를 꼭 안으며 말했다.

"많이 놀랐지? 걱정 마. 엄마가 알아서 할 테니 아무 걱정 말고 집에 가서 쉬고 있어. 엄마가 학교 가서 잘 해결할 거야"

그러면서 아이에게 친구에게 한 행동은 잘못된 행동이라고 얘기해줬다. 아이도 장난으로 했던 일인데 이렇게 큰 잘못인지 몰랐다며 앞으로는 이런 일 없을 것이라고 다짐하듯 말했다.

학교에 도착하니 선생님께서 기다리고 계셨다. 선생님 말씀이 사건에 연루된 친구들은 부모님이 알게 될까 두려워하는데 친구들과 달리 내 아이는 친구와의 관계에 문제가 생길까 두려워해서 사건의 진상을 물어도 어떠한 대답도 하지 않고 울기만 했다는 것이다. 내 아이는 친구와의 의리가 중요했다. 선생님께서 아이에게 좀 더 신경을 써야 될 것 같다고 말씀하셨다. 나는 학교의 방침대로 하겠다고. 어떻게든 좋은 방향으로 해결이 되도록 할 것이라고 말씀드리고 퇴근하는 남편과 상의했다. 남편은 의외로 침착한 반응을 보였고, 쌍방의 문제이니 아무 일 없을 거라고 했다. 그러면서 덧붙였다.

"오히려 잘 됐다. 울 아들 남자네"

사실 우리 부부는 큰아이가 너무 여성성을 띠고 있어 고민이었는데, 이 사건으로 고민을 한방에 날려버렸다.

아이 사건이 터진 날은 학교에서 주관하는 학부모 강의를 신청한 강의 첫날이었다. 몸과 마음은 만신창이였고 세상이 다 무너진 느낌이었다. 그런데 공부법 강의라 안 들으면 안 될 것만 같았다. 아이 공부를 해결해 줄 강의를 신청했는데, 상황이 이렇다고 강의를 듣지 않을

순 없었다. 마음을 다잡고 무거운 발걸음으로 다시 아이 학교 강의실에 도착했다. 강의 내용은 현실적이었다. 마치 지금의 나의 얘기 같았다. 어쩜 점쟁이처럼 이렇게 딱 맞출 수 있을까? 듣는 내내 감탄했고 눈물이 흘렀다. 다른 엄마들을 보니 아무도 울지 않았다.
'내가 이상한 사람인가?' 싶을 만큼 흐르는 눈물을 주체할 수 없었다.

다른 사람이 볼까 봐 몰래 눈물을 훔치며 강의를 들었다. 강의 내용 중 내 귀에 들린 '아이에겐 아무 잘못이 없다. 모두 엄마의 잘못이다' 라는 말이 가슴에 비수처럼 꽂혔다.
'아! 지금 내 아이의 모습은 내가 만들어 놓은 것이구나!'
'내 엄마와 같았구나!'
자라면서 친정엄마 같은 엄마가 되고 싶지 않았다. 아이를 이해하지도. 이해하려고도 하지 않은 계모 같았던 내 엄마. 그런데 내가 그 계모 같은 엄마였던 것이다. 내 엄마에게서 보고 배운 것이 전부이니, 그럴 수밖에 없다는 것도 강의를 통해 알게 되었다. 나는 달라져야 했다. 지금과는 다른 내가 되어야 했다. 하지만 혼자 힘으로는 어려웠다. 그래서 결심했다.
'저 선생님 곁에 살아야겠구나!'

선생님 곁에 있게 되면 지금까지와는 다른 삶을 살 것만 같았고, 우리 가족이 행복할 수 있겠다는 생각이 들었다. 강의는 3일 연속 계속되었고, 마지막 강의에서 소개해 준 강의 장소를 찾아갔고 대구 부모교육연구소 카페도 알게 되었다. 직장생활을 하는 나는 찾아가서 듣는 건 어려웠고, 카페에 올라와 있는 강의를 듣기 시작했다. 하지만 강의를 들으면서 의문이 생겨났다. 아니, 강의를 들으면 들을수록 할 수 없겠다는 생각이 들었다. 죽어도 그렇게 살 수가 없었다. 나는 화를 안 내는 것도, 참는 것도, 아이를 사랑하는 것도, 어느 것 하나도 쉽지 않은 사람이었다. 그런 내게 강의는 어떤 해결책도 주지 못했다. 강의 내용대로는 한 시간도 살 수 없었다. 다른 방법을 찾아야 했다. 절박하고 간절했다.

내가 살 수 있는 방법을 찾지 못한 것이겠지. 카페의 모든 것을 파고들었고 들은 강의를 듣고 또 들었다. 그래도 찾지 못했다. 포기할 때쯤 선생님 강의를 오래전부터 들어오고 있는 미화 언니의 글을 읽게 되었고, 거기에서 답을 찾았다. 화를 안 내는 것도, 참는 것도, 생각을 바꾸려고 노력한다고 되는 게 아니었다. 귀를 열어두고 강의를 꾸준히 듣는 것이 중요했다. 미화 언니를 처음 만난 날, 언니는 내게 말했다.
"아무것도 할 거 없다. 귀만 열어 두면 된다"
글을 통해 그 말의 진실을 알고 미친 듯이 들었다. 24시간 이어폰을 귀에 꽂고 무의식 속에서도 들었다. 강의를 들은 지 3개월, 나에게서 이전에 볼 수 없었던 다른 모습이 발견되기 시작했다.

아이의 사건으로 세상이 무너진 것 같은 그날, 지금까지의 삶의 전부가 잘못 살았다고 생각했던 그날, 미래가 어둠 속에 갇혀 숨 막혀 죽을 것만 같았던 그날, 대구 부모교육연구소 김상도 선생님을 만났다. 수많은 세 잎 클로버 속에서 발견된 행운의 네 잎 클로버였다.
누군가 말했다.

"살면서 크고 작은 일은 생긴다. 인생이 무너질 것 같은 일이 생겨도

그다음의 나의 해석이 더 중요하다. 인생은 사건대로 흐르는 것이
아니라 해석대로 흐르는 것이다"라고.

6년간 미친 듯이 들은 강의를 통해 나는 두 문장을 가슴에 새겼다.
하나는 생명은 자란다.
또 다른 하나는 내 아이의 비교는 다른 집 아이와 하는 것이 아니라
내 아이의 어제와 오늘을 비교해야 한다.
좋지 않은 일, 슬픈 일은 빨리 잊고 오늘의 좋았던 일, 행복했던 일만
추억하려고 한다.
매일 새로운 세상을 향해 긍정의 문을 연다.

'로봇 엄마'에서 '그냥 엄마'로

난 감정 없는 '로봇 엄마'였다. 아이가 예쁘지도, 내 아이라서 좋은 것도 없었다. 엄마의 마음으로 아이를 대하는 것이 아니라 때가 되면 밥 주고, 옷 입히고, 씻기는 철저하게 엄마 역할을 해내는 로봇 엄마였다. 아이가 오늘 어떤 마음을 느꼈는지, 학교생활이 힘들지는 않았는지 궁금해하지도, 헤아려 주지도 않았다. 그래서인지 아이를 키우면서 한 번도 힘들다고 느껴본 적이 없었다. 갓난쟁이를 키울 때도, 밤새 아이가 자지 않고 보채도, 밤낮이 바뀌어 괴롭힐 때도 보통의 엄마들은 힘들다고 울었다는데 나는 울지도, 우울해하지도 않았다.

나에겐 제자리 귀신이 붙어있다. 물건이 지정된 자리에 있지 않으면 난리가 났다. 제자리 귀신은 결혼 전날 파혼을 생각할 만큼 심각한 수준이었다. 자신과 다름을 이해하고 지키겠노라 다짐을 받고서야, 결혼을 할 만큼 누구와도 같이 살아갈 수 있는 사람이 아니었다. 그런 나는 임신 후 심각한 고민에 빠졌다.

'아이와 어떻게 지내야 하나? 매일 아이를 지적할 것인가?'
아이라고 이해할 자신이 없었다. 불가능한 일이었다. 지적을 최소화하기 위해 모든 물건을 만질 수 없는 곳으로 이동하거나 치웠다. 그리고 아이가 습관이 되도록 가르치고, 곁에서 보고 배우면 되겠지라고 생각했다. 내가 낳았고, 나와 태어난 순간부터 함께하니 저절로 나와 같은 습관을 가질 거라고 생각했다.

하교 후 아이가 현관문을 들어서는 순간부터 제자리 귀신은 움직였다. 신발. 양말. 옷. 가방을 정해둔 자리에 놓아야 했고, 무수한 정해진 자리로 아이는 하나부터 열까지 지적을 받았다. 아이 혼자 아무것도 할 수 없었고, 늘 나에게 물었다. 어릴 때는 말을 잘 따라주었는데 큰아이가 2학년이 되어 구구단을 외우지 못하는 모습을 본 후, 나의 생각은 더욱 견고해졌다.

'넌 공부는 아니구나. 그럼 인간은 되어야지. 사람들에게 손가락질은 받지 말아야지. 누구의 입에 오르내리지는 말아야지'

그때부터 아이를 더 재촉하고 지적했다. 하지만 아빠는 나와 달랐다. 아이를 있는 그대로 바라봐 주고 아이의 눈높이에서 대화했다. 아이 생각을 존중했고 사랑을 듬뿍 주었다. 아이들에게는 아빠가 숨 쉴 곳이었다. 아이들은 아빠가 오기만을 눈 빠지게 기다렸다. 정말 아빠 껌딱지였다.

고학년이 된 큰아이는 나와 부딪히기 시작했다. 아이는 자신의 생각과 옳고 그름으로 나를 판단하고 지적하기 시작했다. 자신의 생각을 당당하게 말하는 아이를 난 받아들이지 못했고 나의 잘못을 지적하는 아이를 참을 수 없었다. 나는 마음에 상처를 받았다. 그럴 때 내가 상처받았다고 아이에게 말하면 되는데, 자존감 없고 자존심만 센 난 말하지 못했다. 아이와 점점 대화는 단절되기 시작했고 보이지 않는 벽이 생겼다. 정말 이러다가는 한집에서 남남처럼 살 수도 있겠다는 불안감이 엄습해 왔다.

그러던 중에 아이에게 대형 사건이 생긴 것이다. 그 사건은 나의 자존심을 밑바닥으로 곤두박질치게 했다. 그날 저녁 학교 공부법 강의에서 만난 선생님 말씀은 아이의 생각과 나의 생각이 다름을 인정하게 했다. 강의를 들으면서 나는 조금씩 자존심을 버리게 되었고, 그 자리를 자존감으로 채워나갔다.

취할 것과 버릴 것. 가져야 할 것과 놓아야 할 것을 명확하게 구분했다. 아이를 보는 눈이 달라졌고 아이의 작은 소리에도 관심을 가졌다. 아이에게 안 되던 것들이 되는 것으로 바뀌었고 아이가 행복하려면 나부터 행복해야 된다는 사실도 배웠다. 부모가 변해야 아이가 변한다는 것을 몸소 실천하면서 깨달았다.

고2학년 큰아이는 틈틈이 나를 시험한다.
"엄마 염색하고 싶어"
학기 중에 해도 괜찮다고 하면 아이가 오히려 안 된다며 방학 때 염색한다고 했다. 내 눈엔 염색한 아들이 마냥 잘생겨 보였다. 콩깍지가 제대로 씌었다.
"학교 가기 싫어"
"그래. 오늘 하루 아프다고 결석해"
"치"
그러면서 학교 가는 아이, 큰아이는 나의 반응이 궁금한 거라고 했다.
"에휴~~"
한숨을 쉬며 가기 싫은 학교를 억지로 등교하고, 집으로 돌아오는 날에는 현관문을 여는 큰아이의 엉덩이를 토닥이며 나는 말한다.
"우리 강생이 오늘 하루도 공부하느라 고생했어~~"
큰아이는 나의 손을 이끌어 식탁에 앉히곤 오늘 있었던 일을 조잘거린다.

공개수업을 하던 5학년 둘째가 수업 중에 집에 가자고 했다. 체육수업 중 팀별 달리기를 했는데 잠시 자신이 한 눈을 팔아 다른 팀에게 잡혔다고 했다. 같은 팀 여자아이들이 정신 똑바로 안 차렸다고 지적 했는데, 작은 아이가 화가 나고 분해서 울었다. 우는 아이를 보니 마음이 아팠다. 팀이 이기고 지는 게 뭐 그리 중요하다고, 아이에게 상처를 줬을까? 나라도 아이를 데리고 집에 가고 싶었다.

"선생님께 말하고 집에 갈까?"

나의 제안에 아이는 예상과 다르게 참고 수업을 해보겠다고 했다. 그런 아이가 내 눈에는 기특해 보였다.

아이를 꼭 안아주면서 얘기했다.

"집에 오면 우리 강생이 좋아하는 떡볶이 사다 놓을게. 조금만 참고 수업하고 와"

감정 없는 로봇 엄마였던 나는 조금씩 나의 마음을 들여다볼 수 있게 되었고, 그 마음을 아이에게 전달하고 있다. 아이를 믿지 못해 늘 지적만 했던 내가, 지금은 아이의 모든 것을 믿는 엄마가 되었다. 어떤 모습이어도 말이다. 내게 없던 마음이 생기고 예전의 엄마와 다름을 느끼게 된 두 아이는 아빠 껌딱지에서 엄마 껌딱지가 되었다. 예전에는 집보다 밖이 편했던 아이들이 지금은 집으로 달려온다. 그냥 집이 아닌 숨 쉴 수 있는 엄마 품으로.

내 품에 안긴 아이들에게 나는 말한다.

"엄마는 어떤 경우에도 네 편이야. 세상 속에선 어쩔 수 없이 평가받고 평가대상이 되지만 집에서만은 자유로웠으면 해. 하루 종일 게임에 미쳐도 좋고, 마냥 숨만 쉬고 있어도 좋아. 네가 행복했으면 좋겠어"

드라마 '황금빛 인생'에서 배우 천호진이 어두운 밤길을 걷는 딸의 발걸음 앞에 손전등 불빛을 비추는 장면을 보면서 부모의 마음이 저런 것이 아닐까 생각했다.

두 아이에게 좋은 엄마, 착한 엄마도 아닌 숨 쉴 수 있는 '그냥 엄마'이고 싶다.

생명은 자란다

둘째는 18개월부터 어린이집을 다니기 시작했다. 무거운 가방을 메고 엄마 품에서 떨어졌다. 너무 직설적이고 강한 성격을 가지고 있다는 생각에 통합반 운영방식의 유치원을 선택했다. 형과 동생이랑 함께하면 강한 성격이 조금 누그러지지 않을까 싶었다. 하지만 그것은 나의 무모한 선택이었다. 7세 형들의 괴롭힘에 대한 공포와 두려움에 아이는 교실로 들어가지 못했다. 교실 문 앞에서 수업을 거부했다. 선생님이 아이에게 아무리 물어도 말하지 않았다고 했다. 집으로 돌아와 몇 시간이 흐른 후에야 아이는 말문을 열었다. 자신의 말투 때문에 7세형이 싫어하고 괴롭힌다는 것이었다. 괴롭히는 7세형도 나쁘지만 내 아이도 문제였다. 그래서 아이에게 말해주었다. 7세형이 나쁜 것이 아니라 나쁜 말투는 모두 싫어한다고, 쉽게 고칠 순 없겠지만 조금씩 바꾸려고 노력하자고 했다.

선생님께 좀 더 신경 써달라는 부탁과 함께 상황은 정리되고 다시 유치원은 잘 다니는 것 같았다. 두 달쯤 지났을 때 아이가 아팠다. 감기인 줄 알았는데 온몸이 아프다는 것이 이상했다. 동네 소아과를 찾아가니 '가와사키 병'이라고 했다. 그러면서 큰 병원을 가라고 했다. 선생님이 질문하셨다. 어린이집을 옮기거나 처음 다니기 시작했냐고, 새로운 곳을 적응하다 보면 심하게 아플 수 있다고 말씀하셨다. 둘째에게 유치원 생활이 이 정도로 아플 만큼 힘들었을 거라고 생각하니 가슴이 찢어졌다. 아이의 아픈 상태나 변화 과정을 자세히 설명하고 치료받은 덕분에 빨리 회복되었다. 다행히 그렇게 아프고 나서 다시 유치원으로 갔을 때는 형, 동생들과 사이좋게 잘 지냈고 2년 후 무사히 졸업했다.

초등학교 입학식 날, 아이는 자신의 책상에 앉아 있지 못하고 자꾸 나에게 왔다. '학교'라는 새로운 환경에 잘 적응할 수 있을지 걱정 되었다. 입학 후 1~2주는 등굣길 적응시킨다고 엄마도 같이 등교한다. 그러나 3주째가 되면 아이의 손을 잡고 등교하는 엄마가 얼마 되지 않는데, 그 속에 내가 있었다. 아이 손을 잡고 학교에서 하는 아침 걷기 운동도 참여한 후, 교실 앞까지 아이를 데려다주었다. 어떤 날은 교실 앞에서 들어가기 싫다고 떼쓰는 아이를 어르고 달래야 했고 담임선생님을 만나 아이를 맡긴 적도 있었다. 주말을 쉬고 난 월요일은 학교 가기 싫은 마음이 더 커졌다. 현관문 앞에서 엉기적거리는 아이를 업고 등교해야 했다. 그래도 다행히 학교 횡단보도 앞에서는 친구들에게 민망한지 내려달라는 염치는 있었다. 내리는 중에 교통지도하시는 선생님과 눈이 마주쳤다. 선생님이 다 큰 아이가 업혀서 학교를 오니 내게 가까이 와서 조심스럽게 물었다.

"어디 아파요?"

"다리가 조금 저리다고 해서 업어줬어요. 좀 있으면 괜찮아질 것 같아요"

대충 둘러대고 그 자리를 떠났는데, 다음날도 아이를 업고 등교를 하다가 어제 그 선생님과 마주쳤다.

선생님이 걱정을 하며 조심스레 얘기해주셨다.

"아직 다리가 아파요? 보건실에 뿌리는 파스 있어요. 좀 뿌려달라고 하세요"

선생님 생각에는 그래도 업혀서 학교에 오는 모습이 대견해 보였던 모양이다. 아이는 그날 이후부터 업어달라고 하지 않았다. 1년 동안 등하교를 함께 하며 아이는 학교에 조금씩 적응해나가기 시작했다.

2학년이 되었다. 밥 먹이고 옷 입혀 가방까지 메어줘야 등교했던 아이가 스스로 하기 시작했다. 현관문 앞에서 혼자 당당하게 "학교 다녀오겠습니다"라고 얘기하던 날, 우리는 손뼉을 치며 칭찬해주었다. 그런 아빠, 엄마를 이상한 눈빛을 바라보면서도 내심 좋아했다. 학교 가기 싫다고 신경질 부리며 떼쓰는 횟수가 급격히 줄어들었다. 궁금한 마음에 어느 날 아이에게 물었다.

"요즘은 왜 학교 가기 싫다고 안 하니?"

아이는 대답했다.

"학교 가는 것과 바보 되는 것 중에 어느 것이 싫을까? 고민했는데 바보 되는 거야. 그래서 학교 가는 게 죽도록 싫지만 바보 되는 건 더 싫어서 학교는 다니기로 했어"

4학년이 되던 날, 아이는 아침 걷기 운동으로 상을 받고 싶다고 했다. 아이가 다니는 학교에서는 1년 동안 아침 걷기 운동으로 받은 스티커 수가 가장 많은 학생에게 표창장을 준다. 아이는 공부나, 학교에서 하는 행사로는 상을 받기 어렵지만, 이건 자신이 받을 수 있을 것 같다고 얘기했다. 그날부터 아이는 일찍 일어나기 시작했다. 그리고 학년이 마무리될 즈음, 아이는 내게 말했다.

"엄마 우리 반에서 내가 1등이야"

난 그새 잊어버리고 처음에는 그 말이 무엇인지 알아차리지 못했다.

"아침 걷기 운동 말이야. 내가 최고 기록자라고. 선생님이 말해주셨어"

자신감 넘치는 목소리로 말하는 아이보다 내가 더 기뻤다.

이렇게 잘 자라준 것도, 무언가를 이뤄보고자 마음먹은 것도, 1년 동안 빼먹지 않고 노력한 것도, 그리고 그 목표를 달성한 것도 어느 것 하나 칭찬하지 않을 수 없었다.

전교 1등보다 내겐 더 값진 상이었다.

'생각이 행동을 만들고 행동이 습관을 만들고 습관이 운명을 만든다' 라고 했다. 몸으로 실천한 아이, 앞으로 어떤 모습으로 성장할지, 아이의 내일이 기대된다.

큰아이의 수학 정복

진정 한 문제 풀기로 가능할까? 단언컨대 "네"라고 확신한다.

2학년 때 아이 인생에서 수학은 없어졌다. 수학 '수'자만 들어도 경기하던 아이. 5학년이 되어서도 구구단을 외우지 못한 아이였다. 내 생각에 학생으로 수학을 포기한다는 것은 인생을 포기하는 것과 같았다. 조바심이 생겼다. 다른 것도 쉽게 포기할 것만 같았다. 어떻게든 아이에게서 수학을 되살리고 싶었다. 동기부여가 필요했다. 어떡하면 좋을까? 고민 중에 '대구 부모교육연구소' 강의를 접했다. 김상도 선생님은 말씀하셨다.

'수학을 완전히 포기한 아이는 하루 한 문제만 풀게 하라'

하루 한 문제도 풀지 않는 아이에게 최상의 방법인 것 같았다. 제대로만 된다면 주말을 모두 쉬어도 1년에 최소 200문제는 풀 수 있겠다고 생각했다. 선생님의 수학 관련 강의를 듣고 한 달쯤 흘렀을 때 나만의 수학 공부 방법이 정리되었다.

'끝까지 포기하지 않을 만큼 작은 양으로 시작하고, 아이의 작은 소리에 귀 기울이자'

'아이와 함께 해 볼 수 있겠다'는 생각에 용기를 가지고 아이를 설득했다. "벌써 수학을 포기하기엔 남은 학창시절이 길지 않니? 나중에 후회가 되지 않게 해볼 수 있는 건 다 해보고 그래도 안 되면 그때 포기하는 게 좋지 않을까? 엄마랑 한번 해보자"

최종 목표는 수능시험장에서 최선을 다해 문제를 풀면서 시간을 채우는 것이었다. 그러기 위해서는 무엇보다 아이가 문제를 읽지 않고 연필을 굴려 찍은 후 잠을 자지 않도록 해야 했다. 그리고 어떤 문제든 끝까지 읽게 하고, 아는 문제는 맞출 수 있도록 해야 했다.

'욕심일 수 있겠다'라는 생각이 들었지만 그래도 욕심을 내 보았다. 그렇게 아이와 수학을 시작했다.

기본만 되는 아이가 생각을 키우는 문제를 풀기 위해 선택한 문제집은 5학년임에도 불구하고 4학년 심화문제집이었다. 첫 단원이 끝나고 채점을 했다. 문제의 70% 정도 정답을 맞혔다. 내가 원하는 문제집이라 만족했다. 하지만 아이는 아니었다. 틀린 문제의 양을 보고 울기 시작했다. 닭똥 같은 눈물을 흘리면서 말했다.

"봐. 안되잖아. 난 진짜 바보 인가 봐"

"아니야. 문제집의 난이도가 어려운 거야. 진짜 잘했어. 그리고 문제를 푸는 이유는 네가 모르는 것을 찾기 위해서야. 백 점인지, 빵점인지를 가리는 것이 아니야. 엄마는 너무 기분 좋은데! 울 아들이 집에서 충분히 할 수 있을 거란 확신이 생겼어"

아이를 다독이고 있는 광경을 지켜보던 남편이 말했다.

"이건 아니지. 학원 다시 보내야 되는 거 아닌가? 네가 잘못 생각한 것 같다"

남편도 나를 믿지 못했다. 이러다 아이를 바보 만드는 게 아닌가 걱정되는 모양이었다. 이런 도움 안 되는 영감탱이를 봤나, 남편을 붙잡아 방으로 들어갔다.

"모르면 입 다물고 있어요. 도움은 안 될지언정 초는 치지 말아야지.

안 그래도 불안한 아이 매일 괜찮다고 안정시키고 있는데, 학원 다니는 것보다 열 배는 효과 볼 거라고 나중에 엄마에게 고마워할 거라고 큰소리치고 있는데, 도대체 무슨 짓이야? 두 번 다시 오늘처럼 말했다가는 내 손에 죽을 줄 알아요"

남편에게 말하곤 아이를 다시 안정시켰으나, 이미 아이의 자존감은 바닥이었다. 아이가 다시 기운을 차려 수학을 풀 용기가 생길 때까지 기다려야 했다. 그렇게 일주일쯤 지났을까. 아이가 다시 문제집을 잡았다.

두 번째 단원을 풀어가는데 문제는 생겼다. 한 문제를 풀지 못했다. 하루를 풀지 못하고 이틀, 사흘, 나흘이 흘렀다. 이렇게 가다가는 수학을 다시 접을 수도 있겠다 싶었다. 다른 방법이 필요했다. 문제집을 굳이 처음부터 차례대로 풀 필요가 없다는 생각이 들었다.

"풀 수 있는 문제를 찾아서 한 문제 풀자"

아이에게 문제를 읽고 네가 풀 수 있을 것 같은 문제를 찾아 한 문제 풀어보자고 제안했다. 사실 아이에게는 풀 수 있는 문제를 찾는 것도 쉬운 일이 아니었다. 문제를 읽고 풀 수 있는지를 생각해야 했고, 그래도 안 되면 교과서의 개념을 찾아봐야 했다. 그때부터였다. 아이의 손에 늘 문제집이 쥐어져 있었다. 하지만 풀 수 있는 문제가 많지 않다 보니 문제집 한 권이 금방 끝났다. 풀지 못한 문제가 더 많았다. 그때부터는 풀지 못한 문제를 읽으면서 다시 풀기 시작했다. 이때였다. 아이와 나는 '한 문제 풀기로 가능하겠구나' 확신이 생겼다.

처음엔 풀지 못했던 문제였지만 다시 풀어보니 풀 수 있게 되었다. 생각이 조금 자란 것이었다. 그렇게 '수학 한 문제 풀기'가 습관이 되었고, 습관이 되고 나니 자신감이 생기면서 자존감도 높아졌다.

아이가 중1이 되었다. 단짝 친구가 같은 학교를 다니게 되었다. 어느 날 친구 누나가 이 학교는 전교 1등 하기 쉽다고 하자, 친구가 "전교 1등이 동네 개 이름이냐?"라고 버럭 화를 냈다는 얘기를 들려주었다. 그 얘기를 듣던 남편이 아이에게 제안했다.

"전교 1등 하면 고양이 사줄게. 해 볼래? 엄마는 내가 설득할게 어때? 생각 있어?"

아이는 2년 전부터 고양이를 키우고 싶다고 노래를 불렀지만 나는 집에서는 그 어떤 것도 키울 수 없다고 말해왔었다. 그런 상황에서 남편이 아이에게 고양이로 공부에 대한 동기를 부여한 것이다. 아이의 눈에서 불꽃이 보였던 그 순간을 지금도 잊을 수 없다. 진짜 전교 1등을 할 기세였다. 중학교 1학년 1학기, 전교 1등이라는 목표를 세웠다.

태도가 360도 달라졌다. 6시에 일어나 등교하기 시작했다. 매일 미친 듯이 공부했다. 진짜 내 아들이 맞나 싶을 만큼 열성적이라 겁이 날 정도였다. 당시 집에서의 수학은 학교 수업과는 별도로 진행되고 있었는데 중학 수학은 어려웠다. 또 다른 방법을 찾아야 했다. '교과서 개념을 한 페이지씩 읽자. 개념을 알게 될 때까지 읽고 또 읽자'

처음에는 이해조차 되지 않았던 개념이 한 달을 읽고 나니 조금씩 이해가 된다고 했다. 그리고 중학교 1학년 첫 시험을 쳤다. 수학을 제외하고는 원하는 성적을 받았다. 무엇보다 '할 수 있을 것 같다'는 자신감이 생겼다고 했다. 성적을 보고 나도 놀랐다. 아이의 노력한 과정이 성적에서 보였다.

"전교 1등 아니어도 돼. 지금 성적보다 조금만 더 오르면 고양이는 사줄게"

아이의 의욕을 높여주고 싶었다. 1학년 2학기 시험을 마지막인 것처럼 공부했다. 그 모습이 대견하면서도 무서웠다. 아이의 새로운 모습에 고양이를 안 사줄 수가 없었다.
'이미 엄마에게 너는 전교 1등이란다'
고양이는 꼭 사줘야겠다고 속으로 다짐하고 있었다. 시험은 끝났고, 아이는 전교 1등은 아니지만 상상이상의 성적을 받았다. 아이도 뿌듯해했고, 그 모습을 지켜보는 나도 뿌듯했다. 중학교 2학년이 되던 해 1월 2일, 아이는 고양이를 품에 안았다. 그랬다. 아이에게 고양이는 공부하고자 하는 동기였다.

다시 새로운 목표를 만들었다. 두 번의 시험을 통해 수학이 전체 평균에 영향을 미치는 과목은 되지 않도록 하겠다고 했다. 친구가 자신과 비슷한 수준이었는데 학교 방과 후 수업을 하고 수학 성적이 향상됐다면서 자신도 신청하고 싶다고 했다. 수업 신청 후 담당 선생님에게서 전화가 왔다. 선생님은 수업을 신청한 이유와 어떻게 공부를 지도했으면 하는지, 성적은 어느 정도 오르기를 원하는지 물어보셨다. 나는 선생님에게 우리의 최종 목표에 대해 말씀드렸다. 아이가 수학을 포기하지 않게만 해달라고, 성적은 아무래도 상관없다고 얘기했다. 수학을 포기하게 된 사연, 그리고 지금까지 집에서 진행하고 있는 수학 공부법, 아이가 수업 신청하게 된 동기까지 모든 것을 말씀드렸다. 후에 아이의 이야기를 들으니, 수업시간에 자신에게는 묻지 않고 궁금한 것이 있어 물으면 잘 설명해주셨다고 했다.

그래서일까, 성적이 조금씩 향상되면서 1년 후에는 목표 달성은 물론 백 점을 받는 일까지 생겼다.

방과 후 수업은 그만두고 혼자 공부해서 수학 백 점을 받고 싶다고 하던 아이는 자신에게 맞는 문제집을 선택해 공부한 후 원하는 점수를 받았다. 중학교 3학년에는 그 점수를 유지했고 과목 중에서 제일 잘하는 과목이 되었다. 그리고 졸업할 때는 수학으로 교과 우수상도 받았다.
세상에서 제일 싫어했던 수학, 수학 '수'자만 들어도 경기했던 아이, 구구단을 외우다 포기했던 수학이었다.
수학 하루 한 문제 풀기로 아이와 나는 새로운 경험을 맛보았고, 경험을 통해 우리는 기적을 보았다.

아들아! 참지 마라~~병 된다

큰아이 14살, 설날 연휴의 일이다. 명절을 지낼 때는 아이의 모습을 단정하게 하려고 미용실을 간다. 거기서 큰아이와 작은 아이 사이에 말다툼이 생겼다. 동생은 6살 많은 형을 경쟁상대라도 되는 것처럼 이기려고 했다. 그런 동생을 형은 '네가 날 이길 수 있겠어?'라는 마음으로 동생에게 비아냥거렸다. 형 말투가 귀에 거슬려 싸움이 일어나는데, 그래도 형이 양보하고 참는 편이라 다른 남자 형제들처럼 치고받는 일은 없었다. 그날도 그랬다. 말다툼이 오후 5시에 시작해 저녁 먹으러 가는 중에도, 저녁을 먹고 와서도 계속됐다. 집에 놀면서 예닐곱 차례가 될 때까지 형이 참았다.

사건은 내가 집안일을 끝내고 씻으러 간 사이 일어났다. 작은 아이가 엉엉 울면서 욕실 문을 열고 형 때문에 다쳤다고 말했다.
"어? 왜? 형이 실수했겠지. 고의는 아니었을 거야. 어디 다쳤어? 호해줄까?"
아이를 다독여 거실로 보냈다. 1분쯤 흘렀을까, 아빠의 호통소리가 들려왔다. 목욕을 하면서도 계속 신경이 쓰였다. 무슨 사고가 났나? 생각하는 순간, 작은 아이가 엉엉 울면서 달려와 욕실 문을 열었다.
"아빠가 나만 뭐라고 해. 형이 잘못했는데 나만 혼냈어!"
통곡하는 아이를 안았다.
"아빠가 왜 그랬는데? 무슨 행동을 했는데? 형이 그냥 화냈어? 형이 아무 행동도 안 한 네게 화를 내진 않을 거잖아?"

"형아 인형을 침대에 옮겨줬는데"

아이의 말끝이 흐렸다. 작은 아이가 형이 싫어할 행동을 했을 것 같았다. 일단 작은 아이의 마음을 진정시키는 것이 중요했다.

"형이 자기 물건을 중요하게 생각하잖아? 넌 좋은 마음으로 가져다준 거겠지만 네 기분이 나쁘니 살포시 침대 위에 놓진 않았겠지. 침대에 툭 던지듯 줬지?"

아이는 고개를 끄덕였다.

"그 모습에 형은 던진 것처럼 보였을 거야. 그래서 기분 나쁜 소리를 하지 않았을까? 엄마는 그렇게 생각이 드는데. 그런데 아빠는 왜 우리 예쁜 강생이만 꾸중했지? 그럴 리가 없는데, 그치? 나쁜 아빠네. 엄마가 혼내줄까?"

아이의 등을 토닥이며 안아주었다. 그제야 울음을 그치면서 형의 인형을 침대에 던진 것에 대해 반성을 했다. 동시에 아이의 기분은 한결 좋아진 것 같았다. 작은 아이 성향이 다혈질이라 얌전히 가져다줄 리 없었고, 큰아이는 자기 물건을 소중하게 생각하는 아이라 던져지는 인형이 자신을 던진 것처럼 느껴졌을 것이다. 형 물건은 되도록 건드리지 않아야 하는데, 작은 아이가 형의 물건을 건드린 것부터가 잘못이었다. 거실로 나와 보니 큰아이도 방에서 통곡을 하고 있었다.

가뜩이나 기분이 나빴던 큰 아이가 애써 화를 누르며 참고 있는데, 작은 아이가 형의 방에 들어간 것이었다. 큰 아이는 작은 아이에게 "내 방에서 나가"라고 소리를 질렀고, 그 소리에 작은 아이는 자신도 화가 났다면서 가져다준 인형을 발로 밟은 것이 사건의 원인이었다. 그 순간, 큰아이가 폭발했고, 지금까지 한 번도 본 적 없는 모습이었다고 했다.

미용실에서부터 참았던 것이 터지면서 차마 동생을 때릴 수는 없어서 목이 갈라지듯 괴성을 질렀다고 했다.

"악~~~"

놀란 남편이 방으로 달려가 보니 큰아이가 시뻘겋게 달아오른 얼굴을 하고선 베개를 두 주먹으로 인정사정없이 때리고 있었다. 주체할 수 없는 화를 억누르지 못해 온몸을 덜덜 떠는 아이를 남편도 처음 보는 모습이라 놀랐다고 했다. 두 아이의 말다툼이 있을 때면 남편은 매번 큰아이에게 양보를 요구했다. 하지만 이번은 달랐다. 큰아이에게 양보를 요구했다가는 병원에 실려 갈 것 같은 불안감에 작은 아이를 혼냈다고 했다. 남편에게 대략적인 상황 설명을 들은 후 조심스럽게 큰아이의 방에 들어갔다. 아이는 조금 안정이 되었는지 침대에 앉아 있었다. 얼굴은 아직도 붉게 달아올라 있어서. 방금 전의 상황이 얼마나 심각했는지 알 것 같았다.

"아들아"

그냥 '아들아'라고 부르기만 했을 뿐인데 큰아이가 이불을 덮어쓰고 다시 통곡하며 울기 시작했다. 이불을 덮어쓰고 우는 아이를 꼭 껴안고 등을 쓰다듬어 주었다.

'그동안 얼마나 많은 시간을 참았으면 이런 모습을 보일까?'라는 생각과 함께 아이의 아픔이 그대로 내게 전해져오는 느낌이었다. 가슴이 찢어졌다.

"아들아, 지금처럼 자꾸 참고 참으면 이렇게 주체할 수 없는 상황이 와. 너조차도 감당할 수 없어 폭발해. 그 순간 기분이 나쁘면 나쁘다고 말해야지. 이건 이래서 좋고, 저건 저래서 싫다고. 쌓아두지 말고 동생에게 말해야지. 형이라고 무조건 양보해야 되는 건 아니야. 형이 아니어도 양보가 무조건 좋은 건 아니야. 아빠가 그건 잘못 생각한 거 같아. 엄마가 아빠에게 말해둘게. 싫다고 했는데도 계속 그러면 동생을 때려. 말로 안 되면 때려서라도 고치게 해야지. 그럼 동생이 널 이렇게 폭발시키진 않을 거잖아. 그런 거면 동생 때린 거 엄마도 이해할 거야"

아이에게 말을 하는데 눈물이 흘렀다. 울지 않고 말하고 싶었지만 도무지 눈물이 멈추지 않았다. 울면서 말하는 나를 보더니, 아이는 눈물을 멈췄다. '엄만 왜 울어?'라는 눈으로 나를 바라보는데, 평온한 모습으로 돌아와 있었다.

참는 것도 습관이다. 매사에 참다 보면 그 성격이 몸에 밴다. 그러다 지금처럼 자신의 한계를 넘어서면 터지게 된다. 차라리 터지면 괜찮다. 속으로 삭이면 병이 된다. 큰아이는 아이답지 않게 이성적이고 차분한 성격이다. 또래 아이보다 참는 것에 익숙한 아이다. 나 또한 그랬다. 아이에게서 어릴 적 내 모습을 보았다. 아마 그래서 더 눈물이 났는지도 모르겠다.

실은 아이에게 말했지만 나 스스로에게 해주고 싶었던 말이었는지도 모른다. 나는 터트리지 못했고, 결국 병이 되고서야 터트리기 시작했다. 그 아픔을 너무 잘 알기에, 나와 같은 아픔을 반복하지 않기를 바라기에, 아이에게 말해준다.
"아들아. 참지 말거라. 쌓아두면 병 된다. 터뜨려!"

3. 엄마 온전히 누리기

엄마의 선물

명절 선물로 곶감이 들어왔다. 큰집인 친정에 필요한 물건이라 엄마에게 주려고 전화했는데 받지 않았다. 곶감 사진과 함께 "엄마. 설에 가져갈게. 전화 안 받네"라고 문자를 남겼다. 저녁 9시쯤 전화가 왔다.

"곶감 가지고 온다고?"

"어. 어디 가서 전화를 안 받아? 시장 갔었어?"

"아니 밤 까러 갔다 왔어. 오늘까지만 하고 낼부터 설 준비해야지. 이번 설에는 네 새끼들에게는 용돈 안 주고, 너만 줄 거다. 많이는 아닌데 예쁜 옷 사 입어. 엄마 열흘 일한 돈이다. 알고는 써!"

"이렇게 귀한 돈 내가 써도 되겠어? 잘 쓸게! 예쁜 옷 사서 두고두고 엄마 생각하면서 입을게. 행복한 고민하게 생겼네. 어떤 옷 사지? 벌써부터 기분 좋다. 고마워"

엄마는 집에서 놀면 뭐 하냐며 용돈이라도 벌 요량으로 근처에 소일 거리가 생기면 일을 하셨다. 그렇게 번 돈을 용돈이라며 봉투에 넣어서 내게 주는데 얼마나 감동이었는지, 엄마에게서 처음 받아보는 용돈이었다. 세상의 어떤 돈보다 내겐 귀한 돈이었다.

"엄마! 오래 사니 나한테도 이런 날이 다 오네! 엄마에게 용돈 받아보는 날이! 지금까지 내가 엄마에게 주기만 했는데, 이제는 나도 엄마에게 용돈 받아보자. 받아보니 기분 좋네. 이런 거구나! 용돈 받는 기분이. 나도 받는 즐거움 누려보자. 그래도 되지?"

"그럼! 받아도 되지! 너무 조금이라 미안하지. 다음에 또 줄게! 이런 날 앞으로 계속 있다"

"어. 엄마! 오~~래 오래 살아! 그래야 용돈 자주 받지!"

그러면서 엄마에게 작은 소원을 이야기했었다.

"다음엔 엄마가 옷 사줘! 엄마가 사준 옷이 입고 싶네. 엄마가 사준 옷 하나쯤은 갖고 있어야지"

그리고 지금은 그 소원도 이뤄졌다.

난 받는 것에 익숙하지 않았다. 주는 것이 편했다. 누군가 나에게 호의를 베풀거나 뭔가를 주면 다시 무언가를 해줘야 된다는 강박감이 있었다. 그래서인지 주는 것이 더 편하고 좋다. 부모님도 그랬다. 부모님에게 조차 받는 것이 불편했다. 부모님에게 필요한 것, 갖고 싶은 것, 하고 싶은 것을 말하지 못했다. 어릴 적 한, 두 번 원하는 것을 얘기했다가 거절당한 이후 말하기를 멈췄다. 원래 말이 많은 것도 아니었지만 말수가 없는 조용한 아이가 되어버렸다. 하루에 한마디도 하지 않는 날이 많았다. 아예 말을 하지 않는 날도 있었다. 그러다 벙어리에 가까울 만큼 말이 없어졌다. 말을 안 하기 시작하니 해야 할 말조차 하지 못했다. 꼭 해야 하는 의사표현은 고개만 끄덕였다. 고개 끄덕이는 버릇을 고친 건 결혼 이후 남편의 도움 덕분이었다. 남편은 나의 눈높이에 맞추고 말없이 고개를 끄덕일 때마다 말을 하도록 유도했다. 그렇게 말은 하게 되었지만 마음의 소리를 밖으로 표현하지 못했다. 말로 표현을 못 하니, 눈빛으로, 몸짓으로, 모든 것을 표현했다. 엄마에게도 그랬다. 당연히 엄마는 알아채지 못했다. 내가 뭘 원하는지. 뭘 하고 싶어 하는지. 그러나 남편은 귀신같이 알아챘다. 남편은 아는데 엄마는 왜 모를까?, 당신이 낳은 딸이 최소한 무엇을 원하는지 말하지 않아도 알아야지, 그렇게 엄마를 원망했었다. 하지만 이제 안다. 남편과 엄마는 다른 사람이다. 남편이 안다고 해서 엄마가 당연히 안다고 생각하면 안 된다는 것을.

'말하지 않는데 어떻게 안단 말인가?'

누군가 내게 무엇을 주면, 감사하게 잘 받으면 된다는 것을 마흔을 넘기고 알았다. 당당하게 받고 마음 깊이 감사함을 표현하는 훈련도 필요하다는 것도 함께 배웠다.

엄마는 밥해주는 것을 죽기보다 싫어했다. 외할머니가 아파서 엄마는 9살 때부터 밥을 해 먹었다고 했다. 거기다 20살에 이용업을 하는 아빠를 만나 삼시 세끼 밥을 매일 했다. 이런 이유로 밥이 지긋지긋하다고 말했다. 오죽했으면 입덧이 심해 탈진 직전인 딸이 남편 손에 이끌려 친정에 간 날, 현관문 들어서는 딸에게 밥해주기 싫다고 성질을 냈을까? 그때는 엄마가 미웠다. 진짜 내 엄마가 맞나, 싶었다.

그런 엄마가 달라졌다. 밥해주기를 무엇보다 싫어했던 엄마는 지금 나에게 하나라도 더 해주려고 한다. 그 모습, 그 마음이 눈에 보인다. 요즘 나는 한 달에 하루, 종일 엄마와 시간을 보내기 위해 친정에 간다. 엄마는 손수 캐온 고사리, 더덕, 취나물 같은 제철 음식에 삼겹살을 구워놓고 나를 기다린다. 나는 엄마의 음식을 먹으며 연신 '맛있다~ 맛있어!'하며 밥 두 그릇을 비운다.

앞으로 지금처럼 엄마가 나에게 해주고 싶은 것을 맘껏 하게 할 것이다. 그리고 내가 받고 싶은 걸 스스럼없이 엄마에게 말할 것이다. 엄마가 내게 주는 마음을 온전히 누릴 것이다.

엄마와 구인사 여행

엄마 : 나랑 시간 내서 구인사 가줄 수 있어?

   정월대보름 되기 전에는 가야 되는데 너 시간 되겠나?

나 : 어. 엄마 원하는 날로 가자. 그날 무조건 시간을 낼게.

엄마 : 구인사에 가면 불공기도 코스를 가르쳐줄 테니 기억하고

   있다가 다음에 엄마 없이 가게 되면 그렇게 하면 된다.

나 : 집 앞이야. 나오셔.

엄마 : 너랑 구인사 가자고 하고 나서부터 걱정을 태산같이 했다.

   괜히 같이 가자고 했나? 운전을 제대로 하겠나 싶고 거기다

   도착하기 전에 고불고불하니 운전하기 어려운 도로가 있는데

   네가 운전해서 거기를 지나가겠나 싶어서.

   전세버스 운전기사도 힘들어하는데, 오만 생각으로 지금까지

   잠을 제대로 못 잤어. 그렇다고 부처님과 약속해놓고 안 가면

   안 되고 해서 네게 전화하려는 걸 몇 번을 참았다.

나 : 아이고 엄마야, 걱정을 사서 했구먼. 가다가 안 되면 쉬어가고

   쉬어가다 안되면 기어가지. 걱정하지 마. 요즘 내비게이션 좋아.

   제대로 데려다준다.

   (문제의 구간을 지나야만 걱정을 내려놓을 듯했다.

   문제의 구간에 도착했다.)

엄마 : 길을 잘못 가고 있는 것 같은데?? 이런 길 없어. 다리 지나면

   고불고불한 도로가 나오는데 왜 안 나 오노? 잘못 왔다.

나 : 엄마 내비게이션에 이 길로 가라고 되어있다.

　　　이정표에도 구인사라고 쓰여 있어. 길은 맞는 것 같은데

　　　엄마가 아는 길만 있는 건 아니잖아. 길은 여러 개야.

　　　하나만 있는 건 아니니까 기다려봐라.

　　　(이정표가 보였다. 구인사 방향이었다.

　　　조금 지나서 엄마가 아는 길로 접어들었다.)

엄마 : 이 길 맞는데 그런데 좀 전에 그 길은 뭐고?

나 : 나야 모르지 엄마. 나도 예전에 고불고불한 도로로 간 거

　　　같은데? 이상하긴 하다.

한참 후에 안 사실인데 새로운 도로가 생겼다. 이제 고불고불한 도로를 가지 않아도 되었다. 구인사에 도착. 엄마는 이곳저곳 데리고 다니면서 방마다 불공 기도하는 방법을 설명했다.

엄마 : 산꼭대기 올라가야 되는데 왕복 1시간 걸린다.

　　　보통은 택시를 타고 중턱까지 가서 걷는데 어제 눈이 내려

　　　안 녹아서 택시가 운행을 안 한단다.

　　　걸어가야 되는데 너 괜찮겠어? 집에 갈 때 운전해야 되는데

　　　안 힘들겠어? 여기 안 가면 올 필요도 없는 건데...

나 : 괜찮다. 안 가면 안 되는 곳이잖아. 힘들면 쉬면 되지.

엄마 : 잘 오르네. 괜한 걱정을 했네. 산 잘 타네.

나 : 엄마보다 젊은데, 내가 엄마보다는 나아야지.

　　　그걸 지금 말이라고. (난 웃었다)

엄마 : 여기 주지스님 뒤쪽의 경치가 예술이다. 가보면 잘 올라왔다

생각할 거다. 가 볼래? 집에 갈 때 운전하겠나?

이리 많이 걸어서. 내려가는 것도 한참인데.

나 : 내려가서 좀 쉬었다가 가.

가다가 힘들면 휴게소에서도 좀 쉬고. 그럼 된다.

엄마 : 부처님이 이리 귀한 딸이 시간 내서 엄마 데리고 왔는데

무탈하게 해 줄 거야.

(엄마는 한 걱정 끝나면 또 한 걱정,

그 걱정 끝나면 또 다른 걱정을 하셨다.

엄마가 보여준 경치는 진짜 끝내줬다.

처음으로 엄마와 사진도 찍고 멋진 풍경도 담았다.)

엄마 : 집으로 가는 길에 한 군데 더 들려야 된다. 근데 거기는 약간

언덕배기라 네가 운전해서 올라갈 수 있겠나 싶다. 걸어가기

엔 좀 멀어서.

나 : 가보고 결정하자. 운전 가능하면 차로 가고 안 되면 걷고.

엄마 이제 내려갈까?

엄마의 걱정이 태산이긴 했나 보다. 엄마는 산에서 내려와 준비해온
파스를 내 발뒤꿈치에 붙여주었다. 다행히 마지막 코스는 운전이 가능
한 곳이었다. 엄마가 원하는 곳은 모두 가보았다. 그리고 나서 집으
로 출발했다.

엄마 : 너 덕분에 편하게 기도했다. 전세버스 타고 오면 버스 시간

맞춰야 돼서 계속 빨리 걷거나 뛰어야 돼. 나이가 드니까 뛰기

힘들어서 몇 년을 못 왔어. 네가 흔쾌히 수락하지 않았으면

안 왔을 거야. 엄마 말에 망설임 없이 가자고 해줘서 고마워.

이리 운전을 잘하는데 괜한 걱정을 했네.

이제 세상 어디 다녀도 되겠다.

나 : 이제 딸 운전에 믿음이 가나? 가고 싶은 곳 있으면 말해. 엄마.

앞으로 한 10년은 당일 운전 가능하다.

그 이상은 나이가 있어 나도 힘들 것 같아.

엄마와 단둘이 어디를 가본 건 처음이었다. 엄마는 구인사에서 자신이 아닌 우리를 위해서 기도했을 것이다. 출발할 때부터 도착해서까지 내가 어디 불편한 것은 없는지 계속 물어보고 확인한 것처럼.

나는 구인사에서 딱 10년만 엄마를 모시고 여기 올 수 있게 해달라고 부처님께 빌었다.

"엄마. 나랑 딱 10년만 구인사 가자~~부처님이 내 소원 들어 주실까? 들어주겠지?"

4. 소녀의 소확행

세상에 당연한 것은 없다

"인생은 한방이다"

4학년 아들의 말이다. 아들은 자신 인생에서 한 번은 올 것 같다고 했다. 그러면서 그날을 기다리겠다고 했다. 어이가 없었다. 4학년이 힘들이지 않고 노력하지 않은 성공을 바라다니, 어린아이가 품을 마음은 아닌듯했다.

"그래. 인생은 한방이다, 치자. 근데 너에게 한 번은 온다고 하면 넌 이미 그 한 방을 받았어. 아들아!"

아이는 눈을 동그랗게 뜨며 물었다.

"언제?"

"네가 태어난 것이 이미 네 인생의 한방이야. 너 성교육 받았잖아. 아이가 어떻게 생겨? 태어나는 거 배웠잖아. 그 놀라운 확률을 뚫고 네가 엄마에게서 태어났어. 엄마가 보기엔 그게 네 인생 최고의 한방이란 생각이 드는데. 하늘에서 그런 한방을 두 번 주진 않지. 더 이상의 기회는 오지 않아. 그러니 땀 흘리며 열심히 살자~~"

"오~~~그러네!"

아이는 엄지척을 하며 내 말에 감탄했다.

그렇다. 아이가 나에게 온 것부터가 최고의 축복이다. 내가 세상에서 가장 잘한 일 중 첫 번째는 지금의 남편을 선택한 것이고, 두 번째는 결혼을 한 것이고, 마지막은 두 아이의 엄마가 된 것이다.

내 인생의 최고의 선물이 남편과 두 아들이다. 두 아이가 자랄 때마다 나도 같이 조금씩 성장했다. 아이로 인해 새로운 세상을 보았고 엄마가 아니면 생길 수 없는 마음도 생겼다. 아침에 가방 메고 등교하는 두 아들이 너무 예쁘고 사랑스럽다. 힘들게 공부하고 옆길로 새지 않고 집으로 꼬박꼬박 오는 것 또한 감사하다.

남편도 마찬가지다. 하루도 빠짐없이 같은 시간에 출근 하는 남편이 고맙다. 매일 출근하는 일, 그 일이 어려운 일이란 것을 나는 너무 잘 안다. 우리가 아니면 그렇게까지 열심히 다니지 않아도 된다. 가장의 자리가 얼마나 무거웠는지 남편은 아이가 생길 때마다 '책임져야 하는 사람이 늘었다'라는 중압감에 3년 동안 불면증에 시달렸다. 거기다 이갈이까지 시작했다. 안 그래도 이가 좋지 않은데 이갈이를 하게 되니 걱정이 되었다. 난 밤마다 이갈이를 하지 못하게 남편의 입을 잡고 잠을 청했다. 어떻게 하면 이갈이를 멈추게 할 수 있을까, 방법을 찾던 중 놀랄 정도로 뺨을 때리면 이갈이를 멈춘다고 해서 잠들어있는 남편 배 위에 앉아 있는 힘껏 남편의 뺨을 후려친 적이 있다. 편히 잠들어 있던 남편의 얼굴이 완전히 돌아갔다. 놀란 남편은 벌떡 일어나 나의 멱살을 잡으며 주먹이 나의 뺨으로 날아왔다.
"잠깐, 나야. 나"

나는 소리쳤고, 남편은 손을 내려놓으며 내 어깨를 토닥이며 말했다.
"미안. 미안 내가 또 이를 갈았구나. 시끄러워서 깼어? 신경 쓰면서 잘 테니, 너도 이제 그만 자. 그런데 너는 간도 크다. 조금만 늦었어도 너 이 다 나갔어. 내가 얼마나 놀랐는지 알아?"
이런저런 무식한 방법에도 불구하고 남편의 이갈이는 멈추지 않았다. 꼬박 3년을 하고서야 멈췄다. 이빨이 상해서 치료를 받았고, 희한하게도 그 후부터는 잠을 잘 잤다. 하지만 작은 아이를 낳고도 똑같은 일은 반복되었다. 그때 알았다. 가장의 무게를 내가 감히 체감할 수 없다는 것을. 나는 남편의 마음을 온전히 알지 못했다. 다만 조금 이해할 뿐이었다.

결혼 전 나는 남자들 속에서 8년의 직장생활을 했다. 출근하는 남자들의 어깨가 쳐져 있는 모습이 많이 안쓰러웠다. 그러면서 다짐했었다. '내 남편 어깨의 짐은 가볍게 하리라'

하지만 막상 결혼을 하니 남편 어깨의 짐을 나누지 못했다. 나의 특기를 살려 '최소비용으로 최대 효과를 보는 방법'으로 남편의 짐을 나누기 시작했다. 가장 효과를 본 건 '아이 학원 보내지 않고 자기주도학습으로 공부시키기, 전기 난방비 줄이기, 물건 물려주기'였다. 덕분에 많은 비용을 줄였고 지금은 직장 맘으로 부담을 덜어주고 있다.

나는 잠이 많다. 누가 업어 가도 모를 만큼 잠들면 일어나지 못하는 사람이다. 그런 내가 엄마가 되었다. 아이가 밤마다 밥 달라고 '쪽쪽' 거리는 소리에 잠을 깼다. 처음엔 그 '쪽쪽'소리에 깨어나서도 내가 왜 깨어났는지 몰라 다시 잠을 청할 정도였다. 잠을 제대로 자지 못한 나는 퇴근한 남편에게 자주 짜증을 냈다. 그러던 어느 날, 참다못한 남편이 내게 말했다.

"죽으면 평생 잘 잠인데 뭘 그렇게 잠에 목숨을 걸어?"

그 말에 화가 나면서 뚜껑이 열렸다. '그래, 그럼 너 한번 잠 자지 말고 죽어봐라'라는 마음으로 퇴근한 남편에게 아이를 맡기고 안방에 들어가면서 말했다.

"죽으면 평생 잘 잠이니 당신이 잠자지 말고 아이 봐요. 나는 사는 동안의 잠이 중요하다고 생각하는 사람이라 자야겠어요. 그럼, 수고해요"

안방에 들어와 문을 잠그고 잠을 잤다. 다음날 아침 남편이 출근하고 나면 아이를 내가 보살폈고, 남편이 퇴근하면 남편에게 아이를 온전히 맡기고 안방에 들어와 잠을 잤다. 그렇게 보내기를 3일. 남편은 출근하지 못했다.

3일 동안 잠을 제대로 못 자고 출, 퇴근을 했으니 멀쩡할 수가 없었다. 충분한 수면을 취하고 깨어난 남편은 사과했다. 자신의 생각이 짧았다면서, 잠이 중요한 걸 깨달았다고 했다. 남편은 내가 아이랑 집에 있으면서 하루 종일 뒹굴고 낮잠을 잔다고 생각하는 것 같았다.

"주말에 내가 집에서 하는 일과를 당신이 한번 경험해 봐요. 내가 아무리 힘들다고 해도 온전히 나의 힘듦이 전달되는 것 같진 않네요"
주말에 남편을 부려먹기 시작했다. 세끼 식사 챙기기, 설거지, 청소, 빨래, 걸레 삶기, 아이 옷 삶기, 아이 젖병 씻기, 아이 목욕하기, 하루 종일 남편은 정신없이 일했다. 일을 끝내기도 전에 힘들다면서 투덜거렸다. 아직 마당 물 청소나 아이 돌보기는 하지도 않았는데 말이다. 나는 아이 돌보면서 매일 그 일을 하고 있는데다가 밤에 잠도 제대로 못 잔다고 얘기했다.

직접 경험하지 않으면 상대를 온전히 이해할 수 없는 것 같다. 가장의 무게가 무거울 거라고 생각을 하면서도 밤마다 이갈이를 할 정도의 압박감을 내가 온전히 이해할 수 없는 것처럼, 남편도 나의 힘듦을 온전히 이해할 수 없었던 것이다.

그날 이후 우리는 달라졌다. 그날 경험은 나와 남편이 지금까지 결혼생활을 유지하는데 많은 도움을 주었다. 퇴근하는 남편을 현관문 앞에서 맞이할 때 오늘 하루 고생했다고 먼저 인사하면, 그런 내게 남편은 당신도 오늘 하루 고생했다고 서로의 엉덩이를 토닥여준다. 그렇게 평범한 일상이 특별한 일상이 된다. 세상에 당연한 것은 없다.

행복 마일리지 통장

- TV 방송에서 발견한 행복통장 만들기!

일상의 소소한 행복, 아이로 인해 발생된 행복, 남편으로 인해 발생된 행복. 통장에 저축하듯 행복 마일리지를 저축하라고 했다. 그날 이후 일상의 소소한 행복을 느낄 때마다 나만의 행복통장에 저축하기 시작했다. 행복통장으로 휴대폰의 '카카오스토리'를 활용했다. 사진과 함께 짧게 그 순간의 느낌을 기록했다. 그리고는 우울할 때, 슬플 때 꺼내 보았다. 이렇게 쌓아둔 행복 마일리지 통장은 언제 사용하지? '그래, 시간이 아주 많이 흘러 너희가 나에게 크나큰 잘못을 하거나 큰 실망을 안겨줄 때, 죽어도 용서할 수 없는 일이 너희로 인해 나에게 생길 때, 쌓아둔 행복 마일리지로 하나씩 통 크게 퉁 쳐 줄게. 그리고 약속할게. 그날 그 순간의 행복을 잊지 않을게. 가슴 켜켜이 쌓아 기억할게'

- 작은 아이 태어난 날. 큰아이의 고백

큰아이의 제왕절개로 작은 아이도 제왕절개를 했다. 그때 큰아이는 7살이었다. 아이는 내가 걱정됐는지 유치원도 가지 않고 병원에 왔다. 제왕절개수술 후 마취에서 깨어나기 시작한 나는 비몽사몽이었고, 아파서 신음소리를 냈다. 어지러워 머리를 이리저리 흔들었는데 그 모습을 지켜본 아이가 내 손을 잡으며 걱정스럽게 말했다.

"엄마 아이 낳는 게 이렇게 힘들고 아픈 거야. 이렇게 아픈 줄 알았으면 동생 낳아달라고 안 하는 건데, 더 이상 동생은 필요 없어~~"

7살 된 아이 눈에 엄마가 많이 고통스러워 보였던 모양이다.

'이런 예쁘고 착한 아이가 어떻게 내게 왔을까?'

그날, 그 순간의 아이 눈을 나는 지금도 기억한다.

– 큰아이가 준 나의 39살 생일선물(30대 마지막 선물)

큰아이는 나의 30대 마지막 생일을 평생 잊을 수 없는 인생 최고의 생일로 만들어줬다. 여자 나이 앞자리가 '3'에서 '4'로 바뀌는 것이 지금까지와 다른 감정을 느끼게 만들면서 많은 의미를 부여하고 조금 우울해진다는 것을 인터넷을 통해 알게 되었다고 했다. 그때 아이 나이 겨우 12살이었다. 아이는 도미노를 하트로 만들고 케이크에 생일 축하 노래까지 불러주었다. 축하카드를 건네는데 나의 달라질 몸과 마음에 축복을 주는 듯했다. 아이가 40살이 되는 엄마에 대한 마음을 어떤 글로도 표현할 수 없어 속상해 울었다고 남편이 귀띔해 주었다. 생일 축하받는 것만으로도 감동인데 아이의 마음을 듣고 나니 가슴이 터질 것만 같았다.

'넘치게 사랑받고 있구나. 난 축복 받은 사람이구나. 전생에 지구를 구했나 봐.

이 아이가 어떻게 내게 왔지? 너는 천사니?'

– 남편의 센스 있는 선물

나는 우산은 있어도 양산은 없다. 그렇잖아도 더운데 거추장스럽게 양산의 무게까지 더하고 싶지 않다. 모자가 편했다. 작은 아이가 초등학교를 입학하면서 집과 거리가 먼 회사에서 걸어서 10분 거리인 회사로 이직했다. 그러다 보니 더운 여름에 걸어 다녔다. 남편이 보기에 땀 흘리며 걸어 다니는 내가 많이 안쓰러웠던 모양이다. 어느 날 내게 양산을 선물했다. 백화점에 가서 남편이 점원에게 이것저것 물어보고 내게 가장 어울릴 것 같은 양산을 고르느라 얼마나 많은 고민을 했을지 그림이 그려졌다. 양산을 사용하지 않던 취향이었던 나는 이젠 여름만 되면 양산을 찾는다. 남편 덕분에 바르지 않는 화장품도 바르게 되었다. 아이를 낳고 나면 피부에 관심을 더 가져야 된다며 점원에게 화장품에 무지한 나를 위해 화장품 바르는 순서와 방법까지 자세하게 알아오는 센스 넘치는 남편이다. 내 인생 최고의 선택이었다.

– 자장가 불러주는 작은아이

며칠 동안 정신없는 회사 업무로 두통에 이어 눈까지 아팠다. 거기에 비까지 오니 여기저기 아프지 않은 곳이 없었다. 아무래도 몸살인 것 같아 일찍 침대에 누웠다. 그때 작은 아이가 왔다.

"엄마 자려고?"

"어. 몸이 너무 아파서 좀 일찍 자야 될 것 같아"

갑자기 후다닥 달려가 목욕을 하더니 아이가 내 품으로 들어왔다.

"엄마 좋아~~ 아이 따뜻해. 엄마 냄새, 너무 좋아~~ 엄마, 진짜 좋아~~"

내 몸에 자신의 코를 대고 킁킁거리며 살을 비비더니, 즐겨 부르는 '네모의 꿈'을 내 귀에 들려주었다. 아이의 자장가 덕분에 나는 아픔도 잊고 잠이 들었다. 단 꿈을 꾸고 깨어난 다음 날 아침, 유난히도 상쾌하고 행복했다. 예전 '아빠 껌딱지'였을 땐 남편이 누렸던 호사를 이젠 '엄마 껌딱지'가 되어 내가 호사를 누리고 있다.

'아이에게도 엄마의 자장가가 이런 느낌일까?'

– 남편의 고백으로 풍성해진 저녁식사

"아빠는 아버지, 어머니가 나를 태어나게 해줘서 감사하고, 그래서 엄마와 결혼해서 감사하고, 너희를 낳아서 너무 좋고, 지금 이렇게 같이 밥 먹으며 웃고 얘기하는 오늘이 너무너무 행복하단다"

저녁을 먹으며 이런저런 얘기를 나누던 중, 남편이 두 아이와 나를 번갈아보며 말했다. 갑작스러운 남편의 고백이 감동이었고 행복해 눈물이 났다. 나는 남편의 말에 화답했다.

"너무 감동이라 눈물이 다 나네. 나에게 당신은 최고의 남편이고, 최고의 아빠다. 세상 어디에도 당신 같은 사람은 없어요"

그날 저녁 식탁은 별다른 반찬 없이도 풍성한 저녁이었다.

에필로그, 내게 전부인 사람

나를 제대로 아는 사람이다. 나의 장점. 매력을 제대로 보고 완전하게 알아주는 사람이다. 남들에겐 밝히지 않은, 엄마에게조차 드러내지 못한 나의 매력을 아는 유일한 사람이다.
내게 전부인 사람, 인생의 마지막까지 함께 할 나의 멘토, 남편.

한 사람이 눈에 들어왔다. 어느 무더운 여름날 와이셔츠 단추 하나 여는 모습이 인상적이었다. 모두 덥다고 웃옷을 벗는데 겨우 단추 하나를 풀다니.
'덥지 않은가? 보다는 저렇게 참을성이 많단 말이야?'
순간, '이 남자다' 싶었다. 이 남자라면 나의 똥고집에 고약한 성격을 받아줄 것 같았다. '만약 내가 결혼을 한다면 이 남자와 해야겠다. 내 인생 올인 해도 아깝지 않겠다' 싶었다.

돌이켜 생각해보면, 흔히 말하는 운명 같은 것이었다. 그렇게 1년 동안, 이 남자를 관찰했다. 하루하루 지날 때마다 나의 생각에 확신이 들었다. 어느 날, 이 남자와 함께 점심을 먹으면서 진담 반, 농담 반 용기 내어 물었다.

"영화같이 볼래요?"
이 남자는 흔쾌히 그러자고 했다. 첫 데이트는 그렇게 시작됐다. 마지막 상영시간의 영화를 보고 2시간 거리에 있는 나의 집으로 걸어오면서 얘기를 나눴다. 남자와 이렇게 오랫동안 대화를 나눠보긴 처음이었다. 지금까지도 기억한다. 부정덩어리였던 나에게 당신은 긍정적으로 살아도 될 만큼 잘 살았다고, 앞으로 충분히 잘 살 것 같다고, 오늘 하루 즐거운 시간이었다고, 내게 악수를 청하며 손을 잡는데, 세상에서 가장 따뜻한 손이었다. 나의 자존감이 살아나기 시작한 순간이었다.

이 남자를 만나기 전의 나는 풍요롭지 않은 집안 형편과 칭찬할 줄 모르는 엄마로 인해, 자존감 낮고 나의 목소리를 내지 못하는 집에만 갇혀 생각이라곤 없는 아이였다. 이 남자 덕분에 집 밖 세상으로 탈출했다. 이 남자는 늘 나의 기분과 하고 싶은 것을 궁금해했고 나의 목소리를 듣고 싶어 했다. 사랑을 받아본 적 없는 내게 사랑받는 존재로 산다는 것이 얼마나 행복한 것인지 알려주었다. 동시에 나도 충분히 사랑받을 수 있는 존재라는 것도 일깨워줬다. 집 밖을 나오지 않아 관계 맺기가 어려웠던 내게 말솜씨, 행동으로 자신을 표현하는 방법을 하나하나 알려주었고 마음의 소리를 듣게 하고 표현되도록 하였다.

이 사람 앞에서는 안 되는 것 없이 말만 하면 되었다. 자존감이 낮아 차마 말하지 못하는 나의 마음을 알아차려주었다. 내게 유일한 숨구멍이었고 온갖 감정 찌꺼기를 버릴 수 있는 쓰레기통이었다. 누구에게도 말하지 못한 것을 이 남자에게는 말할 수 있었다. 늘 네가 옳다고, 그럴 수 있다고, 사람이라서 그런 마음이 생기는 건 당연한 것이라고, 죄책감에 빠져있는 나를 위로했고 다독여 주었다. 나의 모든 것을 이해하려고 했고 받아들였다.

결혼한 첫날밤, 세상사람 다 안 돼도 너만은 된다고, 혹여 네가 살인을 해도, 그래서 세상사람 모두가 손가락질을 한다 해도, 나는 네 편이라고, 네가 하고 싶은 건 다 말하라고, 그리고 다 해보라고, 사람이 하고 싶은 것을 해서 후회하는 일은 없다고, 못해서 미련이 남아 후회하는 것이라고, 그러니 내가 빚을 내서라도 네가 하고 싶은 것은 다 해 줄 테니 마음속에 담고 살진 말라고 얘기해주었다.

이 남자는 유일한 내 편이었다.

결혼 전 모든 결정의 기준은 '나 자신'이 아니라 주변의 상황이나 타인이었다. 하지만 결혼 후 이 남자와 살기 시작하면서 모든 결정의 기준은 오로지 '나'였다. 나 자신의 행복이 우선인 삶을 살기 시작했다. 내 삶의 주인이 비로소 '나'가 된 것이다.

누군가 자신이 원하는 삶을 살기 위해서는 그런 삶을 사는 사람과 함께 해야 한다고 했다. 이 남자와 20년을 보낸 지금의 나는 이 남자를 많이 닮아있다. 가끔 이 남자가 묻는다.

"넌 날 사랑하니?"

"난 당신을 사랑하지 않아. 당신을 사랑해서 결혼한 것이 아니야. 결혼하기에 딱 좋은 사람이라 당신을 선택했을 뿐이야"

원고를 쓰던 어느 날 남편에게 당신을 선택하게 된 계기를 말한 적이 있다. 사랑하지는 않았지만 몹시 더운 어느 여름날 당신이 와이셔츠 단추 하나를 여는 모습에 참을성이 진짜 끝내주겠구나 싶었다고, 고약한 내 성격을 받아 줄 거 같고, 남은 내 인생 전부를 올인 해도 아깝지 않겠다 생각했다고, 그런데 살아보니 어제보다 오늘이 더 좋은 사람이고, 오늘보다 내일이 더 기대되는 사람이라고.
그리고 지금은 그 '사랑'이란 걸 하게 되었다고.

나를

찾아가는 과정

김인설

지성엔테크 팀장
중국어 강사/ 통번역
휴먼 리더십 강사
'언니들 인생을 리셋하다' 공저 출간

길고 긴 여정 끝에 나를 찾아냈다.
누구의 눈치도 보지 않은 채
마음의 소리에 집중하며 나답게 살아가고 있다
블로그 http://blog.naver.com/xue0118

1. 가족

메주 엄마와 메주 딸

영화 "반지의 여왕"에서 남자 주인공이 말한다.

"엄마가 못 오신대. 자기 아들이 아픈데. 난 7년을 기다렸는데. 수상하려고 한 것도, 모델에 집착한 것도 다 그거 때문이었는데. 어떻게 자기 아들이 아프다고 문자 한 통으로….'

그러자 여자 주인공이 말한다.

"안심돼서 그러신가 보다. 너를 덜 사랑해서가 아니라 네가 더 안심 돼서. 같은 날 만든 메주도 어떤 건 습기 차고, 썩고, 또 어떤 건 멀쩡하거든. 근데 멀쩡할수록 더 안 보게 돼. 그냥 둬도 잘 있겠지. 안심이 되니까. 분명 다시 보러 오실 거야. 지금은 잠깐 습기 찬 메주를 보고 계신 것뿐일 거야."

남자 주인공과 많이 닮은 나. 엄마의 사랑을 원하는 나에게 여자 주인공의 대사는 오래오래 귓가를 맴돌았다. 늘 그랬다. 엄마가 오빠들에게 주는 사랑에 비해 내가 받는 사랑은 언제나 작게 느껴졌다. 작은 사랑에 혼자 마음 아파하며 나도 모르는 원망이 자꾸 내 안에 쌓여갔다. 물론 엄마는 말한다.

"너희들 모두 똑같이 사랑해!"

하지만 내가 느끼는 사랑의 온도는 언제나 오빠들보다 몇 도쯤 낮았다. 그 이유가 무엇일까, 생각해본 적이 있다.

아마 엄마의 오래된 사상에서 비롯된 거 같다. 남존여비 시대의 피해자로 부당한 대우를 받고 있다는 것도 모르고 엄마는 그 세월을 살았다. 분명 엄마에게도 상처가 되었을 텐데 말이다. 그러면서 자신도 모르게 우리에게 남존여비 사상을 강요했다. 나에게는 더욱 그랬다.

엄마는 공부를 굉장히 좋아하는 아이였다. 초등학교 4학년 때 공부는 하고 싶지만, 밭일 나가신 외할머니 대신 남동생을 돌봐야 해서 학교에 갈 상황이 아니었다. 공부를 너무 하고 싶었던 엄마는 어린 남동생을 업고 교실로 들어갔다. 업혀있던 남동생은 아이들의 낭독 소리에 놀라 울기 일쑤였고 그때마다 엄마는 남동생을 업은 채 교실 밖으로 나올 수밖에 없었다. 그마저도 여의치 않으면 창문 너머에서 수업을 들었다고 했다. 안타깝고 마음 아픈 일이 아닐 수 없다. 얼마나 외할머니가 원망스럽고 남동생이 미웠을까? 하지만 엄마는 어린 나이에도 불구하고 원망이나 미움을 내비치지 않고 당신이 해야 할 일을 묵묵히 해냈다.
그런 엄마가 언젠가 나의 딸을 보며 이런 말을 했다.
"내가 저 나이 때는 부엌에 불 지펴서 밥을 해 먹었는데"
그때 아이는 고작 초등학교 2,3학년 때였다. 예전 엄마의 삶이 어떠했을지 짐작이 갔다.

그렇게 유년 시절을 보낸 엄마는 한 남자의 아내가 되었다. 동생들의 뒷바라지를 하느라 아이를 키우는 일에 진저리가 났던 걸까. 아이를 하나만 낳을 생각이었는데 '혼자는 외롭다'라는 외할머니의 권유에 세 아이의 엄마가 되었다고 했다. 어린 시절부터 세 아이의 엄마가 되기까지 주어진 관습에 따르며 살아온 엄마는 스스로 선택할 수 있는 것이 별로 없었다. 그럼, 엄마는 나를 사랑하지 않았을까?

그렇지는 않다. 다만 엄마는 어린 시절부터 당연하다고 생각하는 방식으로 나를 대했던 것 같다. 그것이 가끔 내 마음을 아프게 한다는 사실을 알지 못한 채 말이다.

사실 내가 다시 공부를 시작하고 싶다고 했을 때 누구보다 기뻐해준 사람이 엄마였다. 결혼한 딸이 공부하고 싶다는 얘기에 학원비까지 보내주며 응원한 사람도 엄마였고, 대학을 졸업했을 때 '정말 대단하다'면서 나보다 더 좋아한 사람도 엄마였다. 그런 엄마이지만 한 번씩 이해할 수 없는 말과 태도로 인해 마음이 서늘해질 때가 있다. 언젠가 이런 일이 있었다. 이른 아침 큰 오빠와 내가 가족여행에 대해 의논을 하고 있을 때였다. 갑자기 엄마가 큰 오빠에게 '아침 물 한 잔이 보약이야'라며 물을 건네는데, 당연히 나에게도 물이 올 줄 알았다. 하지만 엄마의 손은 끝내 나에게 오지 않았다. 순간 그동안 알게 모르게 쌓아두었던 섭섭했던 감정들이 떠오르면서 마음이 서운해지기 시작했다.

물 한 잔에 섭섭한 마음을 내비치면 속 좁은 사람으로 보일까 봐 얘기도 못하고, 다른 일로 엄마에게 짜증을 냈다. 그런 이유를 전혀 알지 못하는 엄마는 내게 '너는 왜 그렇게 성질이 더럽냐'라고 도리어 핀잔을 주었다. 그렇게 속마음을 표현하지 못한 채 몇 십 년을 살아왔다.

시간이 어느 정도 흘렀을 때 엄마에게 물 한 잔에 얽힌 감정을 이야기했다. 엄마가 큰 오빠에게만 물을 주고 나에게 물 한 잔을 건네주지 않아 섭섭했고, 상처받았다고 말이다. 그 말에 엄마는 화들짝 놀라면서 '정말 내가 그랬냐'면서 조심스럽게 말문을 열었다.

"내가 그랬다면 정말 잘못한 거야. 네가 정말 서운했겠다. 미안하다"

오빠들도 충분히 스스로 알아서 잘하는데, 엄마는 오빠들을 물가에 내놓은 아이들처럼 생각하는 경우가 많다. 엄마가 챙기지 않으면 큰일 난다고 믿으면서 말이다. 어린 시절부터 몸에 밴 관습을 버리지 못한 것이다.

다른 메주들보다 잘 있어서 못난이 메주에게 외할머니의 사랑을 뺏겼던 엄마, 오빠들에게 사랑을 빼앗겼다고 생각한 나, 엄마와 나는 참 닮아있다. 사랑받고 싶은 마음까지도 닮아있다. 서로의 삶을 깊게 이해하기 위해서는 조금 더 시간이 필요하겠지만, 그래도 예전보다 엄마에게 많이 표현하고 있다. 언젠가 엄마와 나 사이에 지금보다 훨씬 깊고 풍부한 맛을 느끼게 될 거라고 믿는다.

삼 남매

"인설아 나 오늘 대구 간다."

"어, 무슨 일 있어?"

"아니, 철이(둘째 오빠) 온다고 해서 간다."

"어, 알겠어! 저녁에 보자 몇 시쯤 도착해?"

"7, 8시쯤"

"뭐 먹고 싶은 거 있어?"

"내가 맛있는 거 사줄게"

큰 오빠였다. 왠지 모르게 들떠있는 큰 오빠의 목소리에 나도 덩달아 기분이 좋아졌다.

서른이 넘어서 형제가 어떤 존재인지 어렴풋이 알게 되었다. 어릴 때부터 떨어져 지냈던 터라 서로에 대해 알지 못했다. 그냥 '우리는 형제다'라는 수식어만 가지고 있었다 해도 과언이 아니다. 그러다가 한국에서 함께 생활하기 시작하면서 서로에 대해 조금씩 알게 되었다. 처음에는 많이 싸웠다. 어린 시절 싸우지 못한 한이라도 풀려는 사람들처럼 열심히 싸웠다. 오빠들이 처음 한국생활을 시작할 때는, 사소한 문제도 내가 나서야 하는 것에 부담감도 많았다. 그러나 한참 후 오빠들도 나에게 해주고 싶었던 것이 많았다는 것을 알게 되었다. 그러면서 정이 들었을까? 남매의 정이 나날이 두터워지기 시작했다. 결혼 15년 만에 내 집 장만을 하게 되었을 때 오빠들은 누구보다 기뻐해 주었다. 무리해서 집을 장만하다 보니 인테리어에 많은 돈을 쓸 수 없었다. 욕실만큼은 다시 수리하고 싶었는데, 예상금액이 만만치 않았다. 고민을 오빠들에게 털어놨다.

"욕실 인테리어 하고 싶은데 너무 비싸네?"

"그럼 타일만 해놔. 나머지, 변기, 세면대, 각종 액세서리는 우리가 달아줄게"

당시 오빠들은 서울에서 새 아파트 욕실에 들어가는 변기, 세면대, 액세서리 공사를 하고 있었는데, 쉬는 일요일마다 모든 것을 제쳐두고 대구의 우리 집까지 꼬박 4시간을 달려와주었다.

욕실 공사에 필요한 각종 장비를 챙겨와 힘든 기색 하나 없이 나의 의견을 물으며 꼼꼼하게 설치해주었다. 수도꼭지, 싱크대 꼭지 할 거 없이 꼭지라는 꼭지는 모두 교체해주었다. 그러면서 더 해줄 것이 없는지 물었다. "인설아 더 필요한 거 없어?" 나는 이걸로도 충분하다고 대답했다. 하지만 그래도 오빠들은 부족하다고 생각했는지 다시 의논하기 시작했다.

"야, 철아! 우리한테 있는 싱크대 탈수기 인설이 집에 맞겠나? 하나 달아줄까?"

"그래, 그거 달아주면 좋겠다. 그리고 샤워기도 이번에 더 좋은 거로 들어왔는데 다음에 바꿔줘야겠다"

오빠들이 공사를 끝낸 욕실을 한참 동안 바라보면서 무엇이 더 필요한지 살피는 모습에 코끝이 찡했다. 오빠들 덕분에 시중보다 훨씬 저렴한 가격에 욕실 공사를 할 수 있었다. 무엇보다 그동안 오빠들이 공들인 시간과 마음을 생각하면 그 어떤 금액으로도 가격을 책정할 수 없었다. 사실 큰 오빠는 좀 묵직한 면이 있다. 아빠를 대신해야 한다는 책임감 때문일까? 무엇이든 혼자 삼키는 편이다.

그런 오빠가 어느 날 무심코 한마디 던졌다.

"친구니, 뭐니, 해도 역시 형제밖에 없어"

친구를 많이 좋아했던 큰 오빠, 언제나 친구가 1순위였던 큰 오빠에게서 '형제가 최고'라는 말이 나온 것은 놀라운 일이었다. 무심코 던진 한마디이지만 그 무게를 알기에 마음이 뭉클해졌다. 큰 오빠가 속마음을 드러내는 데까지 분명 용기가 필요했을 것이다. 무뚝뚝하고 감정을 혼자 삼키는 큰 오빠이기 때문에 '역시 형제밖에 없어'라는 말에는 수많은 감정이 내포되어 있을 것이다. 큰 오빠, 이제는 나의 뒤에서 든든하게 지탱해주는 아빠 같은 존재이다.

반면, 둘째 오빠는 친구 같은 오빠다. 통화하다 싸우고, 문자 보내다 싸우고, 밥 먹다가도 싸운다. 격하게 싸우는 날은 '인연 끊자'라는 말로 끝이 난다. 그 인연을 채 하루도 끊지 못하면서 말이다. 하지만 싸우면서 정이 들었는지, 둘째 오빠와는 별 볼 일 없는 얘기로도 1시간이상 통화한다. 남매끼리 할 수 없는 이야기도 스스럼없이 한다. 그런 오빠가 한 아이의 아빠가 되었다. 물론 큰 책임감에 부담을 느끼는 날도 있겠지만 오빠는 분명 좋은 남편, 좋은 아빠가 될 거라 믿는다.

늘 언니가 있었으면 좋겠다고 생각했던 나였지만, 이제는 언니 있는 사람이 부럽지 않다. 오빠들이 그 빈자리를 촘촘히 채워주고 있기 때문이다. 어린 시절 받지 못했던 오빠들의 사랑을 받으면서 새삼 내가 소중한 사람이라는 사실을 확인하고 있다.

시부모님, 나의 두 번째 부모

여자라면 아들을 낳아서 대를 이어야 하고, 아들을 낳아주지 못한 며느리는 집에서 쫓겨나야 하고, 여자는 밖에서 일하면 깨진 접시가 된다며 일하는 것을 반기지 않는다. 심지어 내가 아들을 낳지 않았다는 이유로 '내 아들은 헛장가 갔다'라고 서슴없이 말씀하신다. 그분은 바로 나의 시어머니다. 시댁에서 이런 이야기를 듣고 대구로 올라오는 길에는 늘 부부싸움을 하게 된다. 남편은 말한다.

'엄마 그러시는 거 한, 두 번이야? 그냥 당신이 이해해'

'엄마는 못 고쳐, 평생을 그렇게 사셨어, 당신이 무조건 이해해'

하지만 나는 어머니께서 하시는 말을 쉽게 넘길 수 없었다. 하나하나가 상처가 되어 나를 아프게 했다. 서로에 대해 잘 몰랐던 결혼 초기에는 더욱 그랬던 것 같다.

몇 년의 세월이 흐른 뒤 서로에 대해 조금씩 알 수 있었고, 상처가 되는 말들에 대해 이해하려 노력했다. 도저히 심하다 싶은 날은 웃으며 어머니께 표현했다.

"어머니, 그렇게 말씀하시면 저 상처받아요"

그럴 때마다 어머니는 머쓱해하시면서도 '지랄하네!'라고 하며 말씀하셨다. 욕으로 들릴 수도 있지만, 나는 그것이 어머니만의 애정표현이라는 것을 안다. 어머니는 정말로 기가 센 여자다. 여장부라는 표현도 어머니를 표현하기에는 뭔가 부족하다. 기도 세고 말씀도 거친 어머니, 어머니도 처음부터 여장부는 아니었을 것이다.

어머니는 19살, 꽃다운 나이에 경상북도 농촌 마을에 사는 28살의 남자를 만나 부부의 연을 맺어 아들 둘을 낳고 50여 년간 함께 살아왔다. 가난한 남편에게 시집와 형님 집에 얹혀살며 살림을 시작했다. 시아버지, 시아주버님, 형님과 같이 살았다. 얼마나 불편하고 힘들었을까? 몇 년간 함께 살다 남의 집 셋집살이를 시작으로 독립하게 되었다. 독립할 때 형님에게 그릇 몇 개를 받아 새살림을 시작했다. 그때는 무엇이든 귀한 시절이었는데, 아무것도 없이 시작한 살림이기에 간장 하나도 이웃집에서 얻어왔다. 이런 어머니의 마음도 모른 채 형님에게서 받은 그릇이 깨져 있어 밤새 애지중지하던 간장이 다 새어 나간 날, 어머니는 울고 싶었다고 했다. 그 뒤로 한이 맺혀서인지 조금이라도 돈이 생기면 그릇을 사 모으기 시작했다. 그릇들이 지금처럼 세트로 예쁘게 나와 있기나 했을까? 솔직히 하나, 둘씩 모아놓은 지금 어머니의 그릇들은 전혀 예쁘지 않다. 하지만 그당시 어머니는 그릇들을 보며 얼마나 기뻐했을지 상상이 간다. 간장역시 한이 되었는지, 식구도 많지 않은 집에 간장은 큰 장독대에 가득 채워져 있다.

어머니는 생활력이 정말 대단하시다. 밭에 채소를 가꿔 장터에 내다 팔았고, 채소를 팔다가 화장실이 가고 싶어도 화장실 사용료 50원이 아까워 소변을 참으며 집까지 왔다고 했다. 10~20분의 거리도 아닌데. 그만큼 악착같이 일하셨고 모든 것을 아꼈다. 그렇게 사셨기에 무일푼으로 시작해 땅도 사고 집도 근사하게 지었다. 내가 시집온 후 10년 가까이 '외식'은 하늘의 별 따기였다. 무조건 집에서 밥을 해먹었다. 아버님, 어머님 생신은 무조건 집에서 음식을 해 나누어 먹었다. 주말에 시댁에 가면 몸이 녹초가 되도록 일을 도와야 했다. 살아오면서 밭일을 해 본 적이 없는 나는 시댁에 한 번 다녀오면 2~3일은 몸살로 누워 있어야 했다. 한 번씩 일을 돕는 나도 이렇게 힘든데 어머니의 일상은 고됨의 반복이었다. 그렇게 50년 가까이 살아오셨으니 저절로 여장부가 될 수밖에 없었을 것이다.

삶의 무게와 고됨은 예쁘고 고분고분했던 한 소녀를 억척스럽고, 기센 여자로 만들었다. 그런 어머님의 세월을 알고 나니 안쓰러워지기 시작했다. 좀 더 따뜻하게 다가가고 싶다는 생각이 들었다. 그래서 농담도 건네고 뒤에서 안아주기도 했다. 그런 내 모습이 당황스러웠던 걸까? 처음에 어머니는 이런 내 모습에 화들짝 놀라며 피했다. 무뚝뚝한 아들 둘, 그리 애교가 많지 않은 큰 며느리와 다른 내 모습이 낯설었던 모양이다. 하지만 마냥 싫지는 않으신 모습이었다. 지금은 딸처럼 살갑게 대하려고 노력한다.

그래서인지 어머니께 잔소리가 늘어나고 있다. 신기한 것은 이런 나의 잔소리를 어머니께서 싫어하지 않는다는 것이다. 하지만 그럼에도 불구하고 아직도 어머니는 내게 상처가 되는 말을 툭툭 던지곤 한다.

"아들 없어서 이제 늙으면 후회하지!"
"어머니 아들 없으니 집 안 사줘도 되고 얼마나 좋아요. 우리 인생도 즐기면서 살려고요"
"딸은 쓸모없는데, 쓸데없는 것만 낳아 어떻게 할래?"
"어머니, 계속 지민이 쓸데없는 거라 얘기하시면 지민이한테 다 말할 거예요. 그러면 지민이가 할머니 싫어할걸요?"
그제서야 어머니는 '허허, 알았다'하고 웃으며 넘기신다.

그런 어머니와는 달리 아버님은 나에게 세상 어디에서도 찾아볼 수 없는 좋은 시아버지이시다. 어머니랑 치열하게 싸우시지만, 결론은 늘 패배이다. 나는 이 싸움을 애정 싸움이라 정의한다. 왜냐하면 싸움에 대해 서로 힘들어하는 거 같지 않기 때문이다. 말수는 적지만 말 한마디, 한마디 관심이 가득한 아버님. 말 대신 행동으로 애정을 표현해주시는 아버님. 내 밥 위에 갈치를 발라 주거나 반찬을 집어 주는 고마운 분이시다. 어머님이 '옛날 같으면 너는 아들 못 낳아서 쫓겨났어야 해'라고 얘기하면 곧잘 아버님께 농담처럼 얘기한다.

"아버님, 저 아들 못 낳아서 쫓겨날 거 같아요"

그러면 아버님께서는 '세월이 어떤 세월인데 세월 따라 살아야지. 옛날하고 같냐?'면서 어머니에게 핀잔을 주며 내 편을 들어주신다.

딸이 없는 두 분께 '딸의 정'을 느끼게 해주고 싶다. 물론 아직도 많이 부족하지만 지금까지 해오던 것처럼 아버님, 어머님을 스스럼없이 안아주며 마음을 전하려고 한다. 딸도 할머니, 할아버지를 만나면 안아주고, 헤어질 때도 꼭 껴안아준다. 손녀가 안아줄 때마다 함박웃음 짓는 두 분의 모습이 얼마나 보기 좋은지 모른다. 팔순이 되신 아버님, 칠순이 넘으신 어머님. 젊은 시절 치열하게 살아오신 두 분 남은 세월 마음 편하게, 즐기면서 사셨으면 좋겠다. 그리고 오래오래 우리 옆에 건강하게 계셨으면 좋겠다.

아빠의 사랑

폭풍우 같은 아침이 지났다. 엄마의 잔소리에 짜증을 내는 딸을 보며 참고 있던 화를 누르지 못하고 아이를 꾸짖은 아빠, 그런 아빠의 모습에 서러운 딸, 그 모습에 마음 편치 않은 나. 우리 모두 각자 불편한 마음을 안고 하루를 시작했다. 일과를 마치고 집으로 돌아온 우리는 아침에 있었던 일에 대해 이야기하기로 했다. 단단히 화가 난 딸은 쉽게 마음을 풀지 않았다. 분위기 괜찮은 카페에서 다시 이야기를 나눠보기로 했다. 한참을 울던 딸이 말문을 열었다.

"아침에 엄마랑 내가 다투고 있는데 아빠가 불쑥 끼어들어 화가 났어"

"네가 아침에 잘못해놓고 짜증을 내니까 아빠가 화가 난 거 아니야"

표현이 서툰 남편은 딸에게 따지듯 얘기했고, 이 말을 들은 딸은 다시 입을 닫아 버렸다. 먼저 딸의 마음을 다독여주고 자신의 의견을 표현했으면 좋으련만, 남편은 표현이 서툴다. 딸이 다시 입을 닫아 버리자 할 말이 없어진 남편은 내게 "당신은 어떻게 생각해?"라고 질문을 던졌다.

나는 알고 있다. 이제 당신이 중재하라는 일종의 암호라는 것을.

먼저 딸에게 아빠 세대의 부모님들은 조금은 강압적으로 자식들을 교육했기 때문에 아빠 역시 부드럽게 이야기하는 것을 잘하지 못하지만, 말속의 뜻은 그게 아니었다고 한참 동안 딸을 이해시키기 위해 노력했다. 딸에게 "아빠가 너를 사랑하는 건 알고 있어?"라고 물었더니 그 질문에 대해서는 고개를 끄덕인다. 남편은 딸을 많이 사랑

한다. 딸도 그것을 느끼고 있다. 하지만 늘 표현이 문제다. 똑같은 표현이라도 조금만 부드럽게 하면 좋을 텐데.

72년생인 남편의 어린 시절은 먹고살기 바쁜 시대였다. 부모들이 아이의 감정을 들여다보고 아이의 입장에서 이해해줄 시간도, 여유도 없었다. 새벽같이 일어나 농사일을 하고 저녁녘에서야 집으로 돌아왔다. 먹고살기 바빴다는 표현이 가장 정확할 것 같다. 시아버님은 정말 무뚝뚝하신 분이었다. 생전에 처음으로 품에 안은 아이가 첫 손주였다. 아버님은 남편과 아주버님을 한 번도 따뜻하게 안아준 적이 없다고 했다. 시어머님은 억척스럽고 부지런한 분이었다. 살아내기 바빠, 무슨 일을 잘못하면 왜 그랬는지를 묻기보다는 잘못한 행동을 다음부터 하지 못하게 호되게 혼을 냈다. 그런 환경이 남편을 무뚝뚝하고 표현이 서툰 어른으로 성장하게 했다.

결혼 초반 우리는 정말 치열하게 싸웠다. 내 방식이 옳다며 무조건 따라주기 바랐다. 그러나 그건 내 욕심이었다. 서로가 옳다면서 서열 싸움은 멈추지 않았고, 답이 나오지 않았다. 누군가는 바꿔야 했고 그나마 부드러운 표현을 할 수 있는 내가 바꿔야겠다는 생각을 했다.
'당신이 그렇게 얘기하니까 나 기분 나빠'
'그런 말 들으면 나 상처받아'
'똑같은 말이라도 조금 부드럽게 해주면 안 돼?'

끊임없이 따뜻하게 대해주기를 요구했다. 결혼하고 10년이 지나자, 남편이 조금씩 바뀌기 시작했다. 여전히 툭툭 던지긴 하지만 표현이 많이 부드러워졌다. 표현뿐만 아니라 행동도 바뀌었다. 부엌은 여자의 영역이라며 남자가 들어오면 큰일 나는 줄 알았던 남편이 부엌에 들어오기 시작했다. 청소, 빨래 집안일은 무조건 여자가 해야 한다던 남편이 분리수거나 설거지를 해주고 있다. 사실 요즘은 남편이 저녁을 더 많이 한다.

무엇보다 아이와 대화할 때 부드럽게 얘기하려고 많이 노력하고 있다. 하지만 40년 넘게 안 했던 표현을 하자니 어색하고 낯간지러운 건 어쩔 수 없는 모양이었다. 그래도 바뀌려고 노력하는 모습이 고맙다. 변덕이 심한 사춘기를 지나고 있는 딸을 두고 '어떻게 저렇게까지 참을 수 있을까?' 싶을 정도로 많이 참아주고 있다. 딸과 충돌이 있은 얼마 후, 아빠와 딸은 화해의 의미로 딸이 오랫동안 원했던 당구장에 갔다. 당구장에서 둘이 장난도 치고 서로 마주 보며 웃던 모습이 지금도 기억에 선하다.

아이를 보면 웃음이 나고, 자신의 행복보다 아이의 행복이 우선이라고 말하는 남편, 아이가 원하는 것이라면 무엇이든 해주고 싶어 노력하는 남편, 무뚝뚝한 표현에 가려져 있던 그러한 남편의 마음이 딸에게 조금이라도 더 전해졌으면 좋겠다.

딸의 감정 수업

갑자기 포근해진 날씨에 개나리도 벚꽃도 앞다투어 꽃을 피우기 시작한다. 잠시 머물다 가는 벚꽃이기에 시간을 내어 벚꽃 구경을 다녀오기로 했다. 딸은 장난기가 정말 많은 아이다. 이날 역시 자신보다 5살 어린 동생과 장난을 치다가 끝내 그 아이를 울리고 말았다. 어린 동생은 자기 뜻대로 되지 않자 눈물을 흘렸고, 15살이 10살 동생을 울렸다는 사실에 나는 아이의 등을 세게 한 대 때리며 폭풍 잔소리를 퍼부었다. 딸은 처음에는 머쓱해하더니 갑자기 화를 내며 빠른 걸음으로 혼자 앞질러갔다. 벚꽃 구경하러 나온 사람들이 많아 혼자 먼저 가버리면 찾기 어려울 거 같아, 딸을 여러 번 불러보았다. 하지만 딸은 못 들은 척 계속 걸었다. 여러 감정이 서서히 겹치면서 화가 나기 시작했다. 그때부터 벚꽃 구경은 나에게 피곤한 일이 되었다. 딸은 벚꽃 구경이 끝날 때까지 나와 함께 걷지 않았다.

집에 돌아온 시간이 자정이었지만 이대로는 잠이 올 것 같지 않았다. 아이를 불러 이야기를 꺼냈다. 아이는 서럽게 울면서 자신은 너무 억울하다고 했다. 동생을 울린 것이 미안해서 사과하러 갔지만 동생은 받아주지 않았다고 한다. 하지만 시간이 얼마 지나지 않아 사과를 받지 않던 동생이 천진난만한 표정으로 딸에게 와서 같이 사진 찍자고 하는데, 자신은 엄마에게 등짝을 맞고 폭풍 잔소리까지 들어 너무 화가 났다고 했다. 아이에게 물었다. 엄마가 너를 혼낼 때 처음 감정은 무엇이었는지. 아이는 억울함이었다고 했다. 거기에 엄마가 계속 잔소리를 하니 '화'로 바뀌었다고 했다. 아이의 첫 마음이 '억울함'인 것을 눈치채고 '억울했겠다'라는 말을 건네줬더라면 하나의 해프닝으로 끝나고, 함께 한 사람들과 좋은 추억을 만들고 돌아올 수 있었을 텐데, 그렇게 하지 못한 것이 많이 아쉬웠다.

나는 순간적으로 올라오는 감정이 어떤 것인지 눈치채기도 전에 '화'라는 감정으로 변할 때가 있다. 억울해도, 답답해도, 섭섭해도 결국 내게 전해지는 감정은 '화'였다. 그러다 보니 자연스럽게 아이에게 전달하는 감정에도 '화'가 많다. 아마 이러한 내 모습으로 인해 딸도 모든 불쾌한 감정을 '화'로 정의 내린 것이 아니었을까?

딸과 긴 대화를 나누며 우리가 결론지은 것은 하나였다. 순간 올라오는 감정이 무엇이었는지, 그것이 진짜 '화'였는지, 아니면 '화'라는 감정의 가면을 쓴 억울함, 섭섭함, 무서움, 괴로움 등의 감정들인지, 솔직하게 표현하자고 했다. 올라오는 감정을 정확하게 잡아낼 수만 있다면 많은 감정을 단순히 '화났다'라는 감정에 사로잡혀 끙끙 앓지 않을 것이다. 마지막으로 아이에게 올라오는 감정을 눈치챘다면 솔직하게 표현해주기 바란다는 말을 덧붙였다. 그리고 다음 날, 딸과 둘이 다시 같은 장소로 벚꽃 구경을 갔다. 나쁜 추억을 좋은 추억으로 바꾸기 위함이었다. 두 손 꼭 잡고 벚꽃을 배경 삼아 예쁜 추억을 사진으로 남겼다.

엄마로서 아직도 부족한 부분이 많다. 어느 날 딸이 이런 말을 건넸다.
"엄마 나 요즘 엄마에 대한 마음이 70%는 불만이야"
깜짝 놀랐다. 당연히 불만은 있을 거라 생각했지만, 생각보다 너무 높았다. 그래서 아이에게 물었다. 무엇이 제일 불만인지. 딸은 대답했다. 엄마가 자신을 대할 때 수직적인 태도로 대하는 것이 가장 불만이라고 했다. '서로 평등한 관계였으면 좋겠다'라며 자신을 하나의 인격체로 존중해주고 대해줬으면 좋겠다고 했다. 순간, 머리가 멍해졌다. 중학교 2학년이 된 딸을 하나의 인격체로 봐주려고 노력한다고 생각했는데 나도 모르게 아이를 대할 때 수직적인 태도를 고수하고 있었던 모양이다. 그러면서 '딸이 정말 많이 컸구나'라는 생각이 들었다. 많은 부모교육 책에 지적하는 내용이 아이를 나의 소유물이 아닌 하나의 인격체로 봐주라는 것이었다. 하지만 가끔은 자식을 올바르게 가르쳐야 한다는 생각으로 아이를 하나의 인격체로 바라보지 못할 때가 많다. 아이가 이야기한 '불만' 역시 감정이라고 생각한다. 무엇보다 '불만'이란 감정을 단순하게 '화'로 표현하지 않고 정확하게 그 감정에 대해 이야기해줘서 좋았다. 감정을 두루뭉술하게 표현하지 않고, 감정에 대해 하나씩 정확하게 알아가는 모습이 좋았다. 완벽한 부모는 거의 불가능하다고 생각한다. 하나씩, 하나씩 아이가 감정을 정확히 인지할 수 있게 도와주는 것이 중요하다고 생각한다.

PS. 사랑하는 딸 지민아!
엄마 딸이 되어줘서 고맙고, 어두운 시절을 겪은 엄마 곁에서도 밝게 커 줘도 고맙고, 가끔 따뜻한 말을 해줘서 고맙고, 장난을 잘 받아줘서 고맙고, 잘 웃어줘서 고맙고, 엄마를 웃게 해줘서 고맙다. 자신의 감정들에 대해 지금처럼 솔직히 이야기해줬으면 좋겠어. 사랑해.

2. 인연

79년생 지영이 언니

"그만 만날래!"
몇 번 만나고 나서 내린 결론이었다. 하지만 나의 결론은 보기 좋게 빗나갔다. 10년이 넘도록 만남을 이어오고 있으니 말이다.

묘한 인연으로 시작된 우리의 관계, 언니를 처음 만났을 때 나는 삶에 많이 지쳐있었다. 그런 까닭에 여유가 부족했고, 불편한 느낌이 들면 회피하려고 했다. 그런 나에게 우리의 인연을 시작하게 해준 지인은 서로 조금만 더 시간을 가져보라고 했다.

초반에는 지영이 언니가 주로 전화를 해왔다. 아이들이 같은 유치원을 다니게 되면서 자연스럽게 만나는 일이 늘어났고, 서로를 조금 더 알게 되었다. 그러다 같은 초등학교에 입학하면서 우리는 급격히 가까워졌다. 누군가에게 쉽게 마음을 주는 성격이 아니었기 때문에 아마 더 그랬던 모양이다. 그 흔한 학교 반 모임에 한 번도 나가지 않았고, 다른 학부모들과는 얼굴을 봐도 가볍게 인사하는 정도였다. 그렇게 초등학교 6년을 보내면서 서로에게 의지하는 마음이 커진 것 같다.

사소한 문제에서부터 나름 심각하다고 여겨지는 문제를 두고 피 터지게 싸우며 언쟁을 높일 때도 있는데, 싸움의 주된 원인은 '아이들의 교육문제'였다. 서로 너무 다른 교육관을 가지고 있어 싸움이 많을 수밖에 없었다. 지영이 언니의 시선에서 보면, 나는 아이를 너무 방치하는 부모였고, 나의 시선에서 보면 언니는 아이를 너무 억압하는 부모라는 것이었다. 이렇게 서로의 교육 방향이 극과 극이다 보니 아이들 얘기가 나오면 어쩔 수 없이 심각해진다. 왜냐하면, 지영이 언니의 아이들은 나에게 단순히 이웃집 아이들이 아니기 때문이다.

정말 조카 같다. 그렇다 보니 냉정하게 언니에게 얘기할 때가 종종 있다. 그런 내 말이 너무 심하게 느껴졌는지, 어느 날은 굉장히 경직된 언니의 목소리가 전화기를 타고 넘어왔다.
"인설씨! 지금까지 내가 애를 잘못 키웠다는 거야?"
(여러 사정으로 인해 10년이 넘도록 나는 언니에게 '인설씨'라고 불리고 있다)
순간, '아차' 싶었다.
걱정하는 마음에 '아이를 너무 몰아세우지 말라'라고 얘기한다는 것이 '언니가 잘못했다'라고 비난하는 것처럼 들렸던 모양이었다. 곧바로 사과했다. '그런 뜻이 아닌데 그렇게 들렸으면 미안하다'라고. 친하다는 이유로, 걱정한다는 명목으로 너무 내 마음만 앞장세웠던 것이 실수였다.

그 후 우리는 서로의 입장을 강요하지 않게 되었다. 왜 그런지, 왜 그렇게 생각하는지, 결과적으로 봤을 때 어떠할 것 같은지, 나는 이런 부분이 걱정이 되는데, 이 부분에 대해서 어떻게 생각하는지, 서로 끊임없이 물어봐 주고 있다. 그리고 상대방이 어떠한 방향을 정했다면 나와 생각이 다르더라도 응원해준다. 상대방의 방식이 나와 다를 수 있음을 인정하며 존중하기 위해 노력하고 있다. 10년을 함께 보내면서 우리는 서로가 서로에게 답을 정해주는 것이 아니라 답을 찾아가는 과정을 곁에서 지켜봐 주기로 했다. 이 인연을 오래도록 이어가고 싶기 싶어서.

ps: 지영이 언니
"10년 전 우울하고 괴팍한 나에게 다가와 줘서 고마워요.
10년이 지난 지금도 나의 일이라면 자기 일처럼 걱정하고 나서줘서 고마워요.
내가 하는 일에 대한 조건 없는 응원과 솔직한 격려(약간의 타박?)도 고마워요. 내가 미처 챙기지 못한 부분까지 지민이 잘 챙겨줘서 고마워요.
우리 앞으로도 지금처럼 걱정해주며, 다독여주며 함께 걸어가요"

행운을 만난 나

15년 전, 나는 행운을 만났다. 내 나이 스물다섯, 그녀 나이 서른 살이었던 둘은 갓 결혼한 새댁이었다. 나는 다른 나라 중국에서 왔고, 그녀는 다른 도시 울산에서 왔다. 처음부터 가깝게 지냈던 것은 아니었다. 한 번씩 안부를 주고받는 사이, 함께 계모임을 한다는 명목으로 한 달에 한 번 정도 정기적으로 만나는 것이 전부였다. 정확히 어떤 계기로 그녀와 가까워졌는지 모르겠다. 하지만 언젠가부터 나는 그녀에게 의지하고 기대기 시작했다. 철없던 시절, 그녀를 참 많이도 괴롭혔다. 그녀의 아픔이 나의 아픔보다 더 크다는 것도 모른 채, 알려고 하지도 않은 채, 나의 아픔을 위로해달라고 끊임없이 매달렸다.

한국 생활 10년쯤 되었을 때, 사회생활을 하겠다며 취직을 했다. 10여 년간 나만의 공간에서 나만의 생각으로 가득 차 있던 내가 새로운 집단에 적응하는 것은 쉽지 않았다. 당시 나를 가장 힘들게 했던 사람은 나의 상사였다. 한번 어긋난 관계는 꼬여가기만 했고 오해는 오해를 낳았다. 잘못한 사람은 언제나 상사였고, 나는 늘 억울했다. 이 억울함을 해소할 통로가 필요했다. 그때마다 나는 평소 의지해오던 그녀에게 전화를 걸었다. 그리고는 1시간 정도 내 이야기만 했다. 나는 얼마나 억울한지, 그 상사가 얼마나 나쁜 사람인지, 그래서 너무 억울하다고, 하루가 멀다 하고 전화를 했다. 아마 나였더라면 지쳤을 것 같다. 좋은 말도 한두 번이지, 나의 하소연이 얼마나 힘들었을까. 하지만 그녀는 달랐다.

'힘들었겠어요. 마음 상했겠어요. 기분 나빴겠어요'
먼저 나의 기분을 읽어줬다. 그리고 늘 내 편이 되어주었다.

그런 그녀가 어느 날부터 태도가 바뀌기 시작했다. 더 이상 무조건적인 내 편이 아니었다. 적잖아 당황스럽고 혼란스러웠다. 내가 힘들다고 하소연할 때 무조건적인 내 편을 들어주던 사람이 내게 질문하기 시작했다.

'그 사람은 왜 그랬을 거 같아요?'
'그 사람은 어떤 마음으로 그랬을까요?'
'왜 그 사람의 그 부분이 마음에 걸리는 거 같아요?'
'그 말에 왜 분노한 걸까요?'
나의 마음을 알아주지 못하는 것 같은 그녀의 질문이 섭섭하게 들렸다.
'나는 잘못한 게 없는데. 잘못은 상대방이 했는데, 왜 나보고 계속 이해하라는 거야?'

하지만 시간이 더 흐르고 난 후, 그녀의 깊은 뜻을 조금 알게 되었다. 몸도, 마음도 지쳐있었던 내게 삶에 흔들리지 않는 나무 한 그루를 심어주고 싶었던 것이다. 한 아이의 엄마로서 감당하고 이겨내야 하는 것이 있고, 상황을 정확하게 바라보고, 좀 더 강한 사람이 될 필요가 있다고 생각했던 것이다. 아마도 타인의 말이나, 행동, 감정에 치우쳐 스스로를 괴롭히는 나의 고약한 버릇을 고쳐주고 싶었던 모양이다. 그로부터 5년이 지난 지금 나는 어떻게 변해있을까? 그녀의 시선에서 보는 나는 이렇게 바뀌었다.

"인설씨, 정말 많이 바뀐 거 알아요?"

"인설씨, 옛날보다 많이 긍정적인 거 알아요?"

"인설씨, 성장하고 있는 거 알아요?"

예전의 나는 내가 부족한 줄도 모른 채, 상대방의 부족한 점만 보려고 했다. 하지만 이제는 나의 부족한 점부터 먼저 보려고 노력한다. 긍정의 힘에 대해 그녀는 이렇게 정의한다.

'주어지는 모든 상황을 나에게 유리하게 해석하는 것이 긍정의 힘이에요'

지난 시절, 모든 상황을 나에게 불리한 쪽으로 해석하던 사람이 나였다. 그러다 보니 자연스럽게 부정적인 사람이 되었다. 하지만 이제는 '이 또한 지나가리라'라는 생각으로 상황이 나아지기를 기다리게 되었고, '화내지 마. 나에게 중요한 사람이 아니야'라는 마음도 지니게 되었다. '그럴 수도 있지'라는 마음과 함께 다른 사람을 대하는 것도 한결 편안해졌다. 긴 시간 동안, 포기하지 않고 깊고 깊은 어두운 터널 속에서 나를 빛이 있는 밝은 곳으로 데려와준 그녀가 고맙다. 그녀를 만난 나는 '행운아'라 자칭한다.

언젠가는 내가 그녀의 행운이 될 수 있었으면 좋겠다.

나의 멘토

그녀는 예쁘지 않다.

그러나 사람을 끄는 매력이 있다.

그녀는 화려하지 않다.

그러나 반짝이는 보석을 품고 있다.

그녀의 삶은 평범하다.

그러나 평범하지 않는 사고를 가지고 있다.

그녀는 작가이다.

말과 행동, 자신이 쓴 글과 일치된 삶을 위해 노력하는 사람이다.

그녀는 말한다.

'생각하는 대로 살지 않으면 사는 대로 생각하게 됩니다.

무엇을 시작하기에, 마무리하기에 가장 좋은 날, 오늘입니다.

함께 성장한다는 것은 진짜 멋진 일입니다'라고.

성장을 위해 노력을 멈추지 않는 그녀.

'배려가 지나친 것 같다'라는 핀잔을 종종 받는 그녀.

그럼에도 불구하고 '모든 것이 감사하다'라고 얘기하는 그녀.

그녀는 나의 멘토, 윤슬작가님이다.

조약돌(七仙女)

나는 한국 사람일까? 중국 사람일까?

국적은 한국이지만, 아직 완전히 한국에 동화되지 못했다는 생각들이 가끔 나를 괴롭힌다.

한국 생활 적응하랴, 아이 키우랴, 정신없이 보낸 20대.

조금씩 나 자신을 들여다볼 여유가 생긴 30대.

30대, 나를 기다리고 있는 것은 '알 수 없는 불안감'이었다.

알 수 없는 불안감과 함께 삶의 방향에 대한 고민이 많았다.

내가 가지고 있는 강점 '중국어'를 가지고 나보다 한참 어린 친구들과 경쟁을 해서 살아남을 수 있을까? 나의 어떤 점이 강점일까? 그것으로 살아남을 수 있을까? 나를 받아주는 곳이 있을까? 솟아나는 많은 질문은 오히려 나를 더 불안하게 만들었다. 그 시기에 나와 비슷한 고민을 하는 그녀들을 만났다. 나이는 다르지만 중어중문학과 동기로 우리의 인연은 그렇게 시작되었다.

춘옥 언니- 맏언니는 매력이 많은 여자다. 툭툭 던지는 말에 우리의 웃음보가 터진다. 언니의 긍정적인 모습이 참 좋다. 어떤 일이 생겨도 큰 동요가 없다. '그럴 수도 있지'가 삶의 지표인 듯하다. 무엇이든 '그냥 다 좋다'라고 얘기하는 언니, 언니를 통해 나는 내려놓음을 배운다.

혜정 언니- 깍쟁이 이미지라서 처음에는 다가가기 어려웠다. 그러나 마음속에는 따뜻한 나눔이 자리 잡고 있다. 교민회는 중국에서 이주해온 여성들의 작은 쉼터 같은 곳이다. 그곳에 정기적으로 후원하며, 한국에서 적응하기 어려워하는 사람들을 도와주고 있다. 언니에게서 나는 나눔을 배운다.

경매- 털털한 경매, 나보다 언니지만 친구 하자며 이름을 불러 달라고 얘기했던 모습이 아직도 생생하게 기억난다. 삶을 대하는 태도가 진지하다. 작은 고민도 함께 해주려 노력한다. 가장 자주 하는 말, '괜찮아, 괜찮아' 무엇이든 괜찮다는 경매, 그런 경매에게 나는 긍정을 배운다.

장리-나의 친구 장리, 첫 만남부터 낯설지 않았다. 낯가림이 있는 나에게 오랜 친구처럼 편하게 다가와 주었다. 우리 중에 한국어가 가장 서툴다. 그럼에도 불구하고 언제나 당당하다. 어떤 상황에서도 주눅 들지 않고 자신의 의견을 말한다. 그런 장리에게서 나는 당당함을 배운다.

설영- 인연이 시작된 지 벌써 10년, 조약돌 모임 중에 가장 오래 본 사람일 것이다. 우연한 기회로 동기가 되었다. 설영이는 솔직하다. 불같은 성격이지만 그 속에 섬세함도 있다. 언제나 앞장서서 일을 도맡아 해결해준다. 그런 설영이에게 나는 솔직함을 배운다.

영남 - 막내 같지 않은 우리 막내, 자신이 무엇을 원하는지 잘 알고 있다. 원하는 것을 위해 무엇을, 어떻게 해야 하는지 잘 알고 있다.

한 발짝 앞서서 상대방의 입장을 생각하는 영남, 그런 영남에게서 나는 배려를 배운다.

조약돌 한 명, 한 명에게 배운 삶의 지혜들이 나의 불안감을 달래주고 있다. 친자매는 아니지만, 서로가 서로에게 기대어 살아가고 있다. 불안한 것들로 가득한 세상이지만, 그녀들이 있어 마냥 두렵거나 외롭지 않다.

기억날 그날이 와도

「변치 않는 사랑이라 얘기하진 않아도 너무나 정들었던 지난날
많지 않은 바램들의 벅찬 행복은 있었어도 이별은 아니었잖아.
본 적 없는 사람들에 둘러싸인 네 모습처럼 날 수 없는 새가 된다면
네가 남긴 그 많았던 날 내 사랑 그대 조용히 떠나.
기억날 그날이 와도 그땐 사랑이 아냐.
스치우는 바람결에 느낀 후회뿐이지.
나를 사랑했대도 이젠 다른 삶인걸.
가리워진 곳의 슬픔뿐인걸」

– 기억날 그날이 와도(홍성민) 중에서

'따르릉'

"오~ 인설 뭐 해?"

"출근 중입니다~"

"아니, 그냥 운전하는데 '기억날 그날이 와도'라는 노래가 나오는데
인설 생각나서 전화해봤어. 왜 세미나 때 이 노래가 나오니까 인설
이가 '강사님 노래 제목이 뭐예요? 너무 좋아요'라고 물어봤었잖아"

"아, 기억나요. 근데 그걸 기억하고 계셨어요?"

"이 노래가 나오니까 그때의 상황이 딱 떠오르더라고"

"정말 노래는 추억을 불러오는 거 같아요"

"그렇지? 그래서 전화해봤어. 수고하고 나중에 봐"

"네, 강사님도 즐거운 하루 보내세요"

가벼운 인사와 함께 짧은 통화가 마무리됐다. 세미나 때 강사님께서 쉬는 시간 이 노래를 틀어 준 적이 있다. 음률이 너무 좋아서 강사님께 '강사님 이 노래 제목 뭐예요? 노래가 너무 좋아요'라고 물어본 적이 있다. 아주 정말 짧은 대화였음에도 불구하고, 이 노래가 라디오에서 흘러나오자 그날의 나를 떠올렸던 것이다. 전화를 끊고 '기억날 그날이 와도'라는 노래를 다시 찾아 들어봤다. 노래는 여전히 좋았다. 평소에 내가 많이 좋아했던, 그리고 많이 닮고 싶었던 강사님이기에, 전화 한 통이 나에게 주는 의미는 더욱 특별했다.

노래로 인해 강사님과 나 사이에 예쁜 추억이 하나 생긴 것 같아 너무 좋다. 훗날 또다시 이 노래를 우연히 듣게 된다면 그때는 강사님이 떠올라 내가 먼저 전화할 거 같다.

어떤 노래를 들었을 때 떠오르는 사람이 한, 두 명씩은 있을 것이다. 행복했던 순간일 수도 있고, 아련했던 첫사랑의 추억일 수도 있을 것이다. 어떤 추억이든 노래 가사처럼 너무나 정들었던 지난날의 흔적일 것이다. 추운 겨울날 따뜻한 온기 하나를 내게 선물해주신 강사님이 너무 고맙다. 노래는 추억을 실어 나르고, 나는 추억을 떠올리며 한 번 더 미소 지어 본다.

유쾌한 택시 기사님

살다 보면 낯선 인연에게 고마움을 느낄 때가 있다. 4월의 어느 날, 기분이 엉망이 된 상태로 택시를 타게 되었다. 그런데 정말 운이 좋게도 유쾌한 기사님을 만나게 되었다. 차가 출발하고 얼마 지나지 않아 갑자기 기사님께서 나에게 말을 걸어왔다.

"메리 크리스마스"

순간 당황한 나는 "네? 아직 한참 남았는데요"라고 대답했다.

그러자 기사님께서 말씀하셨다.

"미리 해주는 거예요"

그제야 상황을 눈치를 챈 나는 이렇게 대답했다.

"해피 뉴 이얼"

유쾌한 기사님의 목소리가 들려왔다.

"땡큐"

얼마의 시간이 흘렀을까, 기사님께서 다시 말을 걸어왔다.

"뷰티플"

나도 모르게 반사적으로 대답했다.

"땡큐"

이유는 모르겠지만, 갑자기 기분이 좋아진 느낌이었다. 나도 어쩔 수 없이 여자인가 보다. 목적지인 초등학교 앞에 도착해 계산을 하는데, 기사님께서 또 장난을 걸어왔다.

"어~~ 이 저녁에 학교는 왜요? 혹시 귀신?"

"아저씨, 귀신 조심하세요!"
으스스한 목소리를 내며 나는 택시에서 내렸다.

사람을 두려워했던 시절이 있었다. 물론 지금은 사람들과 잘 어울리며 지내지만, 아직도 마음속 깊은 곳에 꽁꽁 숨어있는 두려움이 한 번씩 나를 괴롭힐 때가 있다. 오늘도 그런 날 중의 하루였다. 하지만 낯선 기사님의 의도되지 않은 위로가 마음속에 자리한 두려움을 떨쳐내는 데 도움을 주었다. 덕분에 택시에 오를 때 엉망이었던 기분은 어느새 유쾌함으로 바뀌어 있었다. 만약 기사님께서 말을 걸어오지 않았더라면, 뜬금없이 '메리 크리스마스'라고 얘기하지 않았더라면, 나는 기분이 엉망인 채로 모임에 갔을 것이고. 그 모임을 즐기지 못했을 것이다. 위로는 나를 잘 아는 사람에게서만 받을 수 있는 것이라고 생각했었는데, 아니었다. 낯선 사람, 혹은 낯선 환경에서도 위로를 받을 수 있다는 사실을 새삼 깨달았다.

3. 나를 알고 내가 되는 것

순간의 선택이 하루를 지배한다.

오기를 부리고 말았다. 한동안 수면의 질이 커피와 연관성이 있다는 생각에 커피를 끊었다.

커피는 마셔도 그만, 마시지 않아도 그만이기에 크게 힘들지 않았다. 하지만 커피숍을 가게 되면 무엇을 마시면 좋을까, 늘 고민하게 된다. 그날 마무리할 일이 있어 커피숍을 찾았는데 커피가 너무 마시고 싶었다. 결국, 욕구를 이기지 못한 채 커피 한 잔을 주문한다. 커피가 이렇게 맛있었나 싶을 정도로 향도 좋았고, 맛도 좋았다.

그러나 짧은 만족감은 곧바로 내게 불편함을 가져왔다. 나는 카페인이 들어있는 음료를 마시면 이뇨작용이 너무 잘 돼서 화장실을 자주 가는데, 이날도 예외가 아니었다. 커피를 마시고 1시간도 지나지 않아 3,40분 간격으로 계속 화장실을 드나들었다. 커피숍에는 공부하기 위해 장시간 머무는 손님들이 많은데, 화장실을 너무 자주 다녀 다른 사람들의 눈치를 살피게 되었다. 눈치 보며 화장실을 다닌 지 3시간 만에 나의 방광은 겨우 잠잠해졌다.

3시간 동안 아무것도 못 한 채 화장실만 다녔다. 물론 거기서 끝이 아니라, 그날 밤 잠도 제대로 자지 못했다. 짧은 만족감을 맛보기 위해 치른 대가치고는 너무 컸다.

가끔 불편함이 동반된다는 사실을 알면서도 순간의 만족을 위해 유혹을 뿌리치지 못할 때가 있다. 괜한 오기는 불편함이 따르고, 긴 고통이 기다리고 있다. 나는 짧은 만족을 위해 하루를 지배당했고. 스스로를 힘들게 만들었다. 그날, 속으로 다짐했다.

'순간의 선택으로 하루를 지배당하지 말아야지'라고.

습관의 중요성

핑계가 습관이 되면 어느 순간 핑계가 진실로 규정될 때가 있다. 얼마 전 아파트로 이사를 했다. 원래 살던 집은 빌라였는데, 햇빛이 잘 들지 않았다. 집에 있으면 무기력하고 아무것도 하기 싫었다. 나는 그 이유를 집에 햇빛이 들어오지 않아서 그렇다고 생각했다. 그러다 아파트로 이사 온 후에 알게 되었다. 그건 단지 내가 하기 싫은 것을 정당화시키기 위한 하나의 핑계였다는 사실을.

하루 종일 햇빛이 잘 들어오는 집으로 이사했지만 여전히 우울하고 무기력했다. 나는 또 다른 핑계를 찾기 시작했다.
'그래, 내 책상이 없잖아. 그러니 집중을 못 하고 무기력하지. 책상이 생기면 괜찮아질 거야'
적당한 책상을 검색한다는 이유로 다시 핸드폰을 잡았다. 몇 날 며칠을 검색하고 고민한 끝에 책상이 들어왔다. 하지만 상황은 달라지지 않았다. 햇살이 좋아도, 책상이 생겨도, 나의 무기력함은 여전했다. 그때 깨달았다. '무기력함'이 습관이 되었다는 것을. 습관이 짧게는 하루, 길게는 나의 인생을 지배한다는 사실을.

나쁜 습관을 버리고 좋은 습관을 지니기 위해 이것저것 시도해보지 않은 것이 없다. 하지만 작심삼일로 끝날 때가 많았다. 반복되는 좌절은 주어진 일들을 책임감 있게 해내는 것을 버겁게 했고, 문제가 생기면 빠져나갈 방법부터 찾게 만들었다. 그리고 그렇게 도망치고 난 뒤에는 스스로를 비판하고 괴롭혔다.

도대체 어떻게 하면 이 나쁜 습관을 바꿀 수 있을까.

밤낮으로 고민하고 반성했다. 그러다 나쁜 습관을 바꾸는 계기가 생겼다. 딸이 공부할 때 옆에 엄마가 있었으면 좋겠다는 것과 자신이 공부할 때 엄마도 스마트폰을 하지 않았으면 좋겠다는 요청이 들어왔다. 모든 부모가 그렇겠지만, 자식이 공부하겠다고 도와달라는데, 거절할 부모는 없다. 결국 아이의 요청으로 스마트폰을 놓았고, 그러면서 자연스럽게 다시 책을 잡았다.

책을 읽다 보니 글을 쓰게 되었고, 그러다 보니 미뤄두었던 것들(해내야 할 것들, 또는 해야 했던 것들)이 성과를 보이기 시작했다. 스스로를 자책하거나 비난하는 일도 줄었다. 습관이 바뀌고 난 뒤, 나의 생활은 훨씬 풍성해졌다. 삶에 대한 만족도 수직 상승하고 있다.

좋은 습관은 나에게 주어진 하루 24시간을 의미 있게 만들어준다. 유한한 삶의 시간 속에서 좋은 습관은 우리 삶에 지대한 영향을 준다. 오늘도 그 마음으로 좋은 습관을 유지하기 위해 노력하고 있다.

나를 알고 내가 되는 것

새로운 도전을 시작했다. 공저 1기를 끝내고 딱 1년 만에 다시 공저 3기에 도전했다. 사실 시작하기 전에 고민이 많았다. 1기를 진행할 때 글이 써지지 않아 고생이 많았다. 부끄럽지만 공저 1기 수강생 중 나의 글이 제일 적었다. 무조건 잘 써야 한다는 부담감에 글이 더 나오지 않은 것도 한몫했다.

3기를 시작하려고 하니, 나를 바라보는 주변 사람들이 신경 쓰였고, 나도 모르게 주눅이 들었다. 이미 한번 했었고 경험이 있으니 더 잘하지 않을까, 라는 생각으로 나를 바라볼까 봐 두려웠다. 나는 타인의 시선을 많이 의식하는 편인데, 타인의 시선으로 스스로를 압박할 때가 있다. 편하게 쓰면 되는데, '두 번째니까 잘 써야 한다'는 압박감에 글이 나오지 않을까 봐 걱정이 되었다.

긴 시간 동안 타인의 시선으로부터 자유로워지는 연습을 했다. 그러나 한 번 겪었던 그 감정들은 완전히 없어지지 않은 채 조금만 방심하면 다시 찾아온다. 잘 버텨낼 때는 큰 문제가 없는데 한 번 무너지면 한순간에 무너지고 만다. 그런 나를 알기에 요즘은 비슷한 감정이 조금이라도 머리를 내밀면 나도 모르게 경계령을 내린다.
'너 나오지 마', '나와서 나 힘들게 하지 마'

가만히 생각해보면 이렇게 경계를 할 수 있다는 사실에 감사하다.

예전에는 어떤 준비도 없이 다가오는 감정들을 그대로 흡수했던 것 같다. 그러면서 상처도 많이 받고, 의기소침해지기도 하고, 타인과 비교하면서 나를 한없이 낮추었다. 하지만 이제는 다가오는 감정을 알아차리고 대처할 수 있을 만큼 여유가 생겼다. 타인으로부터 생겨나는 감정에 대해 조금 자유로워진 것이다.

수십 년간 타인의 시선에서 자유롭지 못했다. 다른 사람의 감정을 살피느라 나의 감정들은 외면했다. 그러면서 어느 순간, '나는 나를 너무 모른다'라는 생각이 들었다. 좋아하는 것이 무엇인지, 관심 분야는 무엇인지, 무엇을 할 때 즐거운지, 무엇을 하고 싶은지, 도무지 아는 것이 없었다. 요즘은 나를 알아가는 과정에 노력을 기울이고 있다.

어떻게 하면 나 자신을 알 수 있을까? 많이 생각한다? 도움이 될 것 같다. 호기심을 가지고 나를 알아보는 방법도 좋을 것 같다.

많이 읽는다? 독서를 통해 나도 몰랐던 나를 발견할 수 있는 기회가 될 것 같다. 하지만 무엇보다 글을 쓰면서 나를 되돌아보는 것이 '나를 가장 잘 알 수 있는 방법'이라는 생각이 든다.

글 속에 나의 감정이 있고, 생각이 있다. 가끔씩 '너 이거 원하는 거 같아' 라며 고개 내밀어 보이기도 한다. 고개 내민 생각들을 붙잡고 내 것으로 만들다 보면 가끔 이런 것이 '나다운 것 같아'라고 느껴질 때도 더러 있다. 그렇게 '나'를 만들어가고 있다.

오늘도 나는 글을 쓰며 나를 찾아가고 있다.

에필로그

30대 초반, 인생 다 살았는 줄 알았다.
새로운 도전을 하기에는 너무 늦었다는 생각에 무엇 하나 쉽게 시작하지 못했다.
그냥 삶이 흘러가는 대로 살았다.
30대 후반, 40대 문턱에서 비로소 확신이 생겼다.
'늦은 때란 없다'는 것을.

삶이 낯선 20대, 스스로를 참 많이 괴롭혔다.
'네가 하는 일이 그렇지'
'역시 넌 이거 밖에 안돼'
내가 누군지도 모른 채 보이는 모습에만 집중하며 나 자신을 괴롭혔다.
30대가 되니 덜컥 겁이 났다.
'나 이대로 괜찮은 걸까?'

외면해왔던 내 마음의 소리를 듣기 위해 노력했다.
마음이 이끄는 곳으로 조금씩 걸음을 옮겨보았다.
용기가 없어 도전하지 않았던 작은 시도들을 이어나갔다.
작은 도전의 시작으로 도전의 크기는 조금씩 커졌고,
내 삶의 변화도 함께 커졌다.

왜 포기하고 싶지 않았겠는가?
하지만 도전 끝에 느꼈던 성취감이
나로 하여금 '포기'를 포기하게 만들었다.
도전은 또 다른 도전을 불러왔다.

도전은 생각의 변화를 가져온다.
도전은 행동의 변화를 가져온다.
도전은 삶의 변화를 가져온다.
도전은 나의 인생을 살게 한다.
나는 도전을 통해 성장했고 나 자신을 알아가고 있다.

'너 자신을 알라'라는 말의 가치를 이제 조금 알 것 같다.

진작

쓸 걸 그랬어

김채영

삶을 살아가는 동안 그 어떤 순간, 어떤 시간에도, 아모르파티!

꿈과 현실 그 언저리를 살고 있는 김채영입니다.
삶이 꿈처럼 이루어지길.
꿈이 현실로 나타나길 바라면서.

1. 나의 이야기

나의 글쓰기 도전기는 무모한 도전이었다. 겁 없는 용기였다. 어느 날 SNS에서 발견한 마음에 와 닿은 문구 때문이었을 것이다.

아모르파티, 자신의 운명을 사랑하라. 나를 사랑하자. 나의 운명을 사랑하자. 아모르파티, 부정적인 것 또한 긍정적인 것으로 받아들이라는 운명적 단어이다. 언제부터인가 늘 되새기고 있다. 마음속에 품고 다니는 아모르파티는 나에게 단어, 그 이상이다.

그 단어를 제목으로 쓴 책을 만나니, 온통 정신이 팔려버렸다. 다행스럽게도 작가님이 쉽게 만날 수 있는 거리에 있었다. 그래서 더 운명처럼 느꼈던 것 같다. 만나고 싶다는 메시지를 보내고 답이 올 때까지 얼마나 설레고 초조했는지 모른다. 들끓어 오르는 마음을 주체하지 못한 채 밤이 지나갔다. 작가님의 연락을 받고 한달음에 달려갔다.

그렇게 나와 작가님과의 만남은 시작되었다. 가슴속에 품고 살았던 작지만 큰 꿈이 내게도 있다. 문학소녀를 꿈꾸던 그 시절의 내가 떠올랐었다. 여러 이야기와 함께 나의 꿈이 실현될 수 있다는 얘기에 심장이 미친 듯 뛰었다. 책은 열심히 읽으려고 노력하고 있고, 비록 일기 수준이지만 글쓰기도 꾸준히 하고 있어서 쉽게 이뤄질 것 같았다. 하지만 그 마음 하나로 시작한 글쓰기는 시간이 흐를수록 나에겐 '겁 없이 덤빈 일탈'이었음을 절절히 깨닫게 했고, 책임감이 얼마나 무서운 것인지 새삼 확인하게 했다.

내가 읽는 것이 아니라 독자가 읽을 수 있는 글을 쓴다는 것은 쉽지 않았다. 너무 힘들었다. 지금 이 글을 쓰는 순간에도 의문이 생겨나지만, 목표는 단 하나 '제대로 탈고하는 것'이다. 그리고 새삼 느끼는 것이지만, 무엇인가를 시작하기 위해서는 대책 없이 저지를 수 있는 용기가 필요하다는 생각이 든다. 한 발, 한 발 걸어가다 보면 어느 순간에는 목적지에 도착하겠지라는 믿음으로 시작하는 것이 중요하다. 내가 생각하는 것을 함께 느끼고 공감할 수 있으면 좋겠다.

나는 나를 사랑한다. 좋아하는 배우를 직접 보러 가는 것, 좋아하는 공연을 위해 혼자 공연장까지 갈수 있는 것, 모두 '나를 사랑하는 나'가 있기 때문에 가능하다고 생각한다. 한 남자의 아내이자 두 아들의 엄마, 한 집안의 며느리, 소중한 부모님의 맏딸인 동시에 사회생활을 통해 수많은 이름을 가졌지만, 오롯이 나만을 위해 무엇인가를 하는 것은 나를 사랑하기 때문이다. 살아가면서 '나'를 먼저 생각할 수 있는 여자가 과연 얼마나 될까? 이 땅에서 여자로 살아간다는 것은 수많은 이름 속에서 나를 내려놓아야 한다는 의미이다. 그래서 나는 더욱더 나를 사랑한다. 그리고 용기있는 나를 칭찬한다.

직장생활을 병행하는 워킹맘의 삶은 더욱 고단하다. 가정적인 남편 덕분에 많은 부분을 도움받고 있지만 그럼에도 시간에 쫓기는 삶은 어쩔 수가 없다. 저절로 멀티플레이어가 될 수밖에 없다. 격려와 이해를 바라지만 책임감은 더 커지고, 마음의 빚도 점점 늘어난다. 아이들에게는 미안함으로, 나를 도와주는 신랑에게는 감사함을 느끼다

가도, 동시에 왜 이런 마음이 생겨나는지 회의가 밀려오기도 한다. 그렇게 하루하루 내 안의 나와 전쟁을 치르다 보면 어느 순간에는 나를 놓아버리고 싶을 때도 있다.

가끔 눈물이 왈칵 쏟아질 때가 있다. 딱히 이유가 있는 것도 아닌데 마음이 무너져 내리곤 한다. 순간순간 무서움이 커지는 때도 있다. 지금 내가 살아가고 있는 것이 맞는 것인지, 길을 잃어버린 것은 아닌지, 두려움이 물밀듯이 밀려와 가슴이 아릴 때가 있다. 싱크대 앞에 서서 설거지를 하다 그러기도 하고, 차를 몰고 운전하는 출근길에서 그러기도 한다. 그렇게 용기가 사라지고 두려움이 엄습했을 때에는 나는 그저 그 순간이 지나가기만을 기다린다. 두려움이 가라앉기를, 떨림이 멈춰지기를, 숨을 고르면서 기다린다. 들끓던 마음이 진정되면서 내 안의 '나'가 떨림이나 두려움을 조금씩 밀어내는 모습을 지켜본다.

생각이 생각을 데리고 온다. 좋은 생각이 좋은 일을 데리고 온다. 삶의 순간순간 고맙다는 말만 하면서 살고 싶다. '미안하다'라는 말 대신 '고맙다'라는 얘기를 하고 싶다. 산다는 건 필연적으로 고맙고 미안한 일 투성이겠지만, 그래도 미안하다는 말은 조금하고, 고맙다는 말은 많이 하는 사람이 되고 싶다. 힘듦을 알아볼 수 있는 혜안, '괜찮냐'라고 물어봐 줄 수 있는 용기, 잔소리를 늘어놓는 위로가 아닌 안아줄 수 있는 마음을 가진 진짜 어른이 되고 싶다. 나이 드는 것에 연연하지 않고, 흐르는 시간 앞에 머뭇거리지 않으며, 다가오는 모든 삶에서 '행복한 나'로 존재하고 싶다.

2. 우리들의 이야기

남자, 여자가 만나 사랑해서 연애하고, 연애의 종착지를 결혼으로 정하고 난 뒤 결혼하고 살면서 아이를 낳아 기르는 지극히 평범한 이야기.

시작의 설레임

2000년 새봄이 시작되는 3월의 어느 날, 그 사람은 세상에 겁날 것이 없는 스물다섯 살, 나는 설렘 가득한 스무 살이었다. 내 눈에 비친 그 사람은 패기와 열정이 넘치다 못해 오만함이 하늘을 찌르는 모습이었다. 하지만 좋지 않은 첫인상에도 불구하고, 그의 자신만만한 모습에 호감이 느껴졌고, 어느 순간부터는 설레는 마음으로 그를 바라보게 되었다.

누구나 연애의 스토리는 소설책 한 권이라고 얘기하는데, 우리의 연애 스토리도 만만치 않다.

남녀가 만나 한참 좋을 때 우리는 장거리 연애를 해야 했다. 서로를 제대로 알기도 전에 취업을 서울에 있는 철도청으로 했기에 떨어져 지내야만 했다. 지금은 서울과 거리가 멀지 않지만, 18년 전에는 KTX도 생기기 전이라 거리감이 상당했다. 서울에서 혼자 자취하면서 일하는 그 사람 생각에 마음이 많이 쓰였다.
조금이라도 일찍 보고 싶은 마음에 생애 처음으로 탄 비행기의 도착

지가 김포공항이었으니, 얼마나 뜨거운 연애를 했는지 새삼 느껴본
다. 돌이켜보니 우린 참 뜨거운 사람들인 것 같다.

어릴 때 말고는 가 본 적 없는 서울을 혼자서 가기도 하고, 유치찬란
하지만 롯데월드, 경복궁, 박물관 등을 관광하듯 다니면서 데이트를
이어갔다. 시간이 흐르면 뜨거웠던 감정도 조금씩 줄어들 거라고 생
각했는데, 만 4년의 연애를 마치고 우리는 결혼했다.

처음에 그 사람은 내게 우리 연애의 시작은 '결혼으로 맺음'이라고
했고, 스무 살의 나는 마냥 좋아서 결혼이 무엇인지도 모른 채 덜컥
약속을 했고, 그 약속을 이행하게 된 것이다.

결혼 이야기

거창한 프러포즈도 없었다. 장미꽃 100송이가 택배로 온 것이 전부였다. 그것도 타이밍이 맞지 않아 감동은 크지 않았지만, 이젠 그조차도 추억이 되었다. 첫 기념일, 첫 여행, 모든 것의 처음을 함께 할 수 있었고 그 사람 친구들의 결혼식과 내 친구들의 결혼식을 함께 다니면서 '우리만의 결혼식'을 준비했었다.

만 4년을 서울에서 생활한 그 사람은 홀가분하게 서울에서의 삶을 정리했다. 너무 바쁜 사람들, 너무 복잡한 공간 속에서의 생활에서 벗어나고 싶다고 했다. 하지만 반 지하방에서 신혼살림을 시작하고 싶지 않았던 마음이 가장 컸다고 했다. 당시 남편이 결혼자금으로 지니고 있는 돈으로 서울에서 구할 수 있는 집은 지나가는 사람들의 다리가 보이는 반 지하방 보증금 정도였다. 그렇지만 그 돈이면 대구에서는 25평 아파트 전세를 얻을 수 있었으니, 어마어마한 물가 차이를 실감하고 내려올 수밖에 없었다. 지금에 와서 생각해보면 집값 상승률도 서울이 훨씬 높으니, 재테크를 잘했다면 어쩌면 지금보다 더 많은 것을 가질 수 있지 않았을까? 하는 아쉬움이 생기기도 한다.

2004년 2월, 양가 어른의 상견례도 마치고 결혼식 날짜를 잡았었다. 그런데 갑자기 원치 않았던 1년이라는 약혼 기간이 생겨버렸다. 집안에서 7남매의 맏이인 아빠 덕분에 나는 막내 삼촌들과 나이차가 크게 나지 않는다. 그러다 보니 할아버지의 6번째인 자식이면서, 아빠의 동생인 삼촌이 그해 가을 급하게 결혼식을 올리게 되면서, 손녀인 나는 삼촌의 결혼식 다음으로 미뤄졌다.

우리가 예약한 웨딩홀과 촬영 스튜디오, 헤어 메이컵샵 등 모든 것을 공유했다. 결혼사진 컨셉만 빼고. 결혼사진만큼은 절대 양보할 수 없어 다른 포즈로 찍게 했다. 그런 우여곡절을 겪고 2005년 1월 16일, 기상청도 놀란 폭설이 내리는 날 대구에서 결혼식을 올렸다. 미리 신혼집이며 가구, 가전 등 모든 것이 준비되어있던 터라 기다리는 시간이 정말 지루했다. 여느 커플들은 결혼식을 준비하면서 많이 다투기도 한다는데, 다행히 우리는 큰 다툼 없이 무사히 결혼식을 마치고 신혼여행을 다녀왔다.

남편과 달리 나는 신혼여행의 추억이 썩 좋지 않다. 생에 첫 해외여행이었음에도 13시간 넘게 걸리는 호주로 떠난 신혼여행은 새 신부의 피곤함을 이기지 못했다. 처음 우리의 신혼여행지는 동남아 푸껫의 풀빌라로 일찌감치 정해놓고 있었다. 둘 다 계속 일을 하면서 결혼 준비를 했었기에 따뜻하고 아름다운 곳에서 맘껏 휴양을 하고 싶은 마음이 컸다. 그런데 10월의 마지막 주였던 것 같다. 뉴스에 속보가 떴다. 「홍콩배우 이연걸이 아이를 구했다, 신혼여행을 떠난 신혼부부 중 한 명이 사망을 했다」 라는. 뉴스 화면에는 우리가 예약했던 그 풀빌라가 쓰나미에 떠밀려 오는 모습이 중계방송되고 있었다. 너무 놀란 양가 어른들에게서 연락이 오고, 여행사에서도 취소해야 한다는 전화가 왔다. 그렇게 우리가 계획한 첫 번째 여행은 자연재해로 인해 실패로 끝났다.
부랴부랴 다른 여행지를 알아보는데, 동남아 쪽으로 신혼여행을 계획한 모든 예비부부들이 다른 곳으로 알아봐서인지 마땅한 장소가 없었다. 제주도를 가려니 이미 여름휴가로 정해놓은 곳이라 갈 수 없었고, 일본으로 가려고 하니, 계절이 겨울이라 온천관광지가 주를 이루고 있었다. 정말 신혼여행으로 온천은 가고 싶지 않았다. 그래서 선택한 곳이 호주였다.

호주도 예약이 늦어져 직항을 타고 갈수 없었다. 일본 나리타 공항을 경유해 시드니 골드코스트로 가야 했는데, .비행시간이 장장 14시간이었다. 대기했던 시간까지 더하면 훨씬 더 많이 걸린 것 같다. 남편은 '결혼 10주년에 다시 오자'라고 말했지만, 결혼 13주년이 지난 지금까지 호주에는 다시 가지 못했다. 어린아이들을 데리고 장거리 비행은 자신이 없다. 아이들이 조금 더 큰 후에 함께 떠날 계획이다.

30살의 그 사람과 25살의 나의 결혼생활은 평범함, 그 자체였다. 서울과 대구 장거리 연애로 인해 그동안 함께 할 수 없었던 것들을 했고, 그해 여름휴가로 떠난 제주도에서 두 번째 신혼여행을 즐겼다. 행복한 신혼부부, 딱 그 모습이었다. 그 후 남편은 다시 대학교에 편입을 해 학교생활을 시작했고, 나는 어설픈 솜씨지만 도시락을 싸서 여행 다니는 소소한 재미로 그 시간을 채워나갔다.

공포의 보리차?

그 도시락 때문에 잊지 못할 추억거리도 생겼다. 살림이 초보였던 내가 냄비를 태우는 것은 일도 아니었다. 그날도 간단하게 김밥을 싸서 소풍을 가려고 했었다. 거실에서 김밥을 싸고 있는데, 문득 「탄 솥을 세척할 때 락스를 넣고 끓이면 깨끗하게 할 수 있다」라고 한 인터넷 기사가 생각났다. 그동안 사과 껍질을 넣어 끓여 보기도 하고, 레몬을 넣어 문질러 보기도 했는데, 깨끗해지지 않았는데, 마지막이라는 생각으로 냄비에 락스를 넣고 끓였다. 한참을 끓였더니 영락없는 보리차 색깔이 나왔다.

그렇게 가스레인지 위에서 끓이고 있는데 외출 준비로 샤워하고 나온 남편이 보리차를 끓이는 줄 알고, 한 컵 떠서 마신 것이다. 그때 얼마나 소리를 질렀는지 모른다.
"자기야 마시면 안 돼! 그거 락스야!!!"
그 소리에 놀란 남편은 한 모금만 마시고 입안에 있던 락스 물을 싱크대에 뱉어냈다. 다행히 남편이 물이 뜨거운 것 같아 찬물을 섞어 농도가 희석되었던 것 같다.

부랴부랴 냉장고에 있는 우유를 한통 마시고 응급실로 달려갔다. 뛰어 들어간 병원 응급실에서는 젊은 신혼부부가 락스를 마시고 왔다고 하니, 의사 및 간호사 모두 나를 의아하게 쳐다봤다. 자초지종을 설명하고 나니 의사선생님은 응급 위세척을 해야 한다고 했다. 위세

척을 끝내고 꼬박 하루를 응급실에서 보내고 집으로 돌아왔다. 돌아오니, 거실에는 싸다만 김밥 재료만 덩그러니 놓여 있었다. 그 풍경에 둘이서 얼굴을 쳐다보며 한참 동안 웃었던 적이 있다. 차마 양가 부모님께는 말씀드리지 못했다. 지금 생각해봐도 참 아찔했던 순간이다.

3. 우리도 엄마 아빠가 되고 싶단다

양가 부모님 모두 건강하셨고 형제들도 별 탈 없이 각자의 삶을 살아가고 있다. 결혼 3년 차에 접어들 때, 아이를 가지려고 했다. 어느새 나보다 늦게 결혼한 친구들이 하나, 둘 아기가 생기고 엄마가 되어 있었다. 우리는 당연히 부모가 될 거라 믿고 있었다. 결혼을 했으니 아이를 낳는 건 당연했고, 단 한 번도 그 믿음이 흔들리지 않았다. 하지만 인생이 뜻대로 되지 않는다는 것을 그때 깨달았다.

우리가 원하면 언제든지 아이는 가질 수 있을 거라 생각했는데, 아이는 쉽게 오지 않았다. 자꾸 시간은 흘러가고, 조금씩 초조해지기 시작했다. 내가 알고 있는 상식으로는 여성의 나이가 임신과 출산에 중요하다고 들었다. 그래서 나이가 많지 않았던 나는 큰 문제가 없을 거라고 생각했다. 하지만 그렇지 않았다. 산부인과를 찾았다. 난생처음으로 간 산부인과에서 임신 준비를 했다. 기본적인 검사와 임신시기인 배란일도 받아왔다. 그렇게 6개월 정도 흘렀을까? 담당 의사선생님께서 불임클리닉으로 전원하라는 소견서를 써주셨다. 자신들의 병원에서는 할 수 있는 것이 없다고 했다. 소견서를 받아들었을 때, 정말 많은 기분의 변화를 느꼈었다. 절망과 고통, 실패와 좌절감. 기타 등등 헤아릴 수 없는 수많은 감정이 온몸을 휘몰아감았다.

우리는 결혼 3년 차에 불임부부가 되었다. 지금도 생생하게 떠오르는 걸 보면, 그 일이 우리에게 처음으로 닥친 시련이 아니었나 싶다.

부부가 결혼생활을 하면서 별도의 피임을 하지 않고 1년이 지나도 임신이 되지 않으면 불임이라고 한다. 거기에 엄마가 될 나의 나이는 그리 중요한 문제가 아니라고 했다. 계절이 모두 바뀌는 동안 불임클리닉을 다니면서 검사란 검사는 모두 했다. 검사 결과는 정상이었다. 제일 무서운 불임, 원인 없는 불임이었다.

불임 병원에서는 부부만의 은밀한 사생활도 여과 없이 얘기했었어야 했다. 약물 치료방법 중 하나인 클로미펜이라는 배란유도제가 있는데, 이것의 부작용 중 하나가 복강 내출혈인데 이건 진통제도 잘 듣지 않았다. 그저 시간이 지나 통증이 가라앉기만을 기다릴 수밖에 없었다. 의사선생님께 힘들다고 하소연이라도 하려고 하면, 나보다 더 심한 부작용을 겪는 사람이 더 많다는 것과 엄마가 되기 위해서는 참고 견뎌야 한다며 오히려 나를 꾸중했다.

하지만 그럼에도 불구하고 우리는 부모가 될 수 없었다. 서서히 지쳐갔다. 보다 못한 남편은 당분간 쉬자고 했다. 인력으로 안 되는 것도 있다며, 괜찮다고 했다. 하지만 나는 괜찮지 않았다. 태어나 지금까지 단 한 번도 힘듦이 없었다면 거짓말이겠지만, 보통의 사람처럼 평범하고 평탄한 삶을 살아왔다고 생각했었다. 결혼 전까지는 부모님 그늘 아래에서, 결혼하고 나서는 남편과 함께하는 평탄한 삶을 이어가고 있다고 믿고 있었다. 하지만 그런 나의 평탄한 삶이 한 번에 무너진 것이다. 참 많이 흔들렸고, 참 많이 아팠다.

한 달에 한 번 생리가 시작되면 또 임신하지 못했다는 죄책감에 몸부림쳤고, 누구에게도 얘기하지 못한 채 아프고 아픈 마음을 견디며 보냈다. 지금도 그 시간 속의 내가 잘 기억나질 않는다. 어제 같은 오늘, 오늘 같은 내일을 남편과 하루하루 견디며 보냈다.

남편이 있어 그 시간을 버텨낼 수 있었던 것 같다.

4. 내 엄마의 이야기

하늘은 모든 걸 주지 않았다. 임신을 하고 싶은 내가 산부인과를 매 달 찾아다니고 있을 때였다. 어느 날 친정엄마가 무던히 옆구리가 아프다고 하셨다. 내과를 가 봐도 상태가 좋아지지 않았다. 그런 엄 마에게 누군가 부인과 검사를 해보라고 권했다. 밑져야 본전이라는 생각에 엄마는 나와 함께 산부인과에 가서 검사를 받았다. 혈액 검 사 후 의사선생님이 초음파를 보시더니 나와 엄마에게 당장 MRI 촬 영을 해보라고 했다. 그러면서 방사선과에서 MRI 촬영을 하고 난 판 독지를 가지고 다시 병원으로 오라고 했다.

방사선과에서는 촬영 후 바로 판독지를 줬다. 그런데 판독지를 설명 하는 선생님께서 보호자인 나만 설명을 들으라고 했다. 의사마다 판 독하는 결과는 다를 수는 있겠지만 본인이 보기에는 자궁암에, 폐까 지 전이된 것으로 보인다면 당장 큰 병원으로 가보라고 했다. 가슴 이 철렁 내려앉는 느낌이었다. 판독지를 가지고 나오니, 엄마도 직 감하고 있었다고 했다. 나는 암일 것 같다고는 얘기를 전했다. 전이 여부에 대해서는 말씀드리지 못한 채.

당장 동생과 아빠에게 연락을 했다. 다시 찾아간 산부인과에서도 똑 같은 말씀을 해주셨다. 암인 것 같다고 대학병원으로 가라고 했다. 일단 집에 엄마를 모셔 드린 후, 같은 동네에 살고 있는 이종사촌 언 니에게 갔다. 손발이 떨려 도저히 운전해서 집까지 갈 자신이 없었다. 무서웠다. 기숙사에 있는 남동생도, 아빠도, 남편도, 내게 의지가 되어주지 못했던 것 같다. 언니네 집에서 펑펑 울었다. 엄마가 불쌍해서, 혹시라도 엄마가 돌아가실까 봐, 너무 무서웠다. 그렇게 한참을 울고 나니 정신이 들었다. 병원을 알아보는 것이 시급했다.

무서운 건 나중에 생각하기로 했다. 퇴근하고 온 신랑은 별일 없을 거라고 위로하면서 가톨릭 대학병원에서 피부과 전공의로 있는 이종사촌동생에게 전화를 걸어 도움을 요청했다. 그 도련님의 도움이 컸다. 내일이라도 당장 병원에 갈수 있도록 모든 준비를 마쳤다. 모든 검사를 다시 시작했다. 다행히 검사 결과는 좋았다. 처음 방사선과에서 얘기했던 것처럼 전이가 심각하지 않았고, 수술과 항암 치료만 잘하면 괜찮아질 수 있다고 하셨다. 그 얘기를 듣는데 얼마나 감사했는지.

그러면서 의사선생님은 내게 가장 먼저 출산 여부를 물어보셨다. 아직 출산 전이라고 얘기하니 최대한 빨리 임신과 출산을 권하면서 생식기 암은 가족력으로 갈수 있는 확률이 높다고 말씀하셨다. 어떻게 지나갔는지 모르겠다.
지금도 생각해봐도 정말 정신없이 보낸 한 달이었다.

5. 절망과 희망의 이야기

엄마의 첫 항암제 투여일, 나는 전화 한 통을 받았다. 불임클리닉에서 걸려온 전화였다. 생각해보니 인공수정을 하려고 준비하던 중이었는데, 엄마의 자궁암 확진을 받았던 것이다. 그리고는 정신이 없어 잊어버리고 있었다는데, 그 사이에 선물처럼 첫아이가 생긴 것이다. 병상에 엄마를 두고 나는 신랑과 함께 병원을 찾았었다. 제때 시작해야 할 생리가 없어 피검사 해놓고 왔었는데, 그 검사 결과를 엄마의 첫 항암제 투여일에 들은 것이다.

그때, 엄마가 했던 말이 지금도 잊히지 않는다.

"그래도 하늘이 야박하지 않네"
아파서 병상에 누워있지만 하나밖에 없는 딸에게 그토록 바라던 아이를 주셨음에 감사해하는 엄마의 얼굴이 아직도 생생하게 기억난다. 하늘은 그렇게 우리가 소망하던 소식을 절망 앞에서 희망으로 안겨주었다.

첫아이 태교는 친정엄마의 투병생활과 함께 대학병원에서 이루어졌다. 다행인 건 산부인과 병동이라 담당 교수님께서 우스갯소리로 문제가 생기면 바로 봐주신다고, 아무 걱정 말라고 하셨다. 그리고 나도 지나가는 의사선생님을 보면서 뱃속의 아이에게 너도 의사선생님이 되면 좋겠다고 얘기해주곤 했었다. 6개월간 8번의 항암치료를 끝내고 자궁, 난소 완전 절제 수술로 모든 치료가 끝났다.

항암치료의 부작용으로 머리카락이 모두 빠진 엄마의 모습을 다시는 보고 싶지 않다. 다행히 완치까지 이루어져 건강한 모습으로 회복되어 더없이 감사할 뿐이다. 치료를 끝내고 나는 임신 막달부터 엄마랑 함께 살았다. 병원에 자주 가야 하기 때문이라는 핑계 아닌 핑계로 결혼하고도 엄마 밥을 먹을 수 있게 된 것이다. 하나밖에 없는 딸이 결혼해서 기다리고 기다리다 맞이한 첫아이인데, 병원에 있으면서 아무것도 해준 것이 없다고 생각해서인지 엄마는 모든 정성과 사랑을 쏟아 육아를 도와주셨다.

6개월가량 출산휴가를 끝내고 나는 다시 복귀했다. 그러면서 자연스럽게 집안 살림이며 아이 키우는 모든 일은 엄마가 도맡게 되었다. 지금 생각해 보면 나는 참 이기적인 딸이다. 임신과 출산을 핑계로 엄마가 해주는 밥을 먹고 더없이 편한 시간을 보냈었으니 말이다. 과연 나는 내 아이들에게 그렇게 해 줄 수 있을까, 라고 물어보면 사실 자신이 없다. 엄마가 지금까지 건강하게 잘 지내주셔서 감사하고 더 많이 사랑해주셔서 감사한 마음 가득이다. 앞으로도 아빠와 엄마 모두 건강하게 오래도록 우리 곁에 계셔주시길 소망할 뿐이다.

생긴 줄도 모르게 우리를 찾아온 둘째까지 낳고 보니, 13년의 세월을 함께한 부부가 되어 있었다. 살아오는 동안 집 평수도 조금씩 늘려왔고, 1년에 한, 두 번씩은 해외로, 계절이 바뀔 때는 국내로 여행을 다닐 수 있는 보통의 가정을 이루고 있었다. 두 아이들이 자라는 모습을 지켜보며 더없이 평탄하고 평범한 일상을 이어가고 있었다. 2017년 9월 27일, 추석을 딱 일주일 남긴 비 오는 수요일 전날까지.

6. 잊을 수 없는 이야기

그날은 큰아이가 야구방망이랑 글러브를 사달라고 해서 조금 일찍 퇴근했었다. 모처럼 집에서 단둘이 점심을 먹고 난 후, 큰아이 하교 시간을 기다렸다. 오후에 출근하는 신랑은 집에서 우리를 배웅했다. 퇴근 후 만나자고 인사를 하고 큰아이와 나는 집을 나섰다.

마트에서 맘에 드는 글러브를 찾지 못해 속상해하는 큰아이를 달래면서 집에서 수업이 있는 둘째를 어린이집에서 데려왔다. 도중에 동네 단골 빵 가게에 들러 아이들이 좋아하는 꽈배기와 남편이 좋아하는 모카크림빵도 사 왔다.

우리 집은 17층 건물에 16층에 살고 있는데, 거실에서 바라보면 무학산이 보인다. 봄, 여름, 가을, 겨울 사계절의 변화를 뚜렷하게 보여주고, 비가 오면 비 오는 모습, 눈이 오면 눈 오는 모습, 바람이 부는 모습까지 모든 것을 보여준다. 그런 거실 전창 앞에 책상이 하나 있다. 커피 한 잔 마시면서 창밖 보는 것을 좋아하는 나를 위한 공간인데, 아이들이 숙제를 하거나 컴퓨터를 하기도 한다. 그날도 여느 날과 비슷했다. 책상에 앉아 창밖으로 내리는 비를 보며 커피 한 잔과 빵을 한 조각 먹으면서 정말 여유롭다는 생각을 하고 있었다. 참 만족스러운 하루였다. 낯선 번호의 전화 한 통을 받기 전까지.

"♬ But are we all lost stars trying to light up the dark... ♪♩♬"
내 핸드폰의 벨 소리 비긴 어게인의 주제곡이 흘러나왔다.

자주 들어서인지 둘째가 흥얼거리면서 전화기를 가져다주었다.

낯선 전화번호였다.

"여보세요?"

"이채영 씨 핸드폰입니까?"

"아닌데요? 전 김채영입니다"

"아.. 윤창호 씨 아시죠?"

"네 제 남편인데 왜 그러시죠?"

"지금 교통사고가 났습니다. 거기 어디세요?"

엉? 남편이 교통사고가 났다는 전화였는데, 낯선 번호인데다가 내 이름을 잘못 말하는 것으로 보아 보이스피싱이라고 확신했다. 불과 몇 시간 전에 인사하고 헤어진 사람이었다. 지금 회사에서 근무 준비를 할 시간이었고, 전화기에서는 뭐라, 뭐라 계속 얘기를 하는데, 끝까지 듣지 않았다. 슬쩍 웃음도 나오면서 '나도 이런 보이스피싱을 당하는구나' 싶었다.

남편이 교통사고를 당할 수도 있다는 생각을 단 한 번도 해본 적이 없었다. 어디서 그런 오만한 생각이 나왔는지. 상대방이 말하는 도중에 전화기를 꺼 버렸다. 자꾸 내가 있는 곳을 묻는 것이 영 믿음이 가지 않았다. 그리고 바로 남편에게 전화를 걸었다. 한 번, 두 번 계속 전화를 해도 받지 않았다. 갑자기 심장이 쿵쿵 뛰는 소리가 들렸다. 바로 그때 아까 그 번호로 다시 전화가 왔다. 나중에 알았지만 교통사고 담당 경찰관이었다. '남편이 사고를 당했는데 왜 전화를 왜 끊냐?'라는 짜증 가득한 목소리로 화를 내며 당장 사고 현장으로 오라고 했다.

사고 지점이 출근하는 길이었고 그곳은 나도 알고 있는 길이었다. 그때부터 나의 심장이 뜨거워지는 것을 느낄 수 있었다. 뜨겁다 못해 아파왔다. 흔히 얘기하는 영화나 드라마처럼 충격에 놀라 쓰러지지도, 자지러지게 울어지지도 않았다. 큰소리로 되묻지도 못했다. 그저 자꾸 확인만 하게 되었다.

"저희 남편 괜찮나요?"

"괜찮나요?"

현장으로 오라는 소식을 듣고 맨 처음 떠오른 사람은 근처에 살고 있는 친구였다. 친구 부부와 우리 부부는 서로 동갑내기였고 첫아이들도 같은 나이였다. 결혼 후 마련한 아파트 첫 모임에서 만나 친구가 되었고 우리가 이사 나오기 전까지 같은 아파트 앞 동에 살면서 소중한 인연을 이어오고 있었다. 내가 현장까지 가는 시간보다 먼저 도착할 수 있는 친구에게 전화를 했다. 남편이 사고가 났으니 먼저 가 봐달라고 했다. 그랬더니 두말하지 않고 현장으로 달려가 주었다.

그 시간 이후의 기억은 사실 정확하게 기억나지 않는다. 병원으로 가는 길에 집에 있던 둘째를 다시 어린이집에 보내고 사고 현장으로 가야지, 하고 있었다. 아이를 데려다주고 나와 현장으로 가려는데, 다시 전화가 왔다. 119구급 대원이었다. 더없이 차분한 목소리로 내게 말했다.

"환자분 경북대학교 병원으로 이송 중입니다"

보호자가 필요하니 이송되는 병원으로 바로 오라는 이야기였다. 나는 다시 물었다.

"남편은 괜찮나요? 의식은 있나요?"

전화기를 통해 고통에 가득한 남편의 신음소리가 들려왔지만, 자꾸 확인하고 싶었다.

"네. 의식은 있으십니다. 그런데 다리 쪽을 많이 다치신 것 같습니다"

병원으로 가는 길에 남편의 회사 선배에게 연락을 했다. 출근하는 길에 교통사고가 났다고 소식을 전했다. 핸드폰에 있는 나의 회사 선배에게도 전화해 나머지 회사일을 부탁한다고 얘기했다. 사고 현장은 내 친구의 남편이자, 남편의 친구가 처리해주었다. 그리고는 그 길로 병원까지 달려와 주었다. 정신없이 운전해서 달려간 대학병원 응급실에서 마주한 남편의 모습은 처참했다. 큰 고통 속에서도 의식은 명료해서 나를 알아보았다.

"미안해"

왜 나를 보고 처음 한 말이 '미안해'였을까? 사고가 나서 미안한 것인지, 이런 모습을 보여줘서 미안한 것인지 알 수 없었지만 그 말을 들으니 상황을 실감할 수 있었다.

지금도 그때, 그 모습을 떠올리는 것은 힘이 든다. 자동차 유리 파편에 이마가 찢어져있었다. 혹시나 얼굴 쪽에 조각들이 박힐까 봐 의사선생님들이 식염수를 들이부었는데, 찢어진 이마에서 흐르는 피로 피범벅이 되어 있는 모습은, 정말 다시는 떠올리고 싶지 않은 모습이었다.

대퇴부 골절, 슬관절 골절, 안와골절 ,두피열상,타박상.

응급 차트에 적혀진 내용에 따라 검사가 진행되었다. 교통사고 환자라 수면검사는 불가능했다. 의식 여부를 확인하면서, 통증을 고스란히 느끼면서, 검사를 진행했다.

연애와 결혼생활을 포함해서 18년을 겪어봤지만, 남편이 그렇게 우는 모습을 나는 그날 처음 보았다. 다 큰 어른이라도 아픔과 고통 앞에서는 어린아이가 될 수밖에 없었다. 전신 CT 촬영을 해야 하는데 오른쪽 다리가 완전히 골절이 되어 있으니 움직일 수 없었다. 침대에서 기계로 옮겨가야 하는데 그것조차 할 수 없을 만큼 통증이 심했다. 진통제도 소용없었다.

아이처럼 엉엉 소리 내어 울면서 통곡하는 모습을 보니 시부모님들이 못 봐서 다행이라는 생각이 들었다. 정말이지, 내 아이라면 도저히 제정신으로 보고 있을 수 없을 것 같았다. 짧다면 짧고, 길다면 긴 18년의 시간 속에서 처음 보는 모습이라 더 고통스러웠다. 지옥 같은 밤이 지나갔다. 정말 긴 시간이었다.

물리적인 시간과는 달리 심리적으로는 1분, 1초가 하루 같았다. 그나마 다행스러운 건 다음날 아침 일찍 수술을 할 수 있었다는 것이었다. 남편을 수술실로 보내고 기다리는데, 그래도 그 차에 아이들이 함께 타고 있지 않아서 다행이라는 생각이 들었다. 남편 혼자 다쳐서 다행이라는 이기적인 생각을 하는 나를 발견하기도 했다. 5시간의 수술이 끝나고 남편은 전치 12주의 입원이 필요한 상태가 되었다. 그렇게 우리 부부는 환자와 보호자의 관계로 새로운 시간을 맞이해야 했다.

병원 생활을 하는 동안 사람이 참으로 간사하다는 것을 느꼈었다. 고통스럽고, 지옥 같은 시간이 짧지도 길지도 않게 지나가는 동안, 나는 아픈 사람보다 더 많은 짜증을 냈다. 남편은 힘든 재활치료도 잘 견뎌주었고, 상처도 아물어가고 있었지만 나는 그 사람의 불편함에 조금씩 무뎌지고 있었다. 절정은 남편이 퇴원을 하고 집으로 돌아온 후부터였다.

3개월 정도 집을 비운 남편을 처음에는 적응하기 힘들었다. 겨우 석 달 없었을 뿐이었는데, 집에 온 순간부터 나의 힘듦이 시작되었다. 왜 그토록 힘들게 느껴졌는지 아직도 잘 모르겠다. 목발 없이 걷기 힘들었고, 집안에서 움직이는 것도 힘겨워 했기 때문에 자연스럽게 사소한 모든 일이 내 차지가 되었다. 사소한 속상함이 쌓여 내 마음을 상하게 만들었는데, 크리스마스가 지나고 연말이 가까워 올 때 절정을 이루었다.

서로가 서로에게 불편함과 예민함을 동시에 느끼고 있었다.

7. 내 마음의 이야기

어느 날, 갑자기 설거지를 하다가 울컥하는 마음이 올라왔다. 이
유도, 영문도 모른 채 기분이 한없이 추락하고 눈물이 쏟아져 내릴
것 같았다. 내 울음을 터트릴 곳이 필요했다. 누가 있어도 그만, 누
가 없어도 그만, 마음껏 울 수 있는 자리가 필요했다. 실컷 울고 나
면, 가슴이 후련해질 것 같았다. 답답하고 머리가 터질 것 같아 무작
정 차를 몰아 거리로 나왔다. 마치 가슴속에서 뜨거운 불기둥이 있
는 것 같았다. 하지만 막상 나오니 갈 곳이 없었다. 부모님이 걱정하
시니 친정에 갈 수도 없었고, 시간이 늦어 친구에게 갈 수도 없었다.
나는 무작정 IC로 갔다. 어디로 가야 할지 정하지도 않은 채, 내비
게이션만 쳐다보고 있었다. 그렇게 가지도 오지도 못하는 차 안에서
시간만 보내다 다시 집으로 돌아왔다.

정말로 갈수 없었을까? 아니다. 그저 가지 않은 것뿐이다.
수많은 핑계를 만들면서 차마 갈수 없었던 이유는, 모든 것을 내려
놓을 수 있는 용기가 없었기 때문이었다. 엄마의 자리. 아내의 자리.
내 앞에 달린 수많은 수식어의 무게를 나는 외면할 수 없었다. 스스
로 용기 없음에 참 많이 힘들어했던 기억이 난다. 시간은 흐르면서
가슴속에 타오르던 불기둥이 조금씩 잠잠해지더니, 마음도 안정을
되찾기 시작했다. 그리고 아무렇지도 않은 듯 일상을 이어가고 있
다. 언제 그런 일이 있었냐는 듯이.

8. 또다시 시작하는 이야기

계절이 또다시 바뀌었다. 봄이 왔다. 둘째 아이가 학교에 입학을 했다. 생긴 줄도 모르게 우리를 찾아온, 엄마를 아주 힘들게 하던 아이가 초등학생이 되었다. 첫아이와는 기질부터 다르다. 섬세하고, 남자아이치고는 너무 예쁜 아이다. 고집도 세고 다소 엉뚱한 면이 있는 둘째 덕분에 다이나믹한 생활을 보내고 있다.
롤러코스터 같은 시간의 연속이다.

아직 남편의 치료는 끝나지 않았다. 올해 연말쯤 다시 수술을 해야 한다. 재활치료도 꾸준히 해 나가야 한다. 그리고 아이들은 아직 초등학생이다. 지금껏 살아온 시간보다 더 많은 시간을 살아가야 한다는 것을 알고 있다. 앞으로도 많은 일들이 있을 것이고, 눈물 나는 현실을 마주할 수도 있을 것이다. 그럼에도 사이, 사이 짧은 여행을 계획하고 사진으로 추억할 수 있는 가족의 기억을 만들어 나갈 것이다. 때로는 싸우고, 화해하고, 울고, 소리치고, 노여워하며, 가끔은 서로가 서로를 짠하게 바라보면서 인생의 페이지를 채워나갈 것이다.

20대, 우리의 모습, 30대, 우리의 모습.
지나간 시간이 정말로 아득히 느껴지면서 꿈속에 있는 듯 착각을 할 때도 있다. 모든 순간을 행복하고 보람 있게 지내진 못했지만 즐겁고 기뻐했던 기억이 더 많다. 큰일을 한번 겪고 나니, 앞으로 다가오는 일도 기쁘고 즐거운 것들로 가득하지 않을 수 있다는 생각이 든다.

40대, 50대, 60대, 70대... 그 이후의 모습 속에서 바라는 것이 있다면, 견뎌낼 수 있을 만큼의 시련과 이겨낼 수 있을 만큼의 힘겨움만 있었으면 좋겠다.

지금까지 지내온 우리의 모습에 박수를 보내주고 싶다. 그리고 하루, 하루 잘 지낼 수 있을 만큼의 용기와 사랑 가득한 삶을 기도해본다. 큰 아이를 낳고, 둘째를 가지면서 우리 부부의 바람은 하나였다. 많은 사랑을 받고, 받은 사랑을 세상에 다시 돌려줄 수 있는 몸과 마음이 건강한 아이로 자라났으면 좋겠다, 단 한 가지였다. 그리고 그렇게 키우기 위해 마음을 다하고 있다.
아이들이 자라면서 수많은 욕심과 기대가 생겨 가끔 힘들기도 하지만, 몸과 마음이 건강한 사람으로 자라주기를 바라는 처음의 마음으로 전쟁 같은 오늘과 싸워 나가고 있다.
우리의 이야기는 그렇게 계속되고 있다.

에필로그

생애 처음 글을 씁니다. 그 글이 책이 되어 나왔습니다.
뒤돌아보면 너무 엉성하고 무슨 말을 하고 싶은지도 모르겠습니다.
부끄럽고 떨리지만, 저의 글이 세상에 나왔다는 그 이유 하나로
너무 행복한 시간을 살아가고 있습니다.
무모한 용기로 시작하길 참 잘한 것 같습니다.
앞으로의 제 삶이 조금은 달라지겠죠?
더 많이 용기 내고 더 많이 나를 사랑하겠습니다.
여러분도 아모르파티하시길.

인생은 가까이에서 보면 비극이지만, 멀리서 보면 희극이다.

– 찰리 채플린

Viva la Vida

조국향

오십이 넘어서야,
서랍 속에 넣어둔 나를 꺼내 봅니다.

이제, 마음이 가는 대로, 천천히,
놓치고 있던 작은 행복을 느끼며 살려고 합니다.
소풍 같은 삶을 살아보려는 사람입니다.

1. 삶, 그리고 흔적

아득한 그곳, 고향

"When you finally go back to your old home, you find it wasn't the old home you missed but your childhood." - Sam Ewing

누군가 태어나서 자란 곳이나, 마음속 깊이 간직하고 있는 그립고 정든 곳을 일컫는 말, '고향'. 다소 예스러운 느낌을 주는 이 두 글자를 머릿속으로 떠올리거나, 입술을 떼어 낮은 소리로 말하다 보면 나에게는 아직도 정겹고 따스함이 피어난다. 고향을 그리워한다는 것은 어쩌면 물리적인 장소뿐만 아니라, 함께 한 가족과 이웃, 친구들, 그리고 자연이 어우러져 보냈던 어린 시절을 그리워하는 것이다.

아들은 지금껏 '고향 생각이 난다'라는 말을 써본 적이 없다고 한다. 인스턴트식품인 고향 만두가 떠오를 뿐, 자신의 세대와는 거리가 먼 단어라고 대수롭지 않게 얘기한다. 20대의 한가운데를 사는 딸에게 '고향'이라는 말은 쉼과 편안함을 상징하는 사전 속에 존재하는 언어이다. 이렇듯 언어가 주는 정감은 세대나, 개인에 따라 달라지기도 한다. 아무래도 나의 아들, 딸과 고향에 대해 말하면서, 어린 시절의 달빛 벗 삼아 걷던 하얀 골목길이나, 밤사이 흐드러지게 떨어진 감꽃으로 목걸이를 만들던 아련하고 애틋한 기억을 나눌 수는 없을 것 같다.

'고향'은 한 개인의 마음이나 영혼의 안식처를 나타내는 은유적인 의미도 내포하고 있다. 영원한 그리움과 동경의 대상이 되어 많은 시인, 작가나 화가들의 작품 속에 녹아있다. 별, 바람, 하늘, 산, 나무... 자연에게서 얻은 상상력은 토양이 되고 거름이 되어 시와 산문, 그림과 건축물로 탄생하여 수많은 사람들의 마음을 달래거나 삶의 구원이 되기도 한다. 시골에서 자연과 함께 보낸 나의 유년기는 나의 정서와 삶을 풍성하게 해주었다. 나의 몸이 영양분을 필요로 하는 것처럼 자연을 밑그림으로 펼쳐지는 어린 시절의 따뜻한 기억들은 지친 영혼을 지켜주는 감정의 면역제가 되어주고 있었다. 삶의 곳곳에서 내가 작아 보일 때, 힘들고 지칠 때 따뜻한 아랫목을 내어주며 마음을 쉬게 하고 나를 기다려주었다.

나의 아버지는 면사무소에서 일하셨다. 엄마는 농부의 아낙이 아니었고, 우리 사 남매는 다른 동네 아이들처럼 농사일을 거들 필요가 없었다. 가끔씩 누런 황소에게 꼴 먹이러 가는 친구들을 따라나선 때도 있었다. 그런 날에는 낮은 구릉지에서 만난 들꽃들에게 마음을 뺏기고, 풀밭에 누워 무심한 듯 흘러가는 구름 따라 하늘 바다를 항해했다.

산과 들판에 연초록의 물이 오르면 겨우내 언 땅도 녹고, 그 밑으로 냉이와 달래가 고개를 내민다. 바구니에 소복하게 담기는 봄 내음. 논둑과 밭둑에 쪼그리고 앉아 나물 캐는 동네 아이들 위로 아른아른 피어오르는 봄 아지랑이. 연분홍빛 진달래꽃이 아무렇게나 피어있는 나지막한 산에 올라 하늘하늘한 꽃잎을 따서 씹어보던 봄날의 수줍음. 이 모두가 눈부시게 아름답고 나른했던 봄의 기억이다. 모내기가 시작되면 새참 가시는 아주머니 치맛자락을 잡고 작은할머니 댁 갈색 말이 끄는 수레를 타고 들판으로 나갔다. 찐 감자며 나물전, 그리고 걸쭉한 막걸리, 일군들의 투박한 입담과 노랫가락은 구수한 양념이었다.

뜨거운 여름이 오면 어른들은 이른 아침, 저녁에 일을 하고 한낮에는 쉬면서 시간을 보냈다. 아이들은 메뚜기를 잡으러 들판으로 다니다가 잡은 메뚜기를 불에 구워 먹기도 했는데 나는 별로 구미가 당기지 않았다. 10살이 될 때까지 시골에서 생활을 했지만 농사를 짓지 않으시는 부모님 밑에서 자란 나는 티가 났다. 개구리밥과 이끼가 가득한 논이나 못에서 개구리를 못 잡는 것은 물론이고, 작은 벌레 잡는 것도 어려운 여린 아이였다. 긴 긴 여름 날을 어찌지 못해 강에서 헤엄치며 하루 종일 시간을 보낼 때도 있었다. 저녁 무렵, 집으로 돌아올 때쯤이면 두 눈이 벌게지고 허기져서 며칠 굶은 것처럼 불쌍한 몰골이 된다. 여름날 동네 아이들은 얼굴부터 발끝까지 온몸이 까만색으로 타서 모두 한 집안 아이들처럼 닮아있었다. 어스름이 질 무렵, 집집마다 굴뚝으로 뽀얀 연기가 피어오르면 골목길에서 놀던 아이들도 하나, 둘 사라졌다. 저녁밥을 먹고 하늘에 별이 총총하게 빛나면 동네 여인들은 아이들을 데리고 강으로 나가 멱을 감았다. 달빛이 부드럽게 비치는 강물에서 여자들만의 은밀한 물놀이는 한여름 밤의 꿈같은 기억이다.

내가 어릴 때 고향 마을엔 전깃불이 없었다. 밤이 찾아오면 호롱 불을 켰는데, 바깥에서 바라보면 흰 문풍지 틈으로 새어 나오는 불빛이 은은했다. 그 불빛 아래서 책도 읽고 귀신 이야기도 들었다. 어떤 날에는 불장난도 했는데, 그런 날에는 어른들 말씀처럼 혹시나 이불에 실수하지 않을까 걱정스러운 마음에 잠을 설치기도 했다. 큰어머

니 댁은 기와지붕에 높은 마루가 있었다. 일어서면 담장 너머 멀리
로 기적을 울리면서 증기를 뿜어내는 기차가 지나가는 것이 보였다. 나
도, 논밭에서 일하시는 어른들도, 손을 흔들며 짧은 꿈을 꾸었던 것
같다. 우리 집은 마을 가운데쯤 작은 도랑을 지나 산을 마주 보며 낮
게 자리 잡고 있었다. 도랑가로 큰 탱자나무들이 줄지어 있어서 밖
에서는 잘 보이지 않았는데, 어린 나에게는 꼭 숨을 수 있는 은신처
로 들어가는 길 같았다. 뒷간이 가장 먼저 눈에 들어오고 그 앞에
거름 더미가 있고 돼지우리도 그쯤 어디에 있었던 것 같다.

추수를 끝내면 초가지붕도 겨울 채비를 했다. 볏짚으로 새끼를 길게
꼬아서 이엉을 잇고 친척들이 돌아가며 서로의 집에 새 지붕을 얹어
주었다. 그 위로 호박과 박 넝쿨이 오르면 크고 작은 박들이 조롱
조롱 달리고 흰 박꽃도 피었다. 지붕 위로 던진 나의 젖니들도 어느
볏짚 틈에서 한동안 머물렀을 것이다. 까치가 헌 이를 가져가지
전까지.

시골의 겨울은 아름다운 풍경으로 기억 속에 남아있다. 경상북도
안동 근처에 있는 작은 마을은 대구보다 눈과 가까운 사이였다. 아
침에 눈을 뜨고 방문을 열면 하얀 세상이 눈앞에 펼쳐지는 날이 많
았다. 하얗게 덮인 길을 걷는 첫 사람이 되어 발자국을 남기는 것은
어린 나에게 묘한 느낌을 주었다. 한 번 내린 눈은 잘 녹지 않고 여
기저기 오래 남아있어서 겨울을 말하면 자연스레 눈이 떠오른다. 처
마 밑에 고드름이 주렁주렁 달리고 세상의 모든 것이 얼어붙는 것
같은 매서운 추위가 이어지면 강 전체가 두껍게 얼었다. 그 위에서
아이들은 신나는 얼음썰매를 탈 수 있었다. 나무 썰매에 올라 얼음
위를 미끄러지듯 나아가다 보면 콧물이 흘러 얼어붙은 줄도 모르고,

곱은 손과 발에도 아랑곳하지 않고 정지된 시간 속에서 해가 저물어 갔다.

겨울밤이 깊어 가면 아이들은 따분한 긴 밤에 무엇을 할까, 생각에 빠진다. 장독에 담아 덮어둔 무식혜(무로 만든 식혜)에 생각이 미치면 누가 가져와야 할지 정하느라 시끄럽다. 아랫목에 앉아 이불을 어깨에 두른 채 고춧가루 색이 배어든 무채와 퍼진 밥알을 살얼음과 함께 마실 때 목을 넘어가면서 느끼던 짜릿한 차가움은 지금도 그립다. 그러고도 한 밤이 다 가지 않으면 짓궂은 남자아이들은 길을 나섰다. 동네 이웃집의 무구덩이를 파헤치고 무서리를 하는데 망을 보는 아이들이 더 마음 졸였다. 그때는 무서리가 아이들에게 긴 겨울밤, 허전한 배를 채워줄 긴장감 넘치는 주전부리 놀이였다. 다행히 그것에 대해 동네 어른들이 서로 이웃집 자식들을 탓하며 다툼을 벌이지는 않았던 것 같다.

몇 년 전 시골에 계신 작은아버지 댁에 들렀다. 예전의 그 꽃들이 여전히 피고 지고, 들판을 따라 뻗어있던 철길은 그대로였지만, 집도 사람도 너무 달라져 있었다. 골목길은 차가 다닐 만큼 넓어졌고, 어릴 적 아저씨, 아줌마는 할아버지, 할머니가 되어 집을 지키고 계셨다. 아이들과 젊은이들의 목소리가 사라지고 있었다. 반세기 남짓한 세월의 흐름인데, 나의 기억 속에 남아있는 마을의 흔적을 찾기란 쉽지 않았다.

인공지능과 로봇을 말하는 시대를 살아가고 있다. 변화에 가속도가 붙어 십 년 후의 모습을 상상하기 어렵다. 변화의 속도에 대한 적응

차이로 세대 간의 소통이 더 어려울지 모른다. 탄생에서 죽음에 이르기까지 한 개인의 삶 안에서도 여러 차례 가치관 혼란의 순간을 겪을 수도 있다. 그런 까닭에 내면이 튼튼하고 건강해야 하며, 지치고 힘들 때 위로받을 수 있는 따뜻한 어린 시절의 기억이 필요하다. 그래서 아이들과 함께 자연 속에서 주말을 보내려고 하는 젊은 부부들을 만나면 반갑다. 건강한 삶을 살고 있는 것 같아서.

밤하늘의 별이 도시의 불빛을 벗어나서 얼마나 아름답게 빛나는지 아이들이 보면서 마음을 키웠으면 좋겠다. 작은 벌레나 물고기, 숲과 들판, 그리고 갯벌에서, 온몸으로 삶의 중요한 가치를 깨우친다면 따뜻하면서도 너그럽고 강한 사람으로 성장할 수 있을 것이다.

산책을 하고 돌아오던 길에 아파트 앞 작은 화단에서 두 명의 아이를 만났다. 작은 나무들 사이에 소복하게 덮여있는 흙더미를 파헤치며 놀고 있었다. 찬바람에도 시린 손 아랑곳없이 행복한 얼굴로.

결혼, 30년 즈음에

"Great marriages don't happen by luck or by accident. They are the result of a consistent investment of time, thoughtfulness, forgiveness, affection, prayer, mutual respect and rock-solid commitment between a husband and wife."
- Dave Willis

남편과 나는 결혼기념일을 잘 기억하지 못한다. 서로에게 어떤 선물이 좋을지 고민하고, 상대방이 선물을 받을 때 행복해할 모습을 그려보며 기념일을 축하하는 커플은 아니다. 나도 한때는 O. Henry의 단편소설집 「The Gift of the Magi」의 Della와 Jim처럼 소중한 선물을 주고받는 것을 꿈꾸기도 했다. 하지만 소설이나 영화 속의 삶은 나에게 일어나지 않았다. 무엇보다 나의 남편은 낭만과는 거리가 있는 사람이었다. 시부모님과 함께 살면서 결혼 1주년을 맞이했는데, 둘 다 기념일을 기억조차 하지 못하고 지나가면서 로맨틱한 결혼기념일의 환상은 버렸다. 작은 것에 의미를 두고 이야기를 쌓아가면서 관계의 단단함을 타인에게 행복으로 내비치고 싶은 나의 허영심은, 두발을 단단하게 땅 위에 딛고 사는 현실적이고 실용 철학을 가진 남편을 조금씩 닮아가게 되었다.

나의 20대. 결혼 적령기라는 말에 지금보다 더 큰 부담을 느끼던 시절이었다. 인생의 긴 시간을 함께 하고 싶은 사랑하고 소중한 사람이 곁에 있어서가 아니라, 부모님과 자신의 사회적 체면, 주위의 시선을 의식해 결혼을 생각했다. 남들과 비슷한 삶을 살려면 때를 넘기지 않고 적당한 시기에 결혼해야 한다는 것은 20대에 이루어야 할 과제였다. 오랫동안 나의 마음을 사로잡을 누군가를 만나기를 꿈꿔왔지만, 시간이 흘러도 바라는 일은 일어나지 않고 조바심이 나기 시작할 즈음, 내 삶으로 들어온 남자가 있었다. 가까이 있어서 손이 닿은, 닮은 듯한 이 사람과 함께라면 든든할 것 같았다.

유교색이 짙은 도시 안동에서 태어나고 자랐다. 아버지는 외모에서부터 근엄함을 풍기고 전통적인 가치를 중요하게 여기는 보수적인 분이셨다. 결혼을 앞두고 나는 새로운 삶을 준비하고 싶어 몇 권의 책을 읽어보았다. 안동의 종부들이 자신의 경험 속에서 녹아난 삶의 교훈들을 엮어 놓은 것으로, 양갓집 규수들이 가정의 화목을 위해 알아둘 몸가짐이나 행동에 관한 내용이었다. 지금 생각해보면 조금 우습기도 하지만, 그때는 진지하게 예법을 배우고 싶었다. 나는 아내로서, 며느리로서 어떻게 처신을 해야 하는 것이 현명한지, 결혼으로 맺어지는 다른 가족 간의 관계에서 나의 역할처럼 '보다 정신적인 것'을 중요하게 여긴 것 같다. 며느리를 맞을 나이가 된 지금도 여전히 같은 생각이다.

전혀 다른 두 집안에서 성장한 남자와 여자가 한 울타리에서 서로의 맨 얼굴과 마주하는 것은 생각처럼 쉽지 않았다. 신혼여행의 달콤함이 가고 눈에 씐 콩깍지도 조금씩 벗겨지면서 음식 취향부터 사물을 보는 관점, 좋아하는 것까지 이해할 수 없는 것들이 늘어갔다. 사랑의 감정도 시들해지고 낯선 곳에 혼자인 것 같은 외로움, 그리고 시간이 갈수록 배려하는 마음보다 요구와 불만으로 서로를 지치게 했다. 베개를 적신 눈물이 가슴 위로 넘치고 침묵의 시위가 길어지기도 하고 서로의 마음에 상처를 남기면서 30대, 40대를 지나왔다. 살아오면서 좋은 날도 있었고 서로의 마음을 다치게 한 날도 있었지만, 서로의 삶에 가장 믿음을 주는 소중한 짝으로 곁에 있음이 감사하다. 지금은 서로의 얼굴에서 느껴지는 세월의 흔적에 마음이 애잔해진다. 작은 글씨가 보이지 않아 안경을 눈 위로 들고 있거나, 물건을 어디에 두었는지 잊어버리고 허둥거리는 모습이 안쓰럽다. 타박이 아니라 이해의 눈길로 바라보게 된다.

'언제 우리가 이렇게 나이가 들었나?'

결혼으로 내가 이룬 것은 무엇일까? 아들과 딸이 성장해 경제적으로, 정신적으로 부모로부터 독립할 나이가 되었다. 유난히도 장난꾸러기였던 아들과 너무 여려 늘 마음이 쓰였던 딸이 잘 커서 지금은 부모의 건강을 걱정하고 특별한 날을 챙기기도 한다. 직업과 육아를 함께 하기가 무척 힘들 때가 많았지만 부모님, 시부모님의 도움이 컸다. 지금도 아이들은 할머니를 걱정하고 가끔씩 전화드리려 애쓴다. 어렸을 때 가까이서 돌보아주셨던 조부모님과의 끈끈한 관계 때문이다.

자식들이 노년의 든든한 보험이 되어줄 거라고 기대하지 않는다. 사실 자식들은 어렸을 때 이미 그들 존재 자체로 절반 이상의 기쁨을 나에게 안겨 주었다. 돌아보면 아이를 잘 키워야겠다는 지나친 기대와 욕심, 책임감이 아이들과의 소중한 시간을 뺏은 것 같다는 생각이 들기도 한다. 함께 시간을 보내면서 즐거움이나 아픔을 느끼며 자연스럽게 성장하는 것이 기본인데, 나는 그러지 못한 것 같아 아쉽다. 부모는 자식들이 삶에서 해보고 싶고 성취하고 싶은 것이 무엇인지 알게 해주고, 곁에서 지지해주며, 필요할 때 가능한 만큼의 도움을 주면 된다고 생각한다. 모든 것을 다 해주는 것, 다른 부모보다 더 많은 것을 누리게 하고, 물려주는 것이 부모의 사랑을 증명하는 척도는 아니라고 생각한다.

얼마 전 딸아이의 제안으로 스튜디오에서 가족사진을 찍었다.
"어머니, 뭐 하세요. 가짜 웃음 말고, 더 크게. 활짝. 입꼬리 더 올리시고…"
사진사의 요구로 그날 오전 나는 몇 달치 웃음을 모두 쏟아내었다. 서로의 얼굴을 번갈아 쳐다보며 어색하게 웃다가 그 모습이 우스워서 또 웃었다. 거실 한 편에 놓일 행복한 모습을 담은 사진은 한동안 우리들의 눈길을 받으며 이야깃거리가 될 것 같다.

아플 때나 건강할 때나 서로 사랑하고 존중하겠다는 혼인서약의 가슴 떨리던 그날부터 30년 가까운 세월을 함께 했다. 시댁에 살면서 깨를 볶는 신혼의 즐거움은 아쉽게 나를 비껴갔지만, 쉰을 넘기고 때늦은 신혼을 보내고 있다. 여전히 철없는 나의 투정을 받아주고, 한겨울 차가운 발을 다리 위에 얹어도 괜찮다고 말해주는 남편, 팔베개로 한 쪽 팔이 마비되었다고 엄살을 부리면서도 등 돌리지 않는 남편, 그런 남편이 내 옆에 있어 감사하다.

남은 삶이 얼마나 될지 알 수 없다.
꽃길만 펼쳐져 있지는 않겠지만 혼자 가는 길이 아니라 같은 방향을 보며 나아가는 남편이 있어 괜찮을 것 같다. 삶이 두렵게 다가올 때 기대고 의지할 수 있는 남편과 아내로, 서로의 마음을 알아주는 따뜻한 벗으로 오래도록 곁에 머물고 싶다.

교실이여, 안녕.

"O Captain, my Captain. Who knows where that comes from? Anybody? Not a clue? It's from a poem by Walt Whitman about Mr. Abraham Lincoln. Now in this class you can either call me Mr. Keating, or if you're slightly more daring, O Captain my Captain." - Dead Poets Society

"안녕하세요, 선생님"
해맑게 인사를 건네는 아이들을 따라 중앙 현관으로 들어서니, 길게 이어지는 복도 초입에 교무실이 있었다. 햇살이 비치기 시작하는 바깥의 따뜻함과 달리 건물 안은 서늘함이 감돌았다. 엄마가 사주신 하늘하늘한 분홍색 투피스를 입고 교무실 문을 열면서 나의 30년 교직생활이 시작되었다. 부임 첫날을 위해 마련한 나의 옷은 때 이르게 멋을 낸 모양새로 비쳤겠지만, 화사함이 단 한 사람의 마음이라도 밝게 했다면 나쁜 선택이 아니라는 생각을 했다. 며칠 후, 키 크고 산을 좋아하시는 선생님이 따뜻한 말을 건네주셨다.
"교무실 문을 열고 들어서는데, 하늘에서 천사가 내려온 줄 알았어"
과장된 표현임을 알면서도 새내기인 나를 한참 동안 기분 좋게 해주었다.

초롱초롱한 눈망울로 나를 바라보는 아이들 앞에 처음 서던 날.
긴장되고 떨리는 것이 자연스러운데도 그걸 감추려 애쓰니 얼굴 표정은 더 굳어졌다. 행동과 말투에 어색함이 잔뜩 배어있었지만 하루하루 지날수록 나아졌다. 첫 발령을 받은 학교의 선생님들은 다정하시고, 관심과 애정 어린 마음으로 대해주셨다. 첫 임지라서 그런지 특별히 마음에 오래 남아있다. 미숙한 나에게는 모든 상황이 배워야 할 것들이었다. 딱 부러지게 일을 처리하고, 수업에 대한 열정으로 가득 찬 선생님들은 부러움의 대상이며 닮고 싶은 모델이었다.

그때만 해도 영어는 초등학교 5, 6학년의 교육과정에 포함되어 있었으나, 듣기와 말하기 중심이었다. 사교육의 열풍이 휩쓸기 전이어서, 영어 수업에 대한 학생들의 기대와 과목 선호도가 무척 컸다. 특히 중학교 1학년 여학생들의 배움에 대한 기쁨은 얼굴과 두 눈이 말해주고 있었다.
"Good morning, Jo"
"Hi, Mia"
등교할 때 교문 앞에 서서 기다리다가 나를 보면 크게 인사하고 달아나는 아이들도 있었다. 나는 학생들의 이름을 불러가며 질문하거나 발표시키기 때문에, 이름을 빨리 기억하는 편이었다. 이름을 불러주며 인사하면 아이들도 좋아했다.

교사에 대한 학생들의 사랑도 세월을 따라 많이 변화했다. 내가 학생이었을 때, 아이들은 선생님이 사용할 분필을 껌 종이로 싸두는 것을 좋아했다. 처음에는 아카시아, 라일락 껌의 향기가 배어 있는 껌 종이를 사용했는데 그 후에 나왔던 '사랑이란...'시리즈는 분필을 싸는 우리들의 가슴까지 뛰게 만들었다.
교사가 되었을 때 가끔씩 아이들이 정성껏 싸둔 분필을 쓸 때가 있었는데 옛 생각이 많이 났다. 몇 년 후에는 이러한 낭만이 사라지고, 차가운 금속 재질이나 플라스틱 전용 분필 홀더가 등장했다. 물 칠판 전용 초크에 이어 화이트보드 마커나 빔 프로젝터까지 등장하면서 분필 싸기의 낭만은 전설 속의 이야기가 되어 버렸다.

3월. 새 학기가 시작되면 만나게 될 학생들과 새 학교, 새 동료에 대한 기대로 마음이 설레었다. 새롭고 낯선 것이 주는 두려움 못지않게 기대감과 새로운 다짐은 나를 들뜨게 했다.
'어떤 교사가 되어야 하는가?'
'어떻게 살아야 하는가?'
나의 오랜 물음에 행동으로 보여주는 선생님들을 만나는 것은 기쁨이었다. 혼자 더 높이 올라가려는 교사가 아니라, 다 함께 더 나은 학교를 위해 애쓰자고 솔선과 봉사를 실천하시는 분들을 보면서 나의 부족함을 깨닫곤 했다. 참신한 학급 운영과 수업자료를 흔쾌히 다른 교사들과 공유하고, 진지한 논의를 통해 참교육을 실천하는 훌륭한 선생님들은 든든한 동료였고 나를 들여다보게 했다.

학교를 떠나면서 아쉬움과 안타까움이 없지는 않다. 교사로서의 공정함과 책임감을 중요하게 여겨 정해놓은 규칙을 따르지 않거나 공동생활에 피해를 주는 아이들에게는 엄격했다. 함께 생활하는 공간에서 지켜야 할 덕목을 실천하지 않는 학생들과 많이 부딪쳤다. 이야기를 들어주고 마음을 보듬어 줘야 할 아이들도 있었는데, 그러한 아이들에게 다가가는 일이 마음처럼 쉽지는 않았다. 같은 실수나 규칙을 벗어난 행동을 반복하는 아이들에게 너그러움과 인내심을 갖고 대하는 마음이 부족하여, 의도하지는 않았지만 말로 마음의 상처를 남겼을 수도 있다. 맞는 말만 하려고 애쓰면서 벽을 쌓고, 완벽하려고 애쓰면서 인간미를 잃어버린 것이 아니었는지 모른다.

학생들이 온전히 참여하고 따라와 주기를 바랐다. 더 가르쳐주려는 열정(어쩌면 욕심)은 늘 과제 확인, 복습 질문, 그리고 모든 학생들에게 한 번씩 발표 기회 주기를 고집하는 수업방식으로 이어졌다. 이것이 영어에 대한 흥미를 잃게 만들거나 이해력이 낮은 아이들에게는 숨 막히고 긴장감으로 가득한 수업시간으로 다가갔는지도 모르겠다. 아이들의 눈높이를 맞추지 않고 내가 경험이 많고 나의 생각이 옳으니 따라오라고 일방통행을 강요한 것 같아 아쉬움이 남는 것도 사실이다. 하지만 학생들처럼 교사 또한 아이들의 말과 행동에 상처를 많이 받는다. 나의 마음을 알아주지 못하는 서운함에 힘들어하고, 아이들을 이해할 수 없다며 푸념했던 숱한 순간들이 내게도 많았다.

그리고, 일하는 엄마를 둔 나의 아들과 딸에게 미안한 마음이 크다. 그때는 나 자신을 힘들게 몰아세운 책임감이 (시대가 바뀌니 융통성 없는 엄마가 되어버렸지만) 내 아이들보다 학교의 아이들을 우선순위에 두었다. 비 오는 날 우산은커녕, 체육대회도, 졸업식에도 잠시 얼굴을 보였을 뿐, 엄마와의 따뜻한 기억을 많이 남겨주지 못했다. 가끔 아이들이 학교에서 일어난 일을 불평하거나 불만을 쏟으면, 엄마로서 들어주고 감싸주는 것을 먼저 했어야 했다. 하지만 다른 아이를 두둔하거나, 교사의 입장을 대변해 이야기하면서 오히려 아이의 울음을 터뜨리거나 더 화나게 만들기도 했다. 아이들이 원했던 것은 누구의 잘못을 가리는 것보다 우선은 자기편에 서주는 엄마가 필요했는데, 나는 집에서도 선생님이었다. 지금도 가끔 서러워하며 울던 아이들의 어릴 적 모습이 생각나 마음이 짠하다.

'평생직장'이라는 말이 사라지고 있는 것 같다. 청년 실업률이 매년 기록을 세우고 있다는 보도나, 취업 준비생 중 절반 가까이가 공무원 시험 준비를 해본 적이 있다는 통계가 마음을 무겁게 한다. 대학교의 전공과 무관한 직업을 구하는 것은 말할 것도 없고, 해마다 또는 몇 년 주기로 다시 계약을 해야 하는 직업이 늘고 있다. 빠른 변화의 속도를 따라잡기 어렵고, 수많은 직업이 어느 순간 사라지면서 새로운 직업이 생길 것이라고 예측하는 불안정한 시대를 살고 있다. 자신이 좋아하는 일을 직업으로 갖는 것이 얼마나 행복한가를 아이들에게 말한 적이 있다.

"그건 엄마 세대가 추구하는 바였죠. 요즘 내 친구들은 일 밖에서 삶의 즐거움을 찾아요. 일은 즐거움을 누릴 수 있게 해주는 경제적인 수단이고요"

아들의 대답이다. 현실을 날카롭게 들여다보는 아이의 말이지만 조금 안타까웠다. 일에서 얻는 보람과 자긍심, 일에 대한 애착과 애정이 주는 의미도 함께 옅어지는 것 같아 염려스러웠다. 재미와 열정을 갖고 일하는 것이 사치로 여겨지는 현실 속에서 누군가 알아주지 않더라도 마음을 다해 일하려는 성실함까지 함께 사라지는 느낌이다.

평생직장으로 교직에서 30년 가까이 아이들을 가르치고 일했다. 다양한 직업 스펙트럼으로 역동적인 커리어를 쌓은 것은 아니다. 그러나 풋풋한 20대에서 시작하여 50대 초반까지 한 직종에서 일하며 학생, 학부모, 그리고 사회의 요구에 따른 학교의 변화와 함께 했다는 것은 개인에게 의미 있는 일이라고 생각한다. 교사로서 나의 직업에 대한 소명의식이 있었던 것은 아니었지만, 일에 대한 책임감과 가르침에 대한 열정이 작지는 않았다. 오랜 시간을 평교사로 몸담았던 학교를 은퇴하면서, 아이들과 작별 인사를 나누는 공식행사는 더 이상 찾아보기 어렵다. 스승이라는 단어와 존경이라는 말이 오가던 시대는 지나갔다. 학생들과 학부모들에게 '가르치고 돈을 받는 사람'으로 여겨지는 교사는 어느 순간부터 조용하게 자신의 일터를 떠나기 시작했다. 지나온 시간을 되돌아보고 등을 두드리며 자축하는 것은 개인의 몫이 되었다.

내가 교실을 떠나올 때 마음속으로 "O Captain!, my Captain!"을 외치는 아이들이 몇 명이라도 있었다면 쓸쓸한 떠남은 아니었을 것 같다.

마지막으로 근무했던 학교 동료 선생님들께서 마련해주신 축하의 자리에서 나의 다짐과 달리 담담하게 회고의 말을 이어가지 못했다. 몇 마디 시작하자 울컥 쏟아지는 감정으로 잠시 동안 말을 이을 수 없었다. 떨림이 느껴지는 마지막 인사였지만 그런 시간을 나눌 수 있어서 좋았다.

"그동안 애썼다."

엄마가 따뜻하게 말씀해주셨다. 기념으로 반지를 선물해주고 싶다고 하시면서 집에 간직하고 있던 은수저 뭉치를 꺼내셨다. 그다음 주, 우리는 시내의 금은방에 들렀고 엄마는 딸에게 멋진 반지를 선물해주셨다. 어디에 가시거나 누구를 만나면, 은근슬쩍 대화의 어느 틈에서라도 딸과 며느리의 직업을 자랑하시던 부모님과 시부모님. 대수롭지 않은 직업을 가지고 노인분이 주책이시다고 생각할 수 있겠지만, 자식을 보고 사셨던 분들에게 조금이라도 뿌듯함이 될 수 있어서 다행이었다.

선생님이라는 옷을 벗고 가뿐한 마음으로 맞이한 3월의 봄날, 주말 오후면 어김없이 급습하는 월요일에 대한 부담감 없이 몇 주를 보냈다. 목련 꽃향기가 퍼지는 골목길을 한가하게 걷다가 노란 눈을 가진 검은 고양이와 마주쳤다. 인기척에도 상관없이 느릿느릿 담벼락을 내려오더니, 눈싸움이라도 하려는 듯, 나의 눈을 오래 쳐다보았다. 당신은 왜 나를 좋아하지 않는 거죠,라고 묻는 것 같아 혼자 움찔했다. 낮은 담장 위로 봄꽃들이 고개를 내밀고 피어있다. 하얀 건물을 나란히 사용하는 꽃집과 공방이 눈길을 사로잡는다. 이런 것이 소확행(작지만 확실한 행복)이겠지.

놓치고 지나간 작은 것들에 눈길을 주며 천천히 살고 싶다.

이제 나는 연극 제 2 막을 연다.

모닝동이, 나의 동아리

"If you want to go fast, go alone. If you want to go far, go together."
- African proverb

2003년, 5월의 어느 일요일 이른 아침, 잠든 도시를 달려 동물병원 문을 열고 들어섰다. 영어 동아리 모임에 참관자의 자격으로 처음 참여하는 날이었다. 동아리 참가는 일요일의 꿀 같은 늦잠을 포기한다는 것이고, 아침 식사 자리에 엄마의 부재를 의미하는 것이어서 내게 쉽지 않은 결정이었다. 아담한 실내의 창가 테이블 주위에 소파와 간이 플라스틱 의자가 몇 개 놓여있었다. 한 명씩 도착할 때마다 회원들은 서로 인사하고 짧은 대화를 나누었는데, 낯선 나에게 눈웃음을 지으며 호기심을 보였다. 어색함과 서먹함을 그대로 드러낸 채 나에 대해 짧게 소개했다. 그 후 3시간이 어떻게 지나갔는지 기억나지 않을 만큼 끊임없이 말이 오고 갔다.

「모닝동이」라는 동아리 이름은 EBS 라디오의 영어 프로그램인 「Morning Special」과 관련이 있다. 엄청난 애청자들이 본방을 사수하는 프로그램으로, 지역별로 동아리가 만들어졌다. 대구지역에서도 「Morning Special」의 방송 내용을 가지고 영어를 공부하려는 사람들이 모였는데, 「모닝동이」도 그중 하나였다. 휴대폰이 일상화되기 전까지 우리는 인터넷 카페를 통해 online과 offline study를 동시에 했다. 영어 일기와 작문을 주기적으로 카페에 남기고, 토론 진행자가 주제와 내용을 online으로 올려두면, 회원들이 준비를 해서 일요일 offline으로 스터디를 하는 시스템이었다. 한 달에 2주는 일상생활이나, 사회 이슈를 주제로 토론이 전개된다. 한주는 미드의 에피소드를 활용하여 듣기 활동과 내용 토론을 진행하고, 나머지 한 주는 책 한 권을 선정해 읽고 토론해오고 있다.

요즈음 여러 분야에 걸친 다양한 스터디 모임이 많다. 대부분 기본적인 규칙만 정해 두고, 자유로운 프레임을 갖고 있는 것 같다. 회원 사이에 깊은 인간관계나 감정의 공유를 중요하게 생각하지 않는다. 이와 달리, 모닝동이는 고전적이고 강압적이라고 여겨질 수 있는 규칙을 가지고 있다. 특별한 사정이 아니라면 잦은 결석은 피해야 하는데, 3번 연속 결석하면 레드카드를 받는다. 매달 회비 이외에도 결석과 지각에 따른 벌금 규정을 두고 있다. 선택은 각자의 몫이다. 개인적으로 영어 사용의 필요성이 있고, 거기에 성격이나 환경이 모닝동이와 맞으면 함께 하면서 경험과 실력을 쌓아간다.

스터디는 1부, 휴식, 그리고 2부로 나뉘어 3시간 동안 진행된다. 1부는 Warm-Up이다. 지난주 자신에게 일어난 일을 말하면서, 분위기를 데우고 친밀감을 쌓는다. 가족행사, 여행, 경험담을 주로 얘기하는데, 가끔 고민을 들고 오기도 한다. 최근에 입양한 고양이와 개가 가족과 함께 살아가는 좌충우돌기를 듣다 보면 타인의 일상이 나와 다름을 실감한다. 또 어떤 회원은 함께 생각을 나누고 싶은 뉴스를 읽기도 한다. 사건, 사고, 정치, 문화 등 다방면의 뉴스를 접하면서, 세상의 변화와 움직임에 깨어있을 수 있다.

2부로 넘어가기 전에 허기를 채울 간단한 음식을 먹는다. 그 주의 진행자인 헤드가 고민 끝에 준비해온 음식이 차려지는데 한국인의 대표 간편식인 김밥을 주메뉴로, 빵, 떡, 피자, 과일에 이르기까지 다채롭다. 먹으면서 쏟아지는 우리말 폭풍 수다는 하고 싶은 말을 속 시원하게 입 밖으로 내고, 귀를 쫑긋하지 않아도 잘 들리는 모국어의 편안함을 보여준다.

2부에서는 Main Topic으로 토론을 한다. 매주 스터디를 진행하는 헤드가 국내외 이슈 가운데 하나를 선택하여 관련 기사와 토론할 문제를 모닝동이 홈페이지에 올려둔다. 회원들은 기사를 읽고 자신의 생각을 정리해두었다가 토요일 서로의 의견을 피력한다. 공을 주고받는 경기처럼 말과 생각을 치고받으며, 공감의 눈길이나 날카로운 시선을 옮긴다. 가끔 의견이 팽팽하여 긴장감이 돌 때도 있다. 생각의 차이를 인정하지 못하고 목소리를 높이거나 감정을 상하기도 한다. 이러한 과정을 통하여 자신을 단련하고 생각을 키운다. 각 회원의 영어 구사 능력이나 의견을 전개하는 방식은 서로에게 긍정적인 동기 부여가 된다. 또한 세대 간의 관점과 의견의 차이를 통해 다른 세대나 성에 대한 이해의 폭을 넓히기도 한다.

우리 스터디만의 특색 있는 계절별 야외 행사는 기다림과 부담감을 동시에 안겨준다. 바쁜 일상에서 지친 몸과 마음의 스트레스를 날려줄 선물 같은 시간이지만, 주말 시간을 온전히 비우기는 쉽지 않다. 그래서 어린아이들을 키우는 젊은 엄마, 아빠나 주말에 약속이 많은 사람들은 어렵게 들어와도 길게 이어가지 못하기도 한다.
지금까지 우리나라의 많은 곳을 둘러보고, 다양한 활동을 체험하는 기회를 가졌다. 나는 겁이 많고, 활동적이지 못하다. 혼자라면 망설이거나 선택하지 않았을 경험을 여럿이 함께 하니 무서움도 덜했다. Zip Wire를 타고 동강 위를 내려왔던 짧은 시간의 상쾌함, 패러글라이딩을 하면서 자유롭게 하늘에 떠있던 짜릿함, 그리고 카약을 탔을 때 내 몸 바로 가까이에서 펼쳐진 짙은 바다색과 물결이 주는 위태로움까지, 다시 생각해봐도 내가 한 도전이라 믿기 어렵다.

한 달에 한 권의 책을 읽고 서로의 생각을 나누는 토요일도 기다려진다. 영어로 된 책을 읽는 것은(물론 내게 고통이 따르고 인내심이 요구되는 일이기도 하다) 한글 번역판을 읽을 때와 색다른 기분을 들게 한다. 작가가 선택한 단어로 이루어진 문장을 나의 생각으로 읽어 내려갈 수 있어 행복하다고 느낄 때가 많다. 다른 언어를 배우는 즐거움 가운데 하나일 것이다. 어떤 때는 우리나라 작가가 쓴 책의 영어 버전을 읽기도 하는데, 간결하게 설명되어 있어 더 쉽게 이해될 때도 있다. 그러나 우리말이 주는 느낌을 영어 단어로 살리는데 한계가 있다고 느낄 때가 더 많기는 하다. 미국의 아동 문학상인 Newbery상 수상 작가의 책에서부터, Man Booker나 Nobel 문학상을 받은 작품이 목록에 포함되기도 한다.

책을 읽는 것은 여러 가지 면에서 나의 성장을 이끈다. 다른 작가의 작품을 접하면서 생각하지도 못한 놀라운 상상의 세계를 만나기도 하고, 사람과 세상, 그리고 삶에 대한 나의 이해의 폭을 깊게 해준다. 어떤 책은 내면으로 나를 이끌어, 다시 바라보게 하고, 있는 그대로 나를 받아들이게 하는 어려운 일과 직면하게 한다. 물론 끝까지 읽지 못하여 원작을 바탕으로 만든 영화를 보거나, 한글판을 읽고 스터디에 참여할 때도 있었지만, 지금까지 내가 책의 끈을 놓지 않은 것이 동아리에 속해있기 때문인 것 같아 무척 고맙다.

이번 주는 새로운 장소로 옮겨 스터디를 했다. 사용하고 있는 장소를 갑자기 쓸 수 없게 됐다는 통보를 받으면, 다른 장소를 구하기가 생각보다 쉽지 않다. 그때마다 발 넓은 회장님의 인맥은 늘 구세주가 되는데, 이번에는 아파트 상가에 있는 여성광장 사무실을 빌려 쓰게 되었다. 지금까지의 다양한 스터디 장소는 우리 동아리의 긴 역사를 짐작하게 한다. 동물병원, 체육도장, 교육단체 사무실, 대학교 강의실과 벤처 사무실, 아파트 문화센터 공간을 거쳤고, 각 회원들의 집을 번갈아 가며 스터디 하기도 했었다. 새로운 장소에 대한 기대감 때문인지 모든 회원들이 참석했다. 아담하고 따뜻한 공간이었다. 무엇보다 구석 한 편에 싱크대가 있고, 예쁜 컵과 다기가 놓여 있어 집 같은 편안함과 친밀감을 주었다. 원목 테이블 둘레에 놓인 나무의자에 모여 앉아, 따뜻한 허브차로 몸의 한기를 씻어내며 스터디를 이어간다.

한 주가 한 달이 되고, 한 해가 되는 순간과 마주하며 15년을 모닝동이와 함께 했다. 지금의 나로 성장하는데 모닝동이가 적지 않은 영향을 주었음을 새삼 느낀다. 초기부터 함께 해 온 회원들은 정체와 변화의 소용돌이를 거쳐 이제 서로에게 편안해지고 익숙하게 되었다. 오랜 지기라 서로의 취향이나 관심사, 인생관까지도 꿰고 있다. 과거에 말을 하고 까맣게 잊고 있었던 나의 사소한 이야기가 누군가의 머릿속에 또렷하게 남아있기도 한다.

모닝동이도 노령화가 진행 중이다.

요즘은 얘기할 때, 혀끝이나 머릿속에서 맴도는 말을 끄집어내는데 애를 먹을 때가 있다. 외국어는 늘 사용하는 말이 아니라서, 배우는 데 걸린 시간이 허망하게 느껴질 만큼 잊히는 속도가 빠르다. 주위에서 나이가 많아도 배움을 즐거움으로 여기고 새로운 도전을 하시는 분들을 만날 때가 있는데, 나이란 정말 숫자에 불과 한 것인지, 그분들의 꾸준함과 열정에 놀라곤 한다.

가끔 모닝동이의 마지막 순간이 언제, 어떤 모습으로 우리에게 올까 궁금하다. 칠순, 팔순의 할머니가 되어서도 모임을 이어가고 있을까. 물론 신체적, 정신적인 노화로, 우리들의 생각과 이야기를 전달하는데 어눌하겠지. 그래도 동병상련의 마음으로 힘을 실어주고, 삶의 외로움을 함께 나누는 든든한 동아리로 오래 남아있기를 바란다. 서로에게 울림을 줄 수 있는 관계로 이어갔으면 좋겠다.

삶, 나이 듦, 그리고 죽음

"That it will never come again is what makes life so sweet"
— Emily Dickinson

삶은 축복일까?

아기의 울음소리, 삶의 시작을 알린다. 옹알이 같은 작은 속삭임은 엄마에게 온 우주를 선물 받은 것 같은 기쁨을 준다. 젖니가 하나씩 돋을 때마다 신기함과 대견함에 엄마는 밥을 먹지 않아도 배부르다. 엄마, 아빠 단어가 처음으로 아기 입에서 나오는 날은 주위 사람 모두, 그 경이로운 순간의 경험을 들어줘야 한다.

인생의 양 끝점에 있는 아기와 노인은 자신의 세계에 갇혀있고 가족이나 타인의 돌봄이 필요하다는 부분에서 닮아있다. 그러나 아기는 노심초사 부모의 관심과 사랑 안에서 자라지만, 노년의 삶은 요양병원이나 나 홀로 집이라는 현실이 슬프다.
「벤자민 버튼의 시간은 거꾸로 간다」는 영화를 보면서 인간의 삶이 나이 든 노인으로 태어나서 아기로 생을 마감한다면, 죽음이 덜 쓸쓸하고 두렵게 여겨질까 생각해본다. 고단한 삶을 끝내고 아기처럼 살다가, 잠자듯 삶과 이별한다면 인생이 덜 허무하지 않을까.

어릴 때는 순진해서 세상에 겁이 없어 삶에 낙천적일 수 있다. 그러다 타인과 관계를 맺고 기대와 시선을 의식하면서부터 삶은 위축된다. 사춘기를 지나면서 자신의 존재와 삶의 의미를 파헤치며 고뇌의 시간을 보내기도 한다. 도전, 성공과 실패, 희망과 좌절의 경험이 쌓여 기대와 불안함이 뒤섞인 채 삶의 한가운데로 나아간다. 기쁨과 행복이 넘쳐 삶을 찬미하는 순간도 있다. 하지만 그보다 더 많은 시간을 원망과 질투, 불안과 후회의 감정에 쏟기도 한다. 주위의 평탄한 삶을 누리거나 꽃길을 걷는 이들의 삶은 늘 감사와 축복일 거라 여기지만 타인의 눈에 비치는 모습이 언제나 진실은 아니다. 그들도 자신의 그릇으로 감당하기 어려운 고단함으로 제 자리 걸음을 하거나 뒷걸음치기도 하면서 삶과 화해를 되풀이하고 있다.

문득, 문득 나이 들어감을 참을 수 없을 때가 있다. 이십 대의 나는 젊음이 영원할 줄 알고 오만했다. 나이 듦을 가엾게 여겼고, 얼굴 여기저기로 번져있는 주름에 고개 돌렸다. 말을 자연스럽게 이어가지 못하는 어눌함과 온몸에서 일어나는 퇴화를 아름답게 보지 못했다.
"나이는 숫자에 불과해"
"마음은 아직 청춘이야"
쉰을 넘어선 지금은 이런 말에 고개를 끄덕일 때도 있고, 머리로는 받아들이기도 한다.
하지만 감정적으로는 거울에 비친 나의 모습이 아직도 낯설고, 흘러간 세월이 야속하다고 소리치고 있다. 이런 나에게 루게릭병에 걸린 옛 스승과 제자가 몇 달 동안 화요일에 나누었던 인생에 대한 이야기를 엮은 책 「모리와 함께 한 화요일」은 다시 읽어보아도 큰 울림을 준다.

"잘 들어보게. 자넨 알아야 해. 젊은 사람 모두 알아야 한다고.
늘 나이 먹는 것에 맞서 싸우면 언제나 불행해.
어쨌거나 결국 나이는 먹고 마는 것이니까"
"늙은 사람이 젊은이들을 질투하지 않기란 불가능한 일이야. 하지만
자기가 누구인지 받아들이고 그 속에 흠뻑 빠져드는 것이 중요하지"
"살면서 현재 자신의 인생에서 무엇이 좋고 진실하며 아름다운지
발견해야 되네. 뒤돌아보면 경쟁심만 생기지.
한데 나이는 경쟁할 만한 문제가 아니거든"

– 「모리와 함께 한 화요일」 중에서

칠십이 되어서 일에서 은퇴를 하신 아버지.
뒤늦게 얻은 느긋한 시간을 맘껏 누리지도 못하셨다. 돌아가시기 전
십 년의 시간을 암과 사고, 다시 병환으로 병원을 드나드셨다. 삶의
마지막 시간들을 목에 호스를 달고 병원에 입원해계셔야 했다. 어느
토요일 오후에 잠시 아버지 곁을 지키면서 저녁 시중을 들 때였다.
평소 반찬투정을 하지 않는 아버지이시기도 했지만 밥 한 공기를 다
비우셨다. 그릇 가장자리에 붙은 마지막 쌀 알 한 톨까지도 정성을
다해 숟가락으로 떼서 드시는 그 모습은 경건하게 느껴졌다. 기력이
떨어지고 언제 이 병원 밖으로 걸어 나갈 수 있을까, 엄습해오는 불
안함을 안고서도 숨 쉬고 있는 그 순간을 감사하고 계신 듯했다. 가
슴속에서 울컥 오르는 울음을 삼키던 그날, 나는 병실에 누워계신
아버지에게서 삶에 대한 애착과 겸손함을 배웠다.
끝내 아버지는 병원에서 나오시지 못하셨고, 나의 마음에 쌓인 슬픔
은 여러 해 동안 응어리로 남아있었다.

여든이 넘으셔도 4층 계단을 뛰듯이 오르내리셨던 엄마.

협착증으로 초 하룻날 절에 가실 때는 진통제로 허리 통증을 달래시긴 했지만, 네 시간 가까이 기차를 타시고 아들 집에 다녀오실 만큼 강단과 체력이 있으셨다. 그런 엄마가 어느 날 차가운 화장실 바닥에서 외로이 쓰러지실 줄 몰랐다. 불길함으로 현관문 열쇠를 따고 구급차를 기다리던 숨 막힐 것 같은 시간. 엄마를 외치는 나의 목소리가 허공에 퍼지고 모든 것이 멈춘 듯했다. 응급실의 혼잡함과 불안한 공기, 수술하기 전 보호자 서명을 할 때의 떨림, 수술실 밖에서 끝없이 이어졌던 기다림의 시간.

차가운 타일 바닥 위에 몇 시간 동안 쓰러져서 삶을 끝내실 수는 없다고, 체온이 느껴지는 손을 잡고 "고마웠어요, 엄마"라고 말할 수 있는 이별의 순간을 가지고 싶다고, '조금만 더 자식들 곁에 있어 주세요'라고 마음속으로 소리치고 또 소리쳤다.

장비와 산소마스크를 달고 의식 없이 중환자실 베드에 누워있는 엄마의 모습은 다시 겪고 싶지 않은 두려운 경험이고 큰 상처였다.

일 년의 시간이 흘러간 지금, 엄마는 딸의 존재와 이름을 기억하시다가도 그다음 순간에 전혀 알지 못한다는 표정을 지으신다. 아이처럼 환하게 웃으셨다가 그다음 만나는 날에는 비애의 무거움을 온몸에 걸치고 계시기도 한다. 코 줄을 달고 과거와 현재를 오가는 기억의 단절을 되풀이하며 삶의 길 위에 계신 엄마를, 아버지의 곁을 끝까지 힘겹게 지켜주셨던 엄마를, 노인재활병원 병실 한곳에 두고 내 삶을 살고 있는 나 자신이 무정하다.

"죽고 싶다"

어느 한순간 정신을 차리시고 공허한 눈빛으로 혼잣말처럼 뱉으시는 엄마의 한 마디에 마음이 무너진다. 이런 모습으로도 엄마가 우리들 곁에 계신 것을 감사하다고 생각하는 것이 나의 이기심은 아닌지 되묻게 된다. 누구도 비켜갈 수 없는 죽음보다 인간의 존엄함을 송두리째 먹어 버리는 고통의 시간들이 더 두렵다. 모리는 그의 책에서 이렇게 말한다.

"우리 모두 찾는 게 바로 그거잖아. 죽어간다는 생각과 화해하는 것.
결국 우리가 궁극적으로 죽어가면서 평화로울 수 있다면,
마침내 진짜 어려운 것을 할 수 있겠지"
"그게 뭔데요?"
"살아가는 것과 화해하는 일"
"죽는 것은 자연스러운 일이야. 우리가 죽음을 두고
소란을 떠는 것은 우리를 자연의 일부로 보지 않기 때문이지.
모든 것은 태어나고 죽는 거야"

삶을 살면서 우리에게 살아가는 것과 화해하는 순간은 끊임없이 다가온다. 삶 속에는 기쁨과 행복의 순간만 있는 것이 아니라, 고통과 두려움의 시간도 포함되어 있기 때문이다. 유한한 삶을 사는 인간이기에 누구도 어떻게 할 수 없는 일을 두고 안타까움과 불안에 떨면서 뒤로 도망치는 것은 삶을 낭비하는 일이다. 달아나려고 발버둥치지 않고, 무섭다고 얘기하면서 서로 의지하고 건너야 할 시간들이다. 나도 나의 자식들도 언젠가 지나가게 될 자연스러운 길이다. 흙으로 돌아가는 자연의 섭리를 깨치고 온전히 받아들이는데 생각보다 많은 시간이 필요했다. 여전히 나의 미약함이 두렵지만 삶의 고통과 슬픔은 나를 다져줄 것이다.

천상병 시인은 자신의 시 「귀천」에서 인간의 짧은 삶을 소풍에 비유하며 아름다웠노라고, 그리고 삶이 다하면 하늘로 돌아가리라고 담담하게 말하고 있다. 삶의 고단함이나 죽음의 두려움이 깃들여지지 않은 시다. 평생을 가난하게, 누구보다도 불행하고 고통스러운 삶을 산 시인이 서정적인 언어로 죽음을 노래할 수 있는 힘은 어디에서 나온 것일까? 자신이 가진 작은 것을 귀하게 생각하고, 사는 것을 기쁘고 아름답게 여길 수 있는 마음은 어떻게 키우는 것일까?

믿음으로 지켜보고 든든함이 되어주는 울타리가 있다면, 좌절과 시련을 만나더라도 이겨내는 힘을 키우고 소중한 것을 담는 따뜻한 사람으로 성장할 것 같다. 혈연이나 특별한 인연으로 맺어지는 가족과 사회 공동체 안에서 자신을 응원하고 격려하는 누군가가 있다고 믿는다면, 삶의 굴레 속에서 희망을 보고 도전하며 포기하지 않는 삶을 펼칠 것이다. 삶에 대해 낙천적이고 긍정적인 태도로 면역력을 키워둔다면, 자신이나 사랑하는 사람이 나이 드는 것과 병, 죽음의 고통과 마주했을 때 슬픔과 회한에만 갇혀있지 않을 것이다. 여행을 마친 편안함과 사랑하는 사람들과 함께한 시간에 대한 감사함으로 삶을 끝맺음 할 수 있을 것이다.

하늘의 뜻을 안다는 지천명의 나이를 넘긴 나 자신에게 말해본다. "삶은 축복이다"

2. 내가 사는 이곳

간절하게 그리는 봄

"It is spring again. The earth is like a child that knows poems."
- Rainer Maria Rilke

엄마 품에 안겨 목욕한 아기의 볼그스레한 얼굴같이 피어나는 계절. 엉덩이에 뽀얗게 발린 분 냄새와 보드라운 아기 살결은 초봄과 닮아 있다. 경칩이 지나고 낮 기온이 올라가면 내 안에서 흥분되는 마음이 스멀스멀 오르다 어느 사이 요동친다. 그땐 커피의 힘을 빌리지 않아도 일상이 즐겁다. 지난해 받아두었던 나팔꽃 씨앗에 생각이 미치기도 하고, 새롭게 시작하고 싶은 것이 생겨나기도 한다.

산수유, 매화, 벗 꽃, 진달래, 철쭉... 복숭아꽃, 사과 꽃, 배꽃은 또 어떤가. 엷은 물감을 화폭에 뿌려 놓은 듯 고운 봄꽃들의 향연은 눈부시게 아름답다. 먼 길을 나서서 이들을 만나기도 하지만 내가 사는 도시나 동네에서 보는 꽃들도 정겹고 친근하다. 쉽사리 발걸음을 돌리지 못하고 자꾸만 돌아보게 하는 봄꽃들.
언제부턴가 봄은 내가 가장 좋아하는 계절이 되었다. 나이 들어가는 쓸쓸함을 위로받을 수 있어서인지 모르겠다. 다시 가질 수 없는 풋풋함과 싱그러움을 봄에서 만나고 삶의 기운을 느낀다. 해마다 때가 되면 찾아와서 잠시 시선을 빼앗다 순식간에 사라지는 봄이지만, 점점 그 이상의 의미를 갖는 간절한 봄이 되어버렸다.

이른 봄 신천의 동로를 따라 차를 타고 지나가면 연한 연둣빛 물이 오른 버드나무를 보고 봄이 오는 것을 느끼게 된다. 연한 빛으로 조금 더 머물러주기를 바라지만 늘 그렇듯 봄은 짧고, 버드나무 잎들은 하루가 다르게 짙어간다. 출장 가는 남편을 내려주고 동로 쪽으로 운전대를 돌렸다. 이른 아침의 한가한 동로의 봄 풍경을 담아보고 싶어서. 한쪽 담벼락으로 빨간 장미 넝쿨과 담쟁이가, 반대편 차도에는 접시꽃이 쭉 뻗은 줄기를 따라 큰 얼굴을 내밀고 있다. 적당한 곳에 차를 세우고, 도시의 남북을 따라 흐르는 하천의 징검다리 위를 걸었다. 이 다리를 건너서 매일 출퇴근을 하는 사람들도 있겠지.

넓게 흘러 내려오는 하천 물이 돌 징검다리 가까이 이르자 작은 물살을 만들며 돌 사이사이를 물고기처럼 빠져나간다. 다리 저 편으로 버드나무가 짙어가는 잎들을 늘어뜨리고 무심한 듯, 고고한 듯, 미풍에 살랑인다. 어디선가 울리는 구급차의 사이렌 소리도, 줄지어 달리는 출근길 차의 행렬도, 이곳과는 떨어진 딴 세상의 일처럼 아득하다. 도심을 조금 벗어나 있을 뿐인데 마치 비현실적인 공간에 발을 디디고 있는 느낌이다. 작은 운동 시설이 마련된 곳에서 아침 운동이 한창이신 할아버지, 할머니도 계시고, 훌라후프를 돌리는 사람도 있다. 세발자전거를 끄는 손자와 함께 길을 걷는 할아버지까지 아침을 건강하고 여유롭게 열고 있다. 한 무리의 army 대원들이 땀을 쏟으며 나가자 한 젊은이가 소리친다.

"Go for it!"

"Come on, run together."

대열 앞에서 땀방울을 쏟으며 달리던 대원이 장난스럽게 받아친다. 이들의 유쾌한 목소리가 주변에 생기를 더한다. 그늘이 있는 팔각정에 올라가 앉아본다. 하늘과 강과 사람들을 번갈아 보며 생각에 빠져 있는데, 나뭇가지에 앉아 지저귀는 새소리까지 평화로운 배경이 된다. 시간이 지날수록 땅에 깔린 그늘이 차차 옅어지고 나뭇잎들 사이로 희고 눈부신 햇살이 쏟아져 내린다. 차들이 내는 소음도 커지고 저쪽에서는 분주한 도시의 아침이 한창이다.

징검다리를 건너 돌아오면서 생각해본다.

'봄날의 시계가 신천의 물처럼 느릿느릿 지나간다면, 녹색이 짙어가는 버드나무 잎을 바라보는 나의 애틋함도 줄어들까'

봄밤에 만났던 아름다운 풍경이 있다. 내가 살던 아파트에서 몇 걸음만 떼면 산 밑으로 이어지는 넓은 텃밭을 만난다. 그 길을 따라 걸으면 「도원」이라는 이름을 지난 초등학교, 중학교, 고등학교, 성당으로 이어지는데 철 따라 아름답다. 무엇보다도 그다지 넓지 않은 길을 따라 늘어선 벚나무의 하얀 벚꽃은 봄이 주는 아름다운 선물이다. 막 피어나는 봉오리를 만나는 순간부터 바람에 꽃비 날리듯 흩어지다 땅으로 쌓인 잎들을 볼 때까지 일주일 남짓 황홀한 시간을 안겨준다. 달빛과 소박한 불빛 아래 보는 벚꽃도 참으로 화려하다. 어느 날 봄밤에 그 길을 따라 혼자 걸어가고 있을 때였다. 흰 벚꽃들이 은은하게 빛나는 어둑한 거리를 꽃에 취해서 걷고 있는데 두런두런 작은 소리가 들려왔다. 고개를 돌려보니 벚나무 아래 돗자리를 펴고 두 남자가 앉아있었다. 막걸리 병도 눈에 들어왔다. 서로 술잔을 나누며 이 향기로운 봄밤에 어떤 얘기를 주고받는지 궁금했다. 낯선 곳의 여행자였다면 슬그머니 그 옆에 끼어들고 싶을 만큼 소담스럽고 한가로운 모습이었다.

봄은 다시 곁에 돌아왔고 나는 봄 안에 있다.

나이가 들수록 당연한 것으로 여겨지던 것들에게 감사하는 마음이 커진다. 다음 해에도 움트는 생명의 파릇함을 온몸으로 느끼는 기쁨을 다시 가질 수 있을까, 걱정스러워하는 마음도 나이만큼 커지는 것 같다. 그래서 꽃들이 지고, 초록 잎사귀들이 돋아나는 걸 보면 마음이 아리다.

내게 봄은, 곁에 있으면서도 벌써 그리워지는 계절이다.

나른한 여름

"Deep summer is when laziness finds respectability."
– Sam Keen

빨간 맛 궁금해 Honey
깨물면 점점 녹아든 스트로베리 그 맛
코너 캔디 샵 찾아봐 Baby
내가 제일 좋아하는 건 여름 그 맛
내가 제일 좋아하는 건 여름의 너

걸 그룹 레드벨벳의 「빨간 맛」에 나오는 가사이다. 신나는 리듬, 발랄한 춤, 그리고 화려한 색감이 뮤직비디오를 보는 나의 눈과 귀를 즐겁게 한다.

'여름 그 맛, 여름의 너'를 말하면 떠오르는 장면이 있다.

투명한 유리 볼에 숟가락으로 얇게 속을 파내어 설탕을 뿌리고 그 위에 얼음을 띄운 시원 달콤한 수박화채. 학교에서도 냉장고 속의 수박화채가 생각날 만큼 더운 여름의 별미였다.

내 고향 작은 할머니 댁에서 먹었던 소박한 점심 식사. 차가운 우물물에 보리밥을 말고 된장에 고추를 찍어 먹어도 맛있었다. 마루에서 듣는 매미의 울음소리는 여름 노래였다.

스무 살 무렵이었다. 혼자 기차여행을 하겠다고 무작정 무궁화호 열

차를 타고 밀양역에 도착했다. 여름 소나기가 한차례 퍼붓고 지나간 역사 주변. 세수한 듯 말간 얼굴에 물기를 머금은 나무와 풀은 더 싱그러웠다. 때 마침 지나던 여름 바람 한줄기에 실려 온 초록 내음이 모든 세포를 깨우는 듯했다. 눈을 감고 깊은 호흡으로 들이마셨다. 냄새도 기억 속에 남아 있어 좋다.

처음으로 아들이 운전하는 차를 타고 딸과 함께 전라도 여행을 갔을 때다. 아스팔트 위로 피어오르는 아지랑이를 벗어나 담양 소쇄원에 이르렀다. 익을 것 같은 강렬한 태양광선 아래를 걷다가 대나무 그늘 속에 이르자 땀이 마르고 숨쉬기도 한결 쉬워졌다. 그때 갑자기 눈에 들어온 배롱나무의 진분홍 작은 잎들. 그늘진 나무 아래 동그라미를 그려놓은 듯 소복하게 떨어져 있는 잎들이 흙길에 운치를 더했다. 자연을 닮은 듯 튀지 않는 팔작지붕의 집과 계곡을 따라 흐르는 냇물이 주변과 어우러져 세속을 벗어난 느낌이었다. 광풍각 마루에 앉아 나뭇가지를 스쳐가는 자연의 소리에 시름을 잊고 한적함에 젖어들었던 기억이 아련하다.

이 계절이 주는 기쁨은 무엇일까. 바다가 부르니 그곳으로 간다는 여름 마니아들에게 여름은 끓어오르는 에너지를 방출하는 계절이다. 해운대 비치에서 비키니를 입고 비치발리볼을 하는 외국인 아가씨들을 본 적이 있다. 뜨거운 태양 아래 땀방울을 날리며 공을 받아치는 모습이 매력적이라 오가는 사람들의 시선을 사로잡았다. 진정 여름을 마음껏 즐기는 모습이었다. 태양에 정면으로 서는 것이 두려운 나는 한참을 서서 바라보았다.

여름은 내가 좋아하는 계절은 아니지만 남들보다 여름의 더위를 잘 이겨내는 편이었다. 오랜 벗 같은 낡은 선풍기 하나만으로 여름을 날 수 있었다. 하지만 나이 들면서 체질도 변하는지 닫힌 땀구멍이 열리면서 지금은 남들만큼 땀을 흘린다. 기후의 변화나 오존층의 파괴로 여름의 더위는 갈수록 길어지고 나를 숨 막히게 한다.

"더울 땐 더워야지", 사람들은 종종 이렇게 말한다.

초여름까지 나 또한 같은 생각을 한다. 그러나 7, 8월에 이어지는 대프리카 더위를 만나면 나의 순진함은 여지없이 무너진다. 혼잣말로 더위에 지쳐가는 나를 달래며 인내의 시간을 보낸다.

"이 더위도 곧 지나가겠지..."

너무 더워서 침대에 가만히 누워만 있는데도 힘든 날이 있다. 날개가 보이지 않을 만큼 빠르게 돌아가는 선풍기조차 숨 쉴 수 없다고 아우성치는 것 같다. 따분하고 무료하여 그냥 이대로 삶이 끝이어도 되겠다,라는 생각에 이르자 갑자기 섬뜩해진다.

벌떡 일어나 거실 창가로 다가가 밖을 내다본다. 아지야 가게 주인 부부는 지글지글 끓는 이 더위에도 부채를 부치며 서 있다.

"오늘 덥지요?"

길가는 손님들에게 다정스럽게 말을 걸겠지. 그리고는 이리저리 고개를 돌려가며 가격을 말하고 물건을 챙겨주겠지. 가끔씩 계산 끝자리를 화끈하게 잘라주며 시원한 바람을 선물하기도 하겠다.

그늘 밑에 기다리고 서 있는 엄마들과 젊은 할머니들도 보인다. 어린이집 버스가 도착하면 아이들과 눈을 맞추고 다정한 목소리로 얘기를 나누겠지, 그리고는 손을 잡고 따가운 여름 속을 걸어서 슈퍼에 들르기도 하겠지.

거대한 아파트 숲 바깥쪽으로 누워있는 산들도 지친 듯 조용하다. 24층 아래 도시 전체가 활동을 멈춘 듯 느릿느릿 노곤하다.

더위로 잠 못 이루는 밤이 길어서일까. 여름밤 공원에는 늦게까지 사람들의 웅성거림이 가득하다. 나무 사이로 부는 바람에 낮의 피곤함을 씻거나 한여름밤의 열기를 식히려는 사람들이 군데군데 모여 있다. 배드민턴 네트 두 개에 네, 다섯 팀이 붙어서 채를 휘두른다. 웃음소리, 카운트하는 소리가 여름밤을 가르며 울린다. 가로등 한쪽에서는 동네 아저씨가 바이올린을 켜고 있다. 몇 해 전 바이올린을 튕길 때만 해도 지금의 소리를 듣게 될 거라고는 기대하지 않았다. 시간이 쌓이니 제법 듣기 좋은 선율이 되어 한여름밤과 어울림이 나쁘지 않다. 삼 년이 지나도 초보 냄새가 풀풀거리는 나의 피아노 치기에 생각이 미친다.
'그래. 손에서 놓지 않고 즐거움으로 하다 보면 나에게도 그런 날이 오겠지' 혼자 미소 지으며 허공에 손가락을 얹고 건반을 두드려본다.

하루에도 두세 번 몸에 찬물을 끼얹으며 8월을 보낸다. 9월이 되어도 더위가 사그라지지 않으면 이러다가 여름이 끝나지 않을까 봐 조바심치기도 한다. 그러다 태양의 열기가 예전 같지 않음을 직감하는 순간이 있다. 아침, 저녁으로 살갗에 닿는 공기의 선선함에 화들짝 놀라게 된다. 쉬이 밤잠에 들게 되는 날이 며칠 이어지면, 여름날의 기억들이 한꺼번에 몰려든다. 뜨거운 햇살에 농작물이 자라고 과일과 곡식이 익는 계절, 여름이 지나가고 있다.

가을 서정

"I'm so glad I live in a world where there are Otobers."
— L.M. Montgomery, Anne of Green Gables

도시의 소음이 잦아드는 시간에 공원을 찾아 걸어본다. 귀 기울여 듣지 않아도 풀벌레 소리가 가득하다. 고음의 삐리삐리삐리, 찌르 찌르찌르, 찌리찌리찌리리, 찌찌찌찌, 굵은 저음의 뚜뚜뚜뚜, 뭉툭 한 뻑뻑뻑까지. 단음을 계속 내는가 하면 어떤 소리는 제법 리듬감 이 있다. 어떤 크기의 벌레가 내는 소리일까? 수많은 귀뚜라미가 저마다 다른 소리와 박자로 얘기하는 것인지, 아니면 내가 알지 못하는 풀벌레들이 있는 건지. 다른 음과 박자로 우는 벌레들을 한 무대에 세우면 가을을 노래하는 오케스트라나 혼성합창단이 될 것 같다. 이런 밤엔 벤치에 누워 밤하늘의 별을 보며 바람과 얘기 나누면 좋겠다. 그러다 불현듯 잊고 있었던 얼굴이 떠오르면 지난 추억에 잠시 젖어 본다. 마음이 따뜻해지면 부는 바람 온몸으로 느끼며 스르르 잠들어도 행복할 것 같다. 아, 가을밤이 너무 좋다.

미세먼지가 온 겨울을 휩쓸고 이듬해 봄까지도 이어진 탓에 집에 갇혀서 봄을 보냈던 해가 있었다. 그때부터였다. 아침에 안방 문을 나올 때, 밖의 풍경을 곁눈으로 보면서 하루를 시작하게 되었다.
"하늘이 왜 이래"
"오늘도 뿌연 거야?"

"와! 오늘은 계곡이 다 보이는데"

푸념과 탄성 사이를 오가며 혼잣말을 한다. 거실 유리창으로 보이는 산자락 계곡이 선명하게 모습을 드러내면 미세먼지 지수는 30 이하다. 요즘은 초미세먼지로 뿌연 날이 많아 창밖 내다보기 의식은 나를 우울하게 한다. 하늘은 늘 파랗다는 당연함에 길들여져 고마움을 몰랐다. 며칠씩 이어지던 회색빛이 걷히고, 산등성이에서 내리뻗은 선들이 손등에 돋은 핏줄처럼 생명이 느껴지는 날도 있다. 그런 날은 공중 그네를 타고 한 걸음에 산 위로 내달리고 싶다는 충동이 생긴다.

월요일 오전이다. 앰프 위에 올려둔 작은 시계 소리, 냉장고의 불규칙한 모터 소리, 그리고 종이 위를 지나가는 연필 소리만이 존재를 드러내며 정적을 깨우고 있다. 아파트 저 멀리 높은 가을 하늘과 흰 구름이 도시와 어우러져, 마치 사진이나 영화 속의 배경화면 같다. 정오가 가까워지니 거실 마루 절반 가까이 햇살이 들어온다. 사물과 식물이 제각기 그림자를 만들며 바닥에 그리는 정물화는 시시각각 모양을 바꾼다. 오후 시간이 깊어지면, 거실 바닥에 생긴 음영은 사라지고 저문 강처럼 짙은 색의 마룻바닥이 되어버린다.

가끔 맑은 날에는 괜스레 마음이 들떠 아무런 일이 없는데도 밖에 나가고 싶어진다.

'바람을 맞으며 수변공원의 둑 위를 걸어볼까'

'늦가을 수목원에 들러서 길 위에 뒹구는 낙엽을 밟으며 걸어도 좋겠지'

'아니면 근처 공원이라도 몇 바퀴 돌며 계절의 변화를 느껴 봐도 좋을 거야'

가을 모자를 눌러쓰고 길을 나섰다. 공원에는 동네 어르신 몇 분이 차가운 운동기구와 씨름을 하고 있다. 한쪽 입구에 줄지어 서있는 단풍나무의 붉은 잎들이 늦가을의 정취를 느끼게 한다. 단풍잎을 색깔별로 주워 주머니에 넣어둔다. 책갈피에 꽂아 두거나, 접시에 놓아두면 눈길이 닿을 때마다 소소한 기쁨을 안겨주는 녀석들이다. 발걸음 닿는 대로 걷다 보니 골목길 여행이 되었다. 깊어가는 오후 시간임에도 거리를 따라 늘어선 은행나무의 노란 잎들이 밝고 환한 세상에 서있는 듯 착각하게 한다. 주차된 차위에도, 길에도 노란 잎들이 소복하다. 바람에 실려 날리는 잎까지 온통 노란 길거리의 풍경은 한 폭의 가을 수채화다.

오후 5시를 넘으니 사방이 어두워지기 시작하고 바람이 차다. 연거푸 제치기를 쏟는다. 발걸음을 돌려 조금 전 그 길을 다시 걸어오니, 시간의 변화로 풍경이 새롭다.

하루가 또 이렇게 지나가는구나.

현관문 앞이다. 차가워진 손으로 번호판의 작은 숫자를 누르기가 쉽지 않았는지 몇 차례 삐리리리 경고음이 울린다. 짧은 기다림이 있어도 조급하지 않다. '이 얇은 문 뒤에 나의 공간이 숨 쉬고 있다'라고 생각하니 포근한 기운이 온몸으로 퍼져나간다.

"아무도 돌아오지 않았구나"

내가 불 켜두고 기다릴 수 있어서 좋다.

따뜻한 차로 몸을 데운다.

그리고 아내로, 엄마로, 또 나를 위해 부엌 싱크대 앞에 선다.

겨울 들판

"Never cut a tree down in the wintertime. Never make a negative decision in the low time. Never make your most important decisions when you are in your worst moods. Wait. Be patient. The storm will pass. The spring will come." - Robert H. Schuller

시간은 누구를 위해, 무엇을 위해 멈추지 않고 언제나처럼 흘러 벌써 겨울이다. 나의 입에서 터져 나오는 연가를 가장 야박하게 받는 계절 이다. 추워서, 무채색 색감이 우울해서,라는 것 말고 다른 이유도 없 으니 겨울로서는 억울할 것 같기도 하다. 나에게 겨울은 언 땅 밑에서 연초록의 새순이 돋아날 봄이 오기를 기다리는 고독의 계절이다.

다른 도시에서 밤사이 눈이 소복하게 내렸다는 소식을 들으면서 11 월을 보낸다. 첫눈을 기다리는 마음이 나이가 들어도 남아있다는 것 이 놀랍다. 12월을 맞으면 특별히 도모하는 일도 없으면서 마음이 바빠진다. 차가움이 깊어 온몸이 시리지만, 이상하게도 마음은 따 뜻해지고 작은 것이라도 나누고 싶어지는 달이다. 아이들이 다 크고 집을 떠나있는 날이 많아 크리스마스트리를 꾸미지 않고 몇 해를 보 냈는데, 창고에 보관해두던 나무와 소품을 꺼내 트리를 장식해본다. 초까지 켜두니 한층 아늑한 분위기가 더해진다. 한 해를 보내기 전 에 오래 보지 못했던 친구들과 전화로 안부를 나눈다. 시간이 허락되면 밥 한 끼를 같이 하며 묵은 이야기보따리를 풀기도 한다. 못 본 사이 생긴 걱정이나 축하할 일을 들어주고 얘기 나누다 보면, 어느 사이 사람의 향기로 마음이 훈훈해지고 위로를 얻는다. 건강이나 사람과의 관계에서 생기는 일들이 나 혼자만이 아니라 사람들이 보편적으로 겪고 있는 일이라 생각하니 지금의 삶에 감사한 마음이 든다. 12월의 마지막 날 밤이 되면, TV 앞에 가족들이 한자리에 모여 술을 나눈다. 카운트가 시작되는 순간에는 얼굴을 마주 보며 10, 9, ..., 2, 1을 외친다.

"Happy New Year!"

포옹하고 축복하며 새해를 맞이하는 순간을 서로의 마음에 기록한다.

인터넷 신문을 읽다가 광화문 교보문고 글 판에 올라온 새로운 문구를 보게 되었다.

"겨울 들판을 거닐며 아무것도 가진 것 없을 거라고 함부로 말하지 않기로 했다"

허형만 시인의 「겨울 들판을 거닐며」에서 발췌한 것인데, 시 전편을 읽고 나니 겨울에 대한 나의 소회를 꾸짖는 듯하다.

신발 아래 질척거리며 달라붙는
흙의 무게가 삶의 무게만큼 힘겨웠지만
여기서만은 우리가 알고 있는
아픔이란 아픔은 모두 편히 쉬고 있음도 알았다
겨울 들판을 거닐며
겨울 들판이나 사람이나
가까이 다가서지도 않으면서

아무것도 가진 것 없을 거라고
아무것도 키울 수 없을 거라고
함부로 말하지 않기로 했다

오후가 깊어지고 또 하루가 하릴없이 지나가는구나 싶어서 문 밖으로 나섰다. 겨울의 바람이 차갑게 얼굴을 스치고, 바싹한 공기가 코끝을 싸늘하게 스쳐갔지만 좋은 느낌이었다. 한 무리의 새들이 후드득, 후드득 대나무 잎을 요란하게 스치며 찬 공기 속을 날아오른다. 가지들 사이로 온몸을 드러낸 채 앉아있는 새들이 이 계절 사람들과 더 친숙해진 느낌이다. 조용한 갈색 풍경들 사이로 은밀하게 봄을 준비하는 사물들의 숨소리가 느껴졌다. 눈에 보이지 않아도 새싹을 틔우거나, 꽃을 피울 준비를 하는 식물들이 낮은 호흡으로 살고 있다. 체온을 유지하기 위해서나 먹잇감이 부족해서 동면을 하는 동물의 삶도 이 계절에 사라진 것은 아니다. 절망에 코를 박고 있는 사람들이 언 가슴으로 보내야 하는 겨울이지만, 그들에게도 희망의 싹은 내재되어 있다. 봄날은 온다.

나의 수원행은 지난 6월부터 이어졌다. 안산시립노인병원에 입원하시고 있는 엄마를 만나러 가는 길은 늘 마음이 무겁고 걱정스럽다. 병세가 호전되다가 다시 나빠지기를 반복하는, 기쁨과 안타까움의 연속이다. 여전히 코 줄을 달고 계시고, 기억은 삶의 길 어느 곳에 머물러 있는지 알 수 없다. 엄마와 헤어지는 순간이면 참지 못하고 흐르는 눈물이 이번에도 쏟아질까 봐 불안하다. 자식으로서는 엄마가 살아 계시다는 것만으로 감사하지만, 엄마에게 너무 큰 고통의 시간을 안겨드리고 있는 것은 아닌지 혼란스러울 때가 많다.

차창 밖 풍경은 갈색의 스펙트럼 위를 지나가는 듯하다. 아직도 남아있는 마른 나뭇잎들은 계속되는 가뭄에 얼고 녹기를 반복하여 어두운 갈색 잎이다. 벼를 베는 콤바인이 지나 간 자리에는 옅은 갈색의 밑동들이 줄 맞춰 누워있고, 군데군데 하얀 천에 쌓인 볏짚 더미가 여름 햇살로 영근 벼들의 수확을 추억하게 한다. 논두렁 사이로 고개를 내밀고 있는 초록의 풀과 늦게 출하될 배추가 갈색 세상에 생기를 더하고 있다.

KTX 12호 기차. 흰 천위에 '설렘을 타다'라는 파란 글자가 새겨진 의자 덮개가 눈에 들어온다. 이 칸에 있는 많은 승객들은 어떤 이유로 지금 철로 위를 달리는 걸까. 자신의 사연을 마음에 간직한 채 휴대폰을 하거나 책을 읽고 있다. 동행이 있는 사람들은 낮은 목소리로 담소를 나누기도 한다. 반대편 통로에 앉은 승객의 전화 통화에 생각을 멈추고 고개를 돌린다.
"엄마, 이번에 올라가면 같이 온천가요"
전화기 저쪽 편에서 대답하는 소리가 작게 들려온다.
'나와 비슷한 나이 또래인 것 같은데, 엄마가 건강하신가 보다'
다정하게 대화 나누는 모녀를 부러워하며 창밖으로 시선을 옮긴다.
지나간 여름과 가을날을 간직한 채 겨울 들판에 버티고 서있는 나무들이 몰아치는 바람을 빈 몸으로 맞고 있다.
겨울이 가고 봄이 올 때쯤에는 엄마에게로 가는 이 길이 덜 힘들기를 기도해본다.

"겨울 들판을 거닐며 매운바람 끝자락도 맞을 만치 맞으면, 오히려 따스하다는 것을 알았다"

3. 또, 삶

낯선 곳에서 만나는 나, 여행

"Broad, wholesome, charitable views of men and things cannot
be acquired by vegetating in one little corner of the earth all of
one's lifetime."
- Mark Twain

"꼭 떠나고 싶었어요"
"맞아요. 그럴 땐 떠날 수밖에 없죠"

여행하기를 좋아하는 지인의 추천으로 「카모메 식당」 영화를 보았
다. 카모메는 갈매기라는 뜻으로, 무레요코 원작 소설을 바탕으로
일본 감독 오기가미 나오코가 만든 영화이다. 조용한 헬싱키 거리에
오니기리 주먹밥을 파는 식당을 연 일본 여인 사치에와, 우연히 만
나 식당에서 일을 돕게 된 다른 두 여인 미도리와 마사코의 담백하
고 인간미 넘치는 이야기다. 흰색과 연한 보라색이 조화를 이룬 벽,
옅은 나무색의 식탁과 의자가 스페인의 예쁜 마을 가라치코에 문을
연 윤식당과 다르게 단조롭지만 정갈하다. 문을 연지 한 달째 손님
이 없어도 긍정적이고 꿋꿋한 주인과 닮아있는 식당이다.

사치에는 어릴 때 엄마를 여의고 집안일을 맡아했다. 그녀의 아버지
는 주먹밥은 남이 싸준 것이 더 맛있다며 운동회와 소풍날에는 딸을
위해 손수 주먹밥을 준비했다. 그녀에게 주먹밥은 고향의 추억이 담

긴 맛이다. 낯선 곳에 홀로 와서 주먹밥과 시나몬 롤을 만들며 현지
의 사람들과 소통하려는 그녀, 서두르지 않고 느긋하다. 그곳에서
그녀는 자신의 뿌리를 내리려 한다. 다른 두 여인도 사치에를 만나
마음을 열고 따뜻함을 나누면서 자신이 어디에 서있는지, 그리고 어
떤 삶을 원하는지 알게 된다.

여행은 나로 하여금, 함께 하는 사람들과 가는 길에서, 혹은 가려던
그곳에서 엮어갈 소소한 이야기들을 기대하게 만든다. 나는 익숙하
고 단조로운 주변을 벗어나 낯선 곳에서 다른 모습과 다른 문화를
가진 사람들을 만나는 것이 좋다. 우연히 멈추어 쉬게 된 곳이나 같
은 숙소에서, 또는 아름다운 대자연을 앞에 두고서 처음 만나는 사
람과 얘기를 나누게 될 때의 어색함이 좋다. 처음에는 아주 기본적
인 것에서 시작되지만 가족, 서로의 나라, 그리고 인간의 궁극적인
관심사로 대화가 이어지면 사는 곳과 생김새는 달라도 인간으로서
기본적인 욕구나 추구하는 바는 비슷하다는 것을 알게 된다.

낯선 곳에서 우리는 가장 솔직하고 편하게 자신의 모습을 보여주고
마음이 가는 대로 흠뻑 빠져들 수 있다. 세계 각지에서 찾아온 수많
은 여행자들로 붐비는 방콕 카오산로드의 밤길에서 만난 흥청거림
과 뜨거운 열기. 자유로움에 취해 행복해하는 여행자들이 내뿜는 강
렬한 기운은 로마나 파리와 같은 도시가 주는 분위기와 달랐다. 우
리가 사는 체계적인 시스템을 벗어나 무질서와 혼란스러움에 자신을
맡겨 보는 것은 여행이 주는 또 다른 매력인 것 같다. 그림같이 아름
다운 풍경이나 불가사의한 자연을 보면서 숨이 멎을 것 같은 경외심
을 느끼며 다친 마음을 치유받기도 한다. 시간을 거슬러 옛사람들의

숨결이 느껴지는 유적지를 찾거나 미술관, 박물관에서 예술가들과 정신세계를 함께 나누는 것도 뜻깊은 시간이다. 바다와 산, 그리고 하늘을 배경으로 등반을 하거나 스포츠나 레포츠의 짜릿함을 맛보기 위해 여행하는 사람도 있다. 종교적인 목적으로 성지를 방문하거나 순례자의 길을 따라 걷는 여행도 있다. 여행도 영화와 음악처럼 개인의 취향이 있어 선호하는 것이 모두 다르다.

어떤 여행을 하든, 사람들은 의미 있는 도전을 통해 살아있음을 만끽한다. 여행을 하면서 자신의 내면을 살펴보기도 하고, 떠나기 전 자신을 힘들게 했던 일상의 문제를 차분하게 들여다보기도 한다. 여행은 객관적으로 바라보고, 다른 각도나 시선에서 생각해 볼 시간과 여유를 만들어준다. 그러다 보면 낯선 곳에서 문제의 실마리를 찾거나 평정심을 얻게 될 때도 있다. 여행을 끝내고 익숙한 공간으로 다시 돌아왔을 때, 생각의 깊이와 타인에 대한 이해의 폭이 넓어진 자신을 만나게 되는 것도 여행이 주는 선물이다.

* 오키나와 2018.2.19-23

길고 차갑던 겨울을 지나는 사이, 낯선 곳에서 만난 잠깐의 봄, 온 몸으로 누린 기쁨이었다. 옥빛일까, 에메랄드빛일까, 말로 표현하기 어려운 색깔에 넋을 잃고 서서 본 바다. 늦게 핀 홍매와 돋아난 연둣빛 잎들 아래서 피어나던 설렘, 그 아래서 포즈를 잡고 사진을 찍는다. "김치", "치즈", 그리고 깔깔 웃음.
겹겹이 그려진 동그라미 한가운데 소복하게 놓인 동백꽃, 그 흙 마당을 앞에 두고 이웃 나라의 음식을 먹으며 나누는 소담스러운 이야

기가 정겹다. 포르투갈의 땅 끝 까보 다 로까를 떠올리게 하는 잔파
곶. 하얀 등대 전망대 계단에 올라서서 바라본 끝없이 펼쳐진 바다
와 바람에 눈이 시리다.

Theme for 영
깜깜한 밤, 차 앞을 비추는 전조등에만 의지하여 가는 숨 쉬며 숙소
를 찾아가는 길에서 더 돋보였던 우리의 여행 가이드. 우리 기쁨의 7
할은 당신에게서 나온 거라고 생각하오. 약간은 불안한 자신감이 인
간적이고, 불쑥불쑥 나오는 별난 가족 시리즈로 무장해제시킨 다음,
무심한 듯 주는 느껴지는 편안함은 당신을 당. 신. 답. 게 해주는 것.

Theme for 우
엘로타, 우피야, 블루 실, 슈퍼마켓, 그리고 나하 거리의 어느 식당
(마지막 날, 늦은 밤 비 오는 나하 거리에서 쫓기 듯 들어간 곳, '호
뜨 워터_(hot water에 절망했던) 에서 커피나 음식을 주문하고 돈을
지불할 때 가장 카리스마 있는 당신. 남들은 돌아올 때쯤 익숙해진
다는 동전부터 지폐까지 매의 눈으로 섭렵하여 지불의 걱정을 잊게
해주었소. 머리 지끈함을 혼자 도맡아 하다 보니 그대의 총명함은
아직도 이십 대인 듯하오.

Theme for 희
갓 입문한 가톨릭 신자로서 Beginner's Luck 일까. 흐림과 맑은 날
씨 사이에서 맘껏 오키나와를 누릴 수 있도록 아이처럼 순수한 마음
으로 기도해준 당신. 자연드림 애호가답게 연잎 밥, 우엉, 연근, 너
트까지 준비하고 과일과 요구르트로 균형 갖춘 아침 식단을 챙겨준

따뜻한 마음은 여행의 피로를 잊게 해준 보약이었소. 나이 들어 늦게 찾아온 노란색 사랑이 양말까지 노랑으로. 그대의 하늘하늘한 노란 원피스는 파란 바다와 어우러져 그림 같은 사진으로 그 순간을 담고 있소.

무스비야 게스트하우스의 여주인이 생각난다. 여행객의 발걸음이 쉽게 이르지 않는 한적한 바닷가에 낮게 자리 잡은 쉼터. '세련된, 깔끔한'이라는 말들과 거리를 두는, 그래서 누군가에게는 그리움이 되는 곳이다. 자신이 갖고 있는 음식과 술을 나누며 여행자와 함께 공유하는 작은 공간, 각자의 외로움과 설렘을 조금 편하게 내보이고 낯선 사람에게서 기대하지 않은 위안을 받기도 하는 곳. '다름'에 너그러울 수 있는 곳. 웃음 짓는 얼굴이 예쁘고, 낯선 이들의 이름을 기억하여 밝은 목소리로 불러주는 여주인은 인간극장의 주인공 같다. 그녀의 인생철학이 해풍에 실려 여행객들 마음속으로 들어온다.

마음을 채우거나 비우기,
집착에서 자유로워지기,
여행을 과시나 자랑거리로 이어가지 않기.
이 모든 것에서 많이 부족한 내가 조금씩 더 성숙해지기를 바라며
지금의 나를 껴안는다.

에필로그

뒤쪽 베란다 창문으로 시원한 바람이 몰려 들어와서 얼굴에 닿는다.
"아, 행복해!"
어젯밤 비슬산에서 복숭아 한 조각을 입안에 넣었을 때 터져 나왔던
말이 다시 쏟아진다. 한순간, 마음 저 끝까지 밀쳐냈던 더위와 화해
하게 만든다.
살고 있으니 작년에 먹었던 그 달콤한 과일 맛을 올해도 다시 맛보
게 되고, 찜통 열기도 어쩔 수 없이 이른 가을 바람에게 자리를 내주
는 것을 본다.

"다시 글을 쓰고 책을 내는 일에 도전할 것 같지는 않아요, 힘들어서..."
며칠 전 묻지도 않은 윤슬 작가님에게 불쑥 마음을 보이며 내놓은
말이다.

오늘 아침, 바람에 이끌려 다시 글을 쓴다.
살다 보면 이런 순간을 자주 만나게 될 것 같은 예감이 든다.

기적을 꿈꾸는

편지

조재자 (유연 재자)

요가강사 경력 9년,
줌마로서 첫 번째 도전, 두려움과 고통을 극복해 얻은 결과물이다.
공저 「언니들, 인생을 리셋하다」,
「못생겨서 미안해」에 이은 세 번째 도전.
'비워내고 덜어내는 유연한 삶'을
글쓰기로 표현하고 있다.

네이버 블로그 "j3담장넝쿨" : http://blog.naver.com/jjjc7001

1. 나에게 고맙다

시간 속 여행

대명동 계대. 2층 집 카페는 22살 친구들을 그리워하게 했다. 카페 안으로 들어와 자리를 잡을까 망설이다 창가 쪽에 자리를 잡았다. 초코 커피를 주문하고, 진동벨이 울리기를 기다리며, 창밖으로 시선을 옮겨보았다. 20대 나의 모습을 떠올리며, 초코와 휘핑크림이 담긴 커피 한 잔을 한 모금, 한 모금 입안으로 넘겼다. 그때는 혼자서 무얼 해본다는 걸 상상하지 못했다. 친구와 함께 있어야만 외롭지 않다고 느꼈다. 나의 외로움을 달래준 것은 '조수미의 음악과 조관우의 노래'뿐이었다. 외로움이 누구에게나 존재한다는 것을 알지 못했다. 그러기엔 너무 어린 나이였다.

문득, 자취했던 22살 시절로 돌아가 보고 싶다는 생각에, 의자에서 몸을 일으켜 세웠다. 자석에 이끌리듯 카페의 문을 나섰다. 커피 한 잔을 들고, 계명대 담벼락을 따라 천천히 걸어갔다. 햇살이 따스하게 내리쬐고 있었다. 내가 살았던 자취방은 반지하처럼 어두웠다. 양쪽이 빌라로 둘러싸여, 낮에도 빛이 들어오지 않는 곳, 낮이나 밤이나 불을 밝혀야만 했다. 햇살이 쨍한 날엔 그나마 옥상에 빨래를 말릴 수 있어 다행이었다. 가스레인지 살 돈이 없어 휴대용 가스버너를 놓고, 라면을 끓여 먹으며 끼니를 때우곤 했었다. 그나마 라면이라도 먹을 수 있어 감사했다. 먹을 게 없는 날엔 라면 스프만 끓여 마신 적도 있었다. 다행히 바로 옆방에 중학교 동창 선희가 자취를 하고 있어, 따끈한 밥을 가끔 얻어먹을 수 있었다.

그때의 밥맛은 지금도 잊을 수 없다.

'그 집이 그대로 있을까? 꼭 있었으면'하는 마음을 안고, 길모퉁이를 돌았다. 세탁소는 예전 모습 그대로였다. 하지만 도무지 어느 집인지 알 수 없었다. 밝던 얼굴이 조금씩 울상으로 변해갔다. 기억을 떠올려보면, 막다른 골목에 검은색 대문이 있고, 바깥에서 보면 작은 철 계단이 옥상으로 연결되어 있었다. 다시 와서 살펴보니 비슷한 집들이 많아 구분이 가지 않았다.

1997년, 늦은 밤 회식을 마치고 돌아오는 길이었다. 열쇠를 집에 두고 나와 조심스럽게 주인집 대문을 밀면서 들어갔다. 대략 10시쯤이었고, 달빛도 없는 날이라 어두웠다. 누군가 옥상으로 올라가는 모습이 보였다. 술이 약간 취한 상태의 나는 너무 어두워 '주인아줌마네, 근데 밤 10시에 옥상에는 왜?'라는 생각을 하며 친구방으로 들어갔다. 곧이어 "도둑이야, 도둑이야"라는 소리가 4층 빌라 쪽에서 들려왔고, 동시에 "우당탕"거리는 소리가 들렸다.

그랬다. 내가 본 사람은 주인아줌마가 아닌, 도둑이었다. 친구와 난 겁을 먹고, 도둑이 우리 집으로 들어오지 않을까, 가슴 졸였던 기억이 난다. 다시 생각해도 소름이 돋는다.

자취방이 그대로 있다면 주인아줌마께 "안녕하세요?"라고 인사드리고 싶었다. 꼭 한번 찾아오고 싶었다는 말과 함께 여러모로 고마웠다는 말을 전하고 싶었다. 아쉬운 마음을 뒤로 한 채 터벅터벅 돌아나왔다.

궁금함이 만족감으로 연결되면 좋겠지만. 일상이 마냥 원하는 대로 되는 것은 아니니깐, 때론 아쉬움에 익숙해지는 법도 필요하니깐, 마음을 달래며 걸음을 옮겼다.

카페 앞마당의 큰 개가 짖는 소리가 들려온다.

하루 명상노트

"윙~~윙" 새벽 6시를 알리는 알람 소리에 눈을 뜬다.
일어나기 싫은 몸을 겨우 일으켜 세운다.
잠이 저 산 너머로 달아날 수 있도록 눈꺼풀을 밀어본다.
몽롱한 정신 상태로 노트를 펼쳐본다.
동녕사 보우 스님께서 아침마다 올려주시는 명상록을 노트에 옮겨본다.
68일째, 기도문을 필사하고 있다.
게으름과 미뤄두는 습관 때문에 벌써 100일을 넘겼어야 했는데,
그러지 못했다.
게으름도 삐뚤삐뚤,
미뤄두는 습관 탓에 글씨도 삐뚤삐뚤.

아침의 달콤함을 포기하고 싶지 않은지 스르륵 눈꺼풀이 내려온다.
고개를 가로저으며 두 눈을 부릅떠본다.
잠깐 사이, 노트 선을 넘어간 모양이다.
다시 정신을 가다듬고 써 내려가 본다.

나는 잉크 냄새 가득한 볼펜보다 쉽게 지울 수 있는 샤프를 좋아한다.
샤프심이 명상록 노트에 똑딱 부러져
'도르르' 구르더니, 노트 중앙 어느 구석에 박혀 버린다.
빼내려고 애쓰지 않고 그냥 내버려 둔다.
굳이 빼내려 하지 않아도 사라진다는 것을 알기에.

내일 아침,

69일째 기도문을 필사하고 있기를 기도해본다.

꿈꾸는 자, 꿈을 이루다

2018년 3월 3일 나는 꿈을 이뤘다. 여상을 졸업해 수능을 치기도 전 취업을 했고, 대학의 문턱을 밟아보지 못했다. 그런 내가 38명 대학생 앞에 섰다. 요가강사 자격으로. "대구대 취업 힐링 캠프"는 나에겐 생소한 용어일 수밖에 없었다. 취업의 스트레스를 요가와 명상을 통해 풀어내는 3시간의 대학 힐링 강의는 처음이라, 어떻게 진행하면 좋을지 일주일 전부터 고민이 많았다. 매일 정목 스님의 책인 "비울수록 가득하네"를 필사하고, 명상 CD를 들으면서, 마음의 준비를 했다.

드디어 캠프 당일, 빗살 담은 햇살 들이 차창밖에 퍼지고, 간밤에 내린 눈 자국들이 사라지지 않고, 길가에 드문드문 보였다. 40분을 달린 자동차는 "스파밸리" 예식장 건물에 도착했다. 매서운 바람이 옷깃을 여미게 만들었다. 이번 대학 힐링 강의는 신랑과 나의 공동강의였다. 신랑의 강의는 오후 1시~3시, 뒤를 이어 오후 5시까지 내가 진행할 강의였다. 두 시간의 여유가 생겼다. 강사 대기실이 따로 마련되어 있었지만, 나는 차 안에서 요가 자세, 명상 주제와 관련된 강의 자료를 천천히 정리하며 시간을 보냈다. 그리고 온전한 나만의 3시간 강의가 시작되었다.

마이크를 잡은 손이 떨렸다. 심장도 쿵쾅거리며 뛰기 시작했다 하지만, 애써 마음을 다스리며 한 사람 한 사람과 눈빛을 교환했다. 먼저 명상음악을 틀어놓고, 편안한 자세로 앉은 후, 이리저리 몸의 긴장을 이완시키고, 고개를 좌우로 움직여 경직된 근육과 얼굴 미간의 긴장을 풀어주었다. 입을 다물어 혀끝은 입천장에 살짝 이를 정도로 놓아두고선 두 눈을 조용히 감게 했다. 코끝으로 숨이 들어오고, 나가는 것을 의식하는 복식호흡으로 수업을 이어갔다. 코끝으로 들이마시는 숨에 배를 부풀리게 하고, 코끝으로 내쉬는 숨에 배를 안으로 꺼지게 하는 동작을 반복했다. 보통 이럴 때, 요가를 잘 하는 사람도 자세가 흐트러져 가부좌의 중심이 무너지곤 한다. 역시 요가 경험이 없는 학생들은 중심을 가누지 못하고 뱀처럼 흐느적거렸다. 명상호흡 5분이 지나고, 10분쯤 지날 때, "대나무 죽비"를 들어 강하게 세 번 울렸다. 명상호흡의 끝을 알리는 신호였다.

정신과 육체의 깨어남을 알게 한 후, 본격적으로 요가를 시작했다. 기지개로 시작해 옆구리 운동, 앉아서 허리 비틀기, 팔운동, 발목 운동까지 보조 선생의 동작을 학생 모두 잘 따라 주었다. 동작이 어려워 힘들어하는 학생들의 자세를 바로잡아주는 동안 2시간이 지났다. 준비해 간 명상 4가지(좌상, 와상. 쿰바카. 웃음 명상)만 하기에도 시간이 부족했다. 그중 웃음 명상은 배꼽을 부여잡고, 단전에서 목구멍 밖으로 소리 내어 웃는 것이었는데, 처음 접한 학생 모두 어색해하면서 잘 따라 주었다. 마지막으로 "나마스테"로 합장하고 강의를 마쳤다. 5시 10분, 예정했던 시간보다 10분 더 지나 있었다.

34살에 시작한 요가의 길, 길고 긴 시간은 나를 배신하지 않았다. 준비하고, 노력하는 사람에게 기회가 찾아온다는 것을 알게 해준 특별한 시간이었다. 꿈을 좇아 달려온 날들이었다.
강의실 밖의 차가운 공기가 시원하게 온몸을 쓸어내려주었다.
첫 디딤돌이 될 오늘을 축하해주는 것처럼.

내 인생의 또 하나의 점을 찍다

2018년, 1월 13일. 대망의 그날이 밝았다. 사실 전날부터 바쁘게 움직여야 했다. 마지막 무료 PT 수업을 끝내고, 다음날 촬영을 위해 최소한의 음식만 섭취했다. 배고픔은 나의 자아를 집어삼킬 만큼 칼날을 세우고 있었다. 그래도 꾹 참았다. 아니, 참아야만 했다. 왜냐고? 카메라 앵글에 남겨질 날씬한 나의 모습을 포기할 수 없었기 때문이다. 스스로에 대한 기대와 예뻐 보이고 싶은 마음은 어쩔 수 없나 보다.

월성동 센트로 밸리에서 주최하는 '8주 무료 바디 프로필' 도전자는 추첨을 통해서 4명을 선정했다. 프로필 사진과 개인 PT가 무료였기 때문에, 중도에 포기하는 경우 위약금을 물어야 했다. 행운의 여신이 나를 향해 손을 뻗었는지, "8주 무료 프로필 당첨"이라는 기회가 나를 찾아왔다. 새로운 출발을 알리는 신호였다.

2017년 11월 둘째 주를 시작으로, 2018년 1월 첫째 주까지 7주 운동으로 나의 모습은 변화했다. 빈약해진 얼굴선, 드러난 목선과 가늘어진 팔뚝, 단단해진 복부와 잘록해진 허리라인, 허벅지의 탱탱함에서 셀룰라이트는 찾아볼 수 없었다. 노력은 거짓말을 하지 않았다. 늦었다고 생각할 때가 시작할 시기라는 걸 알게 해준 계기였다.

PT를 진행하면서 가장 힘들었던 부분은 식단 조절과 칼로리 계산이었다. 식사를 할 때, 400kcal를 넘으면 안 되고, 하루에 물 4리터는 먹기 싫어도 먹어야 했다.

처음 1,2주가 제일 힘든 고비였다. 왜냐하면, 가족들의 식사를 챙겨야 했는데, 한창 자랄 청소년기의 두 아이가 고기를 무척 좋아하다 보니, 이틀에 한 번은 고기를 구워야 했다. 거기다 캔맥주가 피로회복제인 신랑은 아무렇지 않게 맥주를 마셨다. 나에게 별 도움이 되지 않았다. 그럴 때마다 견과류(아몬드, 땅콩)를 주섬주섬 먹거나, 파프리카를 먹어야만 했다. 무조건 참으려고 하면 먹고 싶은 욕구가 더 커지기 때문에 최저 칼로리를 생각하며 섭취했다.

기름진 음식인 햄버거나 피자를 먹은 날에는 장에 트러블이 생겨 화장실을 들락날락해야 했다. 그렇게 3주, 조금씩 음식에 대한 욕구가 줄어들었다. 완전 저염식보다는 김치를 몇 조각이라도 끼니때마다 먹었고, 국물보다는 건더기 위주로, 탄수화물 섭취는 잡곡밥 다섯 숟가락으로 조절하였다. 6주부터는 음식의 맛보다는 냄새에 익숙해져 먹고자 하는 욕구가 사라지게 되었다. 그래서 가족들을 위한 반찬을 준비하면서도 먹고 싶다는 욕구가 생기지 않았다.

혼자 운동할 때, 간단한 요가 스트레칭 10분으로 몸을 풀었다. 그러고 나서 인클라인(러닝머신 경사 13도-속도 3km 2분 걷기, 6km 5분 걷기, 다시 3km 2분 걷기)을 30분 정도 했다. 적당한 간격의 호흡으로 시작해 점점 거칠어지다가 다시 안정된 호흡으로 이어지는데, 땀샘 분비가 잘 되어 그런 것인지 10분만 걸어도 등줄기에 땀이 후드득 흘러내렸다. 운동복에서 나는 냄새는 시궁창 냄새보다 더 심하게 느껴졌다. 그동안 나의 몸속에 배인 역한 냄새들이 빠져나가는 기분이었다. 트레이너 선생님의 지도는 매일 상. 하체 운동을 격일로 병행하면서 식단은 단백질 위주로, 하체 운동은 그리드 맨몸 스트레칭, 레그 익스 레이션(머신 기구, 다리 들어 올리기) 3세트 15개, 레그 프레스 (두발 미는 머신 기구) 3세트 20개, 맨몸 스쿼트 3세트 20개, 복부운동 30개, 인클라인 워킹(러닝 머신) 20분을 진행했다. 그러던 중 7주 차에 뱃살이 늘어져 트레이너 선생님에게 물어보니, 너무 안 먹고 살을 빼면 근육이 줄어들어 그렇다고 했다. 단백질 위주의 식단을 짜고, 운동 강도도 더 올리자고 했다.

길고도 긴 8주간의 여정, 나의 임계점을 시험해 보고 싶다는 마음에 노력을 아끼지 않았다. 중간에 포기하고 싶을 때도 많았다. '내가 왜 이 고생을 하지?'라는 어처구니없는 의문이 들기도 했다. 영양 불균형으로 갑작스럽게 이명이 찾아와, 밤에 몇 번이나 현관문을 열었다, 닫았다를 반복했다. 8주 동안 정말 많은 일들이 일어났다. 가볍게 생긴 어지러움 증상에 영양제와 식단도 꼼꼼히 챙겨야 했다.

운동할 때 나의 모습은 '영혼 이탈자'라는 별명도 얻게 해주었다. 나의 또 다른 모습을 찾게 해준 시간이었다. '용기와 극복, 인내와 약속, 트레이너에 대한 신뢰. 믿음' 삼박자가 조화를 이루지 않았다면 결코 도달할 수 없었다. 같이 발맞추고, 손잡고 걸어갈 수 있는 이들이 있었고, 굳건히 믿어주는 이가 있었기에 가능했다. 사람 사는 세상, 또 하나의 인연을 맺었고, 인연 따라 하나의 도전이 성공으로 새로운 빛을 만들어냈다.
새로운 도전은 지금보다 나은 나를 꿈꾸게 했고, 시작하지 못할 일이 없다는 용기를 가지게 해 주었다.

정말 나이는 숫자에 불과할 뿐이다.

트레이너 지성 선생님의 한마디.

이번 회원님의 8주간 단기 다이어트를 통한 바디 프로필을 결심하면서 제게도 큰 도전이 될 것이라고 생각했습니다. 요가강사로 경험이 있는 회원분이고, 두 아이를 키우는 엄마로서 식단을 병행하며 운동을 한다는 것은 트레이너의 노력만으로 가능한 일이 아니었습니다. 그렇지만 트레이너를 믿고 순서대로 잘 따라와 주었습니다. 또한, 본인의 방법도 조금씩 추가해 가며 달려오는 모습을 본 후, '가능성이 있겠다'라는 생각이 들었습니다.

지금까지 8주라는 짧은 기간에 다른 사람의 몸을 바꿔본 적이 없었기에 제 자신도 의구심을 가졌습니다. 저의 그런 생각을 보란 듯이 회원님은 결과물을 보여 주었습니다. 제 스스로도 '함께 가면 멀리 갈 수 있다!', 많은 것을 배울 수 있었던 8주였던 것 같습니다.

마지막으로 바디 프로필 촬영을 위한 퍼스널 트레이닝은 건강과는 거리가 다소 멀 수도 있습니다만, 운동에 대한 동기부여와 인생의 새로운 도전을 향한 기회로 삼았으면 하는 바램입니다. 앞으로도 늘 열정 가득한 삶으로 살아가시길 진심으로 바랍니다.

지성 선생님의 PT 프로그램 식사 제안서

기상 직후에 사과 1개(여자 주먹 크기), 무지방 우유 200ml, 식빵 1~2조각

간식으로는 견과류, 무지방 요구르트 1개, (비피더스 등 장 건강 요구르트)

점심 식사시간에는 일반식으로 짜고 매운 것 (찌개 또는 국 종류)을 줄이고, 염분 많은 것도 주의해야 한다(무침, 국물), 회원님의 경우 채식 위주의 식사를 하기 때문에 그대로 채식을 먹으면 염분만 조절하시면 됩니다.

운동 1시간 전 가벼운 간식을 드시면 좋을 듯(삶은 달걀, 콩, 두부, 기름 뺀 참치)

운동 후에는 무지방 우유 200ml, 단백질 보충제, 바나나, 삶은 달걀 대용

〈주의사항〉

첫째, 물은 운동 중 목마름을 느끼기 전에 수시로 마셔줘야 합니다.

둘째, 운동 직후에는 단백질 보충 식품을 먹어주면, 빠르게 단백질을 공급이 시켜줄 수 있어 좋습니다.

셋째, 식사 시간 외에 배고픔을 느끼면 간식으로 제안된 음식을 먹되, 그렇지 않으면 먹지 않는 것이 좋습니다.

넷째, 갑작스럽게 단백질 섭취량을 늘리면 설사, 소화불량이 발생할 수 있으니 증상이 있을 시 트레이너와 상의하고, 단백질 섭취량을 조금 줄이면 됩니다.

다섯째, 국물이 싱거워도 다량의 나트륨이 포함되어 있기 때문에 먹지 않는 것이 좋습니다.

선생님 고맙습니다

"엄마, 우리 반 선생님, 남자 선생님이다. 정말 좋아"

"그래. 좋겠네"

"엄마, 낼 일찍 깨워줘?"

"으응"

새 학기 첫날, 아들 말에 당황했다. 다음 날 아들은, 지각하지 않고 씩씩하게 등교했다. 초등학교 다니는 5년 만에 처음 생긴 일이었다.

'얼마나 오래갈까?'

신랑의 생각은 빗나갔다. 초등학교 4년 내내 늦잠꾸러기 아들은 일찍 등교하는 것을 누구보다 힘들어했다. 하지만 새 학기 다음날도, 그 다음날도 지각하지 않았다. 그리고 아침마다 "엄마, 일찍 가야 돼. 안 늦었어?"라며 현관문을 나섰다.

어느 날 학교 도서관을 방문했을 때, 교장 선생님께서 껄껄 웃으며 말씀하셨다.

"성백이가 아직 지각 한번 안 했다면서요? 신기해요. 신기해요"

아이의 늦은 등교는 이미 학교에 소문이 퍼져있는 상황이었다.

'담임 선생님께서 아들의 마음을 제대로 잡으셨나 보다. 도대체 어떻게 하셨을까?'

그 이유가 궁금하던 찰나, 학부모 상담 안내장이 날아왔다.

상담 날짜를 3월 22일, 3시 반으로 하고, 그날을 기다렸다.

"선생님 안녕하십니까? 우리 아들 잘 적응하고 있나요?"

"네~에, 어머니 안 그래도 기다리고 있었습니다. 드릴 말씀도 있고요"

"선생님 우리 아들이 다른 아이와 좀 남다르지요? 자기 생각이 강해 친구들과 어울리기 힘들어하고, 자기감정 조절이 잘 안됩니다. 특히, 숫자에 약해 수학을 어려워합니다. 선생님, 잘 부탁드립니다"

"어머니, 걱정 마세요"

"어머니, 성백이는 주의 집중이 떨어지는 게 아니라 또래보다 발달이 조금 늦어지는 것뿐입니다. 제가 일 년 동안 친하게 지내보겠습니다"

"참, 선생님 아들이 그렇잖아도 지각하면 안 된다고, 8시 30분 전에는 꼭 학교를 가던데, 도대체 어떻게 하신 건가요?"

"네.... 실은 아침에 등교할 때 제가 성백이를 꼭 앉아주고, 하교할 때도 포옹하고 집에 보냅니다. 하하하"

"아, 그러셨군요. 선생님. 감사합니다"

정말 그 말밖에는 할 말이 없었다.

선생님은, 아들에 대해 학기 전부터 파악하고 계셨다. 집으로 돌아오는데 '선생님을 믿고, 맡기면, 일 년 동안 아들에게 많은 변화가 생기겠구나'라는 느낌이 절로 들었다.

한 학기가 지나갈 때쯤이었다.

"엄마, 나 학교에서 별명 생겼다"

"응? 윤똥꼬 말고 또 있어?"

"응. 엄마 그거는 옛날 별명이고, 지금은 선생님 껌딱지래. 친구들이 그러네"

"왜?"

"학교에서 어딜 가나 선생님이랑 손잡고 다닌다고"

그랬구나! 아들은 선생님을 그림자처럼 따라다니고 있었다. 선생님 역시 아들의 마음을 잘 알고 있었다. 두 학기가 끝마칠 때쯤, 선생님은 3년이란 시간을 뒤로하고 다른 학교로 옮겨야 한다는 사실을 알게 되었다.

아들은 선생님과의 이별을 어떻게 받아들이고 있을까?, 궁금했다. 의외로 아들은 덤덤한 것 같았다. 하지만 엄마인 나는 든든한 지원군을 얻은 느낌에 딱, 일 년만 더 남아계셨으면 좋겠다는 아쉬움을 지울 수 없었다.

아들에게 베풀어주신 사랑에 대해 작은 보답을 해드리고 싶었다. 아들을 일 년 동안 잘 지도해주시고, 사랑해 준 고마움을 전하고 싶었다. 무엇이 좋을까 고민하다가, 선생님의 건강을 기원하는 원석 팔찌를 준비했다. 다음날 원석 사진을 카톡으로 보내드렸다.

"선생님 부부의 건강과 성공을 기원하는 레드 호안석을 커플로 넣고, 자궁을 따뜻하고 건강하게 해주며, 여성호르몬 퐁퐁 나오게 해준다는 커넬리언 원석으로 만들었어요"

선생님 부부에게 늘 좋은 일이 가득했으면 좋겠다.

TO. 선생님께 드리는 편지.

선생님. 아들을 1년 동안 보듬고, 사랑해 주셔서 감사합니다. 선생님께서 봄방학 마지막 날 저에게 하신 말씀이 떠오릅니다. "어머니 성백이는 행동이 부족하고, 두뇌가 나쁜 게 아닙니다. 반 아이들과 잘 어울리는데 시간이 조금 걸렸지만, 천천히 기다려주고, 설명해주니 잘 따라주었습니다. 많이 포옹해주고, 사랑해 주면 좋겠습니다. 또한, 또래보다 천천히 가는 것뿐이니까, 성인이 되었을 때 걱정 안 하셔도 됩니다"

선생님 정말 고마웠습니다. 마지막까지 아들을 걱정해주셔서 고맙습니다. 선생님의 고마움과 감사함이 오래 기억될 것 같습니다. 선생님은 정말 훌륭한 교사이십니다. 잊지 않고, 아들 잘 키워 선생님을 꼭 찾아뵙도록 하겠습니다.

4박 5일 영어마을 캠프 때, 성백이가 엄마를 많이 찾아 잠을 제대로 이루지 못하셨죠? 그때, 아들과 같이 있어 주셔서 감사드립니다. 성백이가 잠꼬대하면서 엄마를 찾았다지요? 선생님께서 토닥여주며 진정시켜 주셨다고 들었습니다. 선생님 감사합니다. 아낌없이 주는 스승의 사랑. 내 것까지 온전히 내어주신 선생님. 정말 고맙습니다.
선생님께서 직접 주신 마지막 문자를 여기에 옮겨봅니다.
"참 부끄럽습니다. 성백이가 멋진 어른으로 커가길 저도 항상 기도 하겠습니다. 어머니께서도 항상 건강하시길 빕니다"
선생님 다시 찾아뵐 그때까지 건강하십시오.

– 2018년 6월 윤성백 엄마 드림.

2. 우리 엄마

사위 사랑, 장모 사랑

3월 첫째 주. 주말을 맞아 아들의 성화에 시골 부모님 댁으로 향했다. 겨울잠 자는 개구리도 뛰어나온다는 경칩이 얼마 남지 않았다. 그래서인지 날씨가 봄바람처럼 따스했다. 시골집에 갈 때마다 빈손으로 가지 않는데, 이번에 간단한 반찬을 사서 가기로 했었다.

부모님이 좋아하는 잡채와 코다리 무침, 아이들이 좋아할 계란말이와 돼지 두루치기 등. 두 손에 봉지를 나눠 들었다. 급히 반찬집 사장님이 나를 부른다.

"시골에서 일하면 목마를 텐데, 식혜 가져가 드세요"

인심 좋은 사장님이 건넨 식혜 한 통을 받아들었다.

"잘 먹겠습니다. 감사합니다"

엄마가 식혜를 좋아하는데, '잘 됐다!' 싶었다.

시골집에 들어서기가 무섭게 아들은 "나리야, 나리야"(시골 고양이)를 목청껏 불렀다. 나리가 있는지부터 확인하고는 할아버지, 할머니께 인사를 했다. 매번 있는 일이라 엄마, 아빠는 "허허" 웃으시며 반갑게 맞아주셨다.

"그래, 성백이 왔나? 나리 있더나?"

"엄마, 오늘은 뭐 했길래, 옷이 이리 더럽노?"

"오전 내내 감자 심을 밭 고르고, 이랑 타고, 느그 아빠랑 밭고랑 비닐 안 덮었나?"

몇 주 뒤 감자를 심기 위해 미리 준비한 모양이었다.

"아이고, 우리 와서 같이 하면 될 건데, 아이고, 참나"
속상한 마음에 괜히 짜증이 났다.
"야 봐라~~ 일은 내가 했는데 와 네가 성내노? 얄궂데이"
오전 내내 허리 한번 못 펴보고 일했다는 엄마는 딸에게 위로의 말을 듣고 싶었던 모양이다.
"느그 아빠가 욕심이 많아서 농사를 자꾸 지을라 안 하나? 내는 못한다. 이제는"
몸이 예전만큼 성하지 않고, 허리도 앞으로 고꾸라져 자꾸 아프다 하는 엄마는 거기에 한마디 더 보냈다.
"우짤라고 몰겠다. 몰겠어"
엄마의 하소연을 듣는 둥, 마는 둥 집안으로 들어갔다.

아빠는 오전 일이 많이 힘들었는지 산소호흡기를 코에 꽂고 누워있었다. 숨 쉬기도 벅찬 아빠는 딸인 내가 부르는 소리도 잘 듣지 못했다.
"아빠, 딸내미 왔대이"
"그래 왔나? 아이고, 힘들어서 쉬고 있었다 아이가"
"그래, 아빠 좀 쉬고 있으래이. 나머지 우리가 할게"
엄마의 투정과, 아빠가 힘들다는 한마디에 편안히 앉아 있을 수 없었다. 신랑과 난 커피 한 잔을 후루룩 마시고, 도랑 건너 논으로 향했다. 비어있는 땅을 그냥 둘 수 없다는 두 분의 성화에 둘둘 말린 검정 비닐은 신랑이 어깨에 메고, 나는 내 키보다 작은 삽 2자루를 들고 논으로 갔다.

여울목처럼 길게 늘어선 감자 길, 족히 아홉 골은 되어 보였다. 부지런히 움직여야 저녁 전에 끝날 것 같았다. 오후 3시. 고랑에 비닐이

덮어지면, 신랑과 난 삽을 들고, 비닐 좌, 우에 흙을 덮었다. 봄바람이 나풀거리지 않아, 비닐 덮기에 딱 좋았다. 하지만 오랜만에 해보는 삽질은 만만하지 않았다.

신랑은 "아이고 허리야"라며 슬그머니 꽁무니를 빼면서 나의 눈치를 살폈다. 그도 그런 것이, 남편은 생전 농사를 지어본 적 없는 도시 사람이다. 그러니 힘들 수밖에 없었다. 엄마는 사위의 그런 모습을 못 본 척하며, 슬쩍 나에게 눈치를 주었다. 다시 한 번, 허리가 아프다면서 삽질을 잠시 멈추었다. 그런 신랑에 비해, 나의 삽질은 부드러웠다. 이유는 간단하다. 시골에서 자라 아빠가 삽질하는 모습을 자주 보았고, 나름대로는 요령을 터득하고 있었기 때문이다. 삽질을 할 때, 어깨에 강한 힘을 주면 허리에 무리가 올 수 있어, 흙을 퍼내기전 삽을 발로 한 번 쿡 눌러 찍은 다음 흙을 파는 게 좋다. 그래야 허리에 무리가 오지 않는다. 신랑과 나의 삽질이 조금씩 속도를 내기 시작하면서 두 시간 반 만에 일이 끝났다. 제대로 덮지 않은 부분이 없는지 한 번 더 확인하고, 연장을 챙겨 집으로 돌아왔다.

우리가 들어서자마자 엄마는 가스레인지 불을 켜고, 미리 준비한 닭백숙에 약탕물을 넣어 끓였다. 두 그릇 내어주면서 엄마가 말했다.
"씨암탉은 못 잡고, 씨암탉 닮은 닭으로 준비했대이. 어서 묵으래이 윤서방"
신랑은 장모의 마음을 알았는지 국물 하나 남기지 않고 한 그릇 뚝딱 비웠다. 엄마는 맛나게 먹어주는 사위가 고마운지, 한 그릇 더 내어주었다. 손사래치는 신랑을 막으며, 엄마는 기어이 두 그릇을 먹게 하였다.

몸보신이라면서. 귀한 약탕물이라면서. 내 정성이 담긴 거라면서.

내 자식에게 시키지 못한 일을 남의 귀한 자식에게 시켜 미안한 마음이 들었던 걸까? 싫다는 내색하지 않고 묵묵히 일해 준 고마운 사위의 마음을 엄마도 느꼈던 걸까?

엄마는 오랜만에 언 땅을 녹이는 말투였다. 사위에 대한 애정을 몸소 표현하고 있는 듯했다. 사위 사랑은 장모라는 옛말이 틀린 얘기가 아닌 것 같았다.

엄마의 옷장은 알록달록 무지개 인생

오랜만에 해보는 농사 일이라 힘들기도 하고, 잠시 낮잠이라도 자려고 엄마 방으로 향했다. 허리가 좋지 않아 좁은 방안에 침대가 들어와 있었다. 난 땀으로 얼룩진 옷을 갈아입으러 엄마의 옷장 문을 열었다. 장롱 안에 흩어져 있는 옷을 보니, 간단하게라도 정리하면 좋을 것 같았다. 30분 정도면 끝날 거라 생각했던 일이 1시간 넘게 걸렸다. 엄마는 내게 말했다.

"내는 엄두가 안 나더라, 허리도 아프고"

"알았다. 알았어. 내가 정리해 주께"

엄마는 각양각색의 옷들을 장롱 안에 처박아 두고 있었다. 논과 밭에서 입는 선홍색 몸뻬 바지, 외출할 때 입는 검은색 바지, 거기다 봄. 여름에 입는 파랑과 주황색 바지, 그 외에 조끼와 여름 잠바는 주황과 보라색 두 가지였다. 주황색 잠바는 딸인 내가 사다 준 거고, 꽃분홍 잠바는 둘째 오빠가 사준 것이었다.

"이거 안 입는대이, 버리래이."

"이거는? 엄마 취향인데, 안 입을래?"

"버리라, 이젠 별로다 아이가."

예전에는 레이스 달린 옷들도 좋아했는데, 이제는 몸이 불편해서인지 1년 전부터 이런 옷들이 내키지 않는다고 했다.

이 옷, 저 옷도 입지 않는다면서 버리는 옷들이 방안에 쌓여갔다.

문득 '엄마의 자신감도 버려지고 있는 건 아닐까?'라는 걱정이 잠시 들었다. 정리할 옷들이 많아져서 얇은 바지와 티셔츠는 보자기에 싸서 묶고, 버려질 옷들은 자루에 담아보았다.

엄마는 알록달록한 옷을 보며, "예전에는 저 옷들이 참 예뻤는데"라고 말끝을 흐렸다. 촌구석에서 까맣게 탄 얼굴이 화려한 원색 옷을 입는다고, 화장을 화사하게 한다고 해도 이상하게만 보일뿐 전혀 예쁘게 보이지 않는데도, 엄마는 화장하고 꾸미는 걸 좋아했다.
여자는 꾸며야 한다고 했다.
그런 엄마는 변해가고 있다. 세월을 따라가고 있다.

3. 어머니에게 쓰는 편지

어머니, 우리 어머니

5월 6일 일요일. "할머니, 할머니"아이들이 크게 외쳐도 대문이 열리지 않았다.

어버이날을 맞아 어머니 집으로 향하였다. 비가 주룩주룩 내리는 늦은 오후, 대문 벽에 붙은 초인종을 눌렀다. 인기척이 없어 전화를 걸어 "할머니 저희 왔어요. 문 열어주세요"하니, 그제서야 덜컹 문이 열렸다. 집안에 들어서자마자 친정에서 가져온 미나리를 어머니께 내밀었다.

"뭐꼬? 미나리 부침개 아니가? 맛나겠대이"
"어머니, 이것도 좀 드셔보세요. 마늘종하고 멸치볶음이라에"
"아이고 뭐 이리 많이 가져왔노? 어른께 잘~묵겠다 전해래이"
"네~에"
대답을 하기 무섭게 어머니께 또 하나의 선물을 내밀었다.
"이건 또 뭐꼬?"
어머니는 쇼핑백 안의 옷을 꺼내 입어보셨다.
"색깔도 이쁘고, 사이즈도 맞네. 봄가을 잠바 있는데"
그러면서 옷걸이에 걸어 장롱 속에 넣으셨다.
"설에 사준 잠바는 세탁해서 넣어뒀다 아이가... 아까봐서 말이다"
"하하. 어머니 아끼시면 똥 됩니다. 자주 입으세요"
"알았다. 알았어"

한바탕 떠들썩한 웃음이 지나가고, 저녁 7시쯤, 아가씨가 도착했다. 동고동락하는 '채리(강아지)'까지 합세하니, 시끌벅적했다. 아가씨의 경쾌한 음성은 쉴 틈 없이 재잘거렸다. 그 와중에도 싱크대 안과 화장실을 치우고 있었다. 나도 덩달아 분주하게 몸을 움직였다. 그래서일까? 어머니의 표정이 무척 밝아지셨다. 어머니는 장롱 안에 넣어둔 양말을 꺼내 아이들에게 양말을 골라 가라고 했다. 시장에서 자식들 주려고 이 양말, 저 양말, 고민하셨을 모습이 상상이 갔다.

다음날, 각자의 집으로 돌아갈 준비로 주방, 욕실, 안방을 왔다 갔다 했다. 그런 가운데 어머니는 하나라도 자식들에게 챙겨주려고 더 바쁘셨다.
"야야, 너그 매실 없다 했제?, 좀 가지고 갈래?"
"네~에, 어머니 작은 병에 있는 거 주세요"
어머니는 큰 매실 병을 내밀며 "이거 들고 가래이"
손사래를 쳐도 어머니의 마음은 자식들 좋은 거 먹이고, 건강해지길 바라는 마음이 우선인 것 같다. 어머니 집에 올 때보다 더 큰 봉지를 받아들고 대문 밖을 나섰다. 같이 학교 앞에 세워진 주차장까지 걸어가면서 어머니는 말씀하셨다.
"야야, 느거들 다 가고 나면 허전하더라. 그래서 내가 염치없이 따라 나선다"
"네에"

작년 가을쯤의 일이다.
자주 안부전화를 드리지 못하는 신랑에게 어머니가 먼저 전화를 걸어오셨다.

"아비야, 내가 혼자 있으니까 적적하더라. 좀 외롭기도 하고"
어머니가 한 말이 마음에 걸렸는지 신랑은 나에게 말했다.
"어머니랑 같이 합치는 건 어떨까?"
며칠 동안 곰곰이 생각해보았다. 그리고 어머니가 오셨을 때 말씀드렸다.
"어머니 봉덕동 집 헐고, 3층 지어서 살면 어때요?"
갑작스러운 며느리의 제안에 아무런 말씀이 없으셨다. 어머니도 아버님과의 추억이 깃든 곳을 쉽게 허물 수 없으셨을 것이다. 어머니의 마음이 어떠실지 예상이 되어 더 이상 얘기하지 않았다.

텅 빈 집에 혼자 계실 어머니의 외로움을 알기에 어머니께 말씀드렸다.
"어머니, 송해공원 구경시켜드릴게요"
어머니는 며느리의 송해공원 나들이 제안에 좋다는 표정을 감추지 못하셨다. 송해공원에 도착했을 때 비는 멈췄고, 구경하기에 딱 좋은 날씨였다. 송해공원 둘레길을 전부 산책하려면, 저수지 바깥쪽을 더 크게 확장했기 때문에 4시간 정도 걸린다. 어머니 무릎 상태가 좋지 않아 1.2.3 주차장 중에 우리는 1 주차장에 들어갔다. 농산물 직거래 가판대가 보이고, 먹거리인 소시지와 커피, 라면을 판매하는 곳도 보였다.
"어머니 소시지 드실래요?"
"오냐, 그래 애들도 줘야지?"
"네~에"
소시지 3개를 사고 보니, 크기가 어묵만 했다. 어른 2명이 같이 먹어도 될 것 같았다.
"아이고, 맛있겠대이"
"어머니, 아직 안 드셨는데, 어찌 아십니까?"

"우리 며느리가 사주는 건데 안 먹어봐도 안다 아이가. 하하"
어머니의 해맑은 웃음에 나도 덩달아 기분이 좋아질 수밖에 없었다.

어머니는 송해 아저씨의 동상 앞에서 사진을 찍으시고, 대형 물레방아 돌아가는 곳에서도 사진 찍으면서 어린아이처럼 연신 "정말 좋다, 잘해 놨네"를 반복하셨다. 백세교 흔들의자에 몸을 싣고, 발을 동동 구르며 말씀하셨다.
"야들아, 여기 앉아서 다 같이 사진 찍자"
"네~에, 어머니"
사진 찍는 걸 좋아하시는 어머니를 위해 오늘만큼은 마음껏 찍어드리기로 했다. 아들과 며느리, 손자, 손녀, 어머니. 다섯 명의 얼굴이 모두 나오도록 이리저리 방향을 바꿔가며 셀카도 완성했다. 어머니는 만족하셨다. 기쁜 표정을 감추지 못하셨다.
"야야, 조오기 풍차 있네. 저기도 가보자"
"네~에, 어머니, 가봐요."
어머니와 팔짱을 끼고 가는 길에 돌자갈들이 발밑에 채이고, 뒹굴고 있었다. 어머니의 발끝에 차이지 않게, 천천히 걸어갔다.
"아빠, 엄마, 이것 봐봐"
"어~ 이게 뭐지?"
검은 물체가 꼬물거리는 게 올챙이 같았다.
"할머니, 여기 보세요, 여기 올챙이 있어요"
"진짜네! 우리 손자 눈썰미도 좋네. 하하"

할머니의 칭찬을 받은 아들은 빙그레 웃으며, 풍차 길로 달려갔다.

찰랑거리는 물결에 어머니의 마음도 찰랑거리는 걸까? 그 순간을 놓치지 않으려 열심히 카메라 셔터를 눌렀다. 어머니에게 추억거리를 만들어 드리고 싶었다. 70대 중반을 향하고 있는 어머니의 주름살이 오늘만큼은 웃음 속에 멈춰있길 바랬다. 매일 아침 6시 에어로빅 운동과 앞산 고산골 등산은 어머니의 건강비법이기도 하다. 하루도 거르지 않은 규칙적인 습관, 끈기, 긍정적 생각에는 어머니의 인생관이 녹아있다.

어머니, 늘 건강하셔서 감사합니다.

현관 비밀번호 사건

삑 삑 삑. 띠리릭, 띠리릭 철거덕.

"아들아 내 왔다"

"어... 어머니... 전화도 없으시고 어떻게 오셨어요?"

현관문을 열고 갑자기 들어오신 어머니를 황당한 표정으로 바라보았
죠. 두 아이를 어머니께 맡기면서 비밀번호를 알려드렸죠. 그랬기에
처음에는 어머니의 깜짝 방문이 싫지 않았죠. 혹시라도 우리가 없을
때 밖에서 기다리시게 하는 것보단 나을 테니까요. 하지만 깜짝 방
문 횟수가 늘어나면서 '이건, 아닌데'라는 생각에 어머니께 말씀드렸죠.

"어머니, 우리가 집에 있을 때는 전화를 하거나 벨을 누르고 오시면
좋겠습니다"

"알았다. 알았어"

그럼에도 어머니께서 별로 신경을 쓰시지 않는 것 같아, 다시 한 번
말씀드렸죠.

"어머니, 우리가 집에 있을 때 전화하고 오시고, 벨 좀 눌러주세요.
부탁드립니다"

"그래. 알았다"

제 말에 기분 좋지 않으셨겠죠? 그렇지만 솔직하게 마음을 주고받아
야 어머니와의 관계가 더 나빠지지 않을 거라고 생각했어요. 어머니
기분 이해해요.

"아들 집에 오시는데 일일이 온다, 간다, 말해야 하나?"

네, 섭섭한 마음 들 수 있죠. 그래도 어머니, 그렇게 조금씩 양보하고 조심하는 것이 서로에게 좋다고 생각했어요.

하지만 결국 예상하던 일이 벌어지고 말았죠. 그날도 어머니는 비밀번호를 누르고 들어오셨죠. 이대로는 안 되겠다 싶어, 어머니께서 다녀가신 후, 비밀번호를 바꿔 버렸죠. 일주일 뒤, 집에 아무도 없을 때 어머니께서 연락도 없이 오셨죠.

"야야... 내 돌김치 좀 가져왔는데 현관문이 안 열리네?"
"네... 어머니 비밀번호를 바꿨는데요"
"그래, 얘기해봐라"
"어머니 현관 비밀번호가 좀 길어서 열기 힘드실 텐데, 경비실에 맡겨놓고 가실래요?"
"얘기해보라. 내가 천천히 해볼게"
"어.... 어머니, 우리가 집에 가려면 시간도 걸리고 어떡하죠. 기다리시겠어요?"
"아이고,... 야야.., 너무 하는 것 아닌가? 내가 아들 집에 오는 게 뭐가 잘못되었노? 희한하대이... 거 누구 집 며느리가 그칸다 하더구먼, 네가 그 짝이네 그짝이야!"
"아이고, 별꼴이대이, 별꼴이야"

그렇게 다녀가신 후, 단단히 마음이 상하셨는지 3주일이 지나도록 연락 한 통 없으셨죠. 한 달쯤 지났을까, 어머니께서 손자, 손녀가 보고 싶다며 연락을 해오셨죠.
"내 오늘 느거 집 간다"

어머니, 사실 저도 마음이 편하지 않았어요. 어머니가 얼마나 마음이 불편하셨을지 상상할 수 있었어요. 하지만 적당한 거리를 유지하기 위해서는 필요하다고 생각했었죠. 그 후로 어머니께선 전화를 하고 오시었죠. 제가 비밀번호를 알려드리는 것으로 마무리가 됐으니 참 다행이에요.

그런데 3년쯤 흘렀을까.
어머니께서 비밀번호를 열고 들어오신 이유를 알게 되었죠.
우리가 자고 있을 때 벨을 누르고 들어오면 잠이 깰까 봐, 문 열기 귀찮을까 봐 손수 열고 들어오려고 하셨다는 것을. 우리를 위해서 한 행동이었는데, 아무도 몰라줬던 것이죠. 어머니, 그 사실을 알고 제가 얼마나 모자란 며느리인지 다시 한 번 알게 되었어요.
어머니, 어머니의 깊은 마음을 미리 알아차리지 못해 죄송해요.

어머니와의 첫 만남

어머니, 결혼하기 전 며느리의 모습이 기억나시나요? 14년 전 어머니를 처음 보았을 때, 파마머리와 뽀얀 피부는 어머니의 나이를 더욱 젊어 보이게 했답니다.

그이가 ㈜동해 전장 면접 본 그날, 아가씨 가족들과 어머니랑 경주 감포로 가게 되었죠. 같이 차를 타고 가면서, 예비 며느리가 불편할까 봐 여러 가지 묻고 싶은 것을 꾹 참으셨죠.

"피곤하면 눈 좀 붙여라"

"네~에, 괜찮습니다"

아가씨가 저에 대해서 궁금해 물어보려고 하면 눈치를 주셨죠.

"처음 만나 어색할 낀데, 뭐 그리 자꾸 물어보노?"

그때 느꼈답니다. '어머니는 배려심이 깊은 분이겠구나!'라고.

감포 바다에 도착하자 어머님은 같이 사진을 찍자고 하셨죠. 멀뚱멀뚱하게 서 있는 제게 다가와 손을 잡고 함께 찍자고 하셨죠. 따스한 어머니의 온기가 느껴졌답니다. 떠들썩하게 감포 바다를 배경으로 인증샷을 남기고, 우린 횟집으로 이동했었죠.

"무슨 회 좋아하노?"

"저는 회를 잘 못 먹습니다"

"아이고, 그래 우리 수정이도 오징어 회만 먹는데. 똑같네. 호호"

어머니와 처음으로 함께하는 식사 자리인데 잘 먹지 못하는 음식이 나와 조금 난감했었죠. 그러던 중에 "언니, 맥주 한잔해요" 아가씨가 불쑥 술을 권해서 조금 당황했답니다. 그이가 말했죠.

"이 사람 술 잘 못 마시는데 자꾸 권하지 마래이"

"에이, 그래도 한 잔만 받아요, 언니"

싹싹한 아가씨가 무안해 할까 봐, 한두 모금 받아 마셨답니다. 사실 술을 잘 마시는 편이지만 처음 뵙는 어머니 앞에서 예의를 차리는 게 당연하다고 생각했었죠.

"여기 안주 있다. 안주. 오징어도 먹고, 새우도 먹어래이. 많이 먹어래이"

어머니의 젓가락이 제 손으로 집어먹는 것보다 더 많았답니다. 그 모습을 보면서 혼잣말을 했었죠.

'이런 분이 어머니가 되신다면, 결혼해도 좋을 것 같네'

첫나들이 이후 어머니와 가까워져 자주 얼굴 보고 지내자면서 가끔 예비 며느리에게 안부 전화를 주셨죠. 나중에 알게 된 사실이지만, 결혼을 어머니가 더 서두르셨다죠?

결혼과 출산, 연년생의 아이들 육아에도 어머니가 함께여서 얼마나 다행인지 모릅니다. 아무것도 모르는 철부지 며느리를 친정엄마보다 더 많이 챙겨주셨죠. 일주일에 서너 번 며느리 집에 오셔서 집안일도 도와주셨죠. 손자, 손녀 예방접종할 때마다 어머니를 찾으면 "그래, 가꾸마"라고 하셨죠. 어머니 덕분에 두 아이 모두 건강하게 자랄 수 있었답니다. 그래서 어머니를 친정엄마보다 더 좋아했답니다.

어머니의 운전 경력이 17년쯤 되었을 때, 타고 계시는 차가 말썽을 일으켜 폐차하게 되었죠. 마침, 저희도 장기 대여차로(렌터카) 바꾸는 게 나을 것 같아 사용하던 차를 어머니께 드렸죠. 그런데 1년쯤 지난 2016년 어느 날, 떨리는 목소리의 어머니 전화를 받았죠.

"어미야, 차를 박았다. 우야노?"

"어머니 지금 어디세요? 제가 수업 중이라, 혹시 다친 데는 없으세요?"

"그래, 다친 데는 없다"

"어머니 그래도 병원 가보고 보험회사에 연락하세요"

전화를 끊고 나니 마음이 편치 않았답니다. 걱정과 두려움에 전화를 다시 해보니 "지금은 전화를 받을 수 없습니다"라는 말만 계속 나오면서 계속 통화가 되지 않다가 겨우 연결이 되었죠.

"어머니 지금 어떠세요?"

"야~야... 가슴이 벌렁거려서 가까운 친구 집에 좀 앉아 있다가 갈란다"

"그러세요. 어머니, 무슨 일 있으시면 또 전화 주세요"

그날, 어머니가 놀란 것 말고는 따로 다친 곳이 없다는 사실에 얼마나 감사했는지 모릅니다. 사고처리를 하는 중 어머니의 과실이 크지만, 주차 차량을 박은 거라, 사고처리와 폐차는 보험회사를 통하니 추가적인 비용을 들지 않았답니다. 어머니가 가입한 보험이 많으셔서, 사고 비용을 추가로 내지 않고, 오히려 돌려받을 수 있었죠. 어머니가 보험설계사로 20년 근무한 경력이 빛을 발휘하는 순간이었죠.

생활력이 강한 어머니, 아버님의 오랜 지병으로 가정을 꾸려 나가셨죠. 1985년엔 구멍가게와 식당일, 보험설계사까지 하셨죠. 시댁 어른들과 시고모 4명은 물론 어머니가 결혼하실 때 태어난 막내 삼촌을 제 자식 돌보듯 보살펴야 하셨죠. 아버님이 작고하시고 난 후, 작은삼촌댁에 들릴 때마다 어머니의 마음이 편치 않다는 걸 알고 있었답니다. 지난 시절, 고된 시집살이와 설움이 어머니에게 평생의 상처로 남아있다는 뜻이겠죠.

"며늘아, 포항 동창 모임 갔다가 홍게 좀 가져왔데 가져다줄까?"

"아니요, 어머니. 시골 친정 갔다가 어머니 집으로 갈게요"

"알았대이, 조심해서 다녀오너라. 사랑해"

"네~에, 어머니"

5월 첫째 주, 어머니는 매년 동창회 모임에 가시죠. 장소는 늘 변함이 없더군요. 다들 포항이 고향이시니깐 당연한 거겠죠. 그 덕에 어머니를 기다리게 된답니다. 작년에는 '회'를 아이스박스에 담아오셨죠. 올해 5월에는 홍게를 드셨다면서, 양이 너무 많아 먹고도 남았다면서 가져오셨죠. 손자, 손녀와 자식을 먹이고 싶은 어머니의 따스한 정을 다시 한번 느낄 수 있었죠. 어머니의 그런 모습을 저도 본받아야 할 텐데, 나중에 제가 어머니의 나이가 되면 두 아이들은 오히려 싫어하겠죠?

어머니, 작년 늦여름 경주펜션으로 휴가를 갔었잖아요. 쁘띠 토마토 펜션에서 어머니와 1박2일을 보냈죠. 야외수영장과 실내 스파, 바비큐장 등 우리 가족이 머물기에 딱 좋았죠. 도착하자마자 어머니와 아이들은 수영복으로 갈아입고 물놀이를 했고, 쏟아지는 빗속에서도 두 아이와 어머니는 물놀이 삼매경에 빠져 있었죠. 어머니와 한여름의 끝을 기분 좋게 보낼 수 있어 기뻤답니다. 저녁에는 삼겹살을 구워서 어머니와 저랑 맥주로 건배도 했죠.

"참, 좋다"

"며늘아, 고맙다"

가볍게 "네~에"라고 대답했지만, 따스한 어머니의 마음을 온몸으로 느끼고 있었답니다. 저녁을 먹은 후, 두 아이들과 따스한 물에 스파 하시라고, 입욕제를 넣어 드렸죠. 차가운 수영장 물에 있다가 온탕

물에 몸을 담그니 잠이 쏟아지신다면서 바로 주무셨던 어머니. 좋은 꿈 꾸셨는지 모르겠어요.

"어머니, 늘 좋은 꿈 꾸세요"
"어머니, 지금처럼 오래도록 함께 있어주세요"
"사랑합니다. 어머니"

4. 딸에게 쓰는 편지

네가 남자친구를 사귄다면

"우리 딸 남자친구 있니?"

"아니야, 엄마 무슨 소리?"

"우연히 페이스북에서 연애 중이라는 글을 봤거든. 그리고 또래 친구들도 남자친구 있다길래 괜히 그래 보나 싶어서 물어본 거야"

"응"

네가 남자친구를 사귀게 된다면 말이지, 엄마는 우리 딸이 먼저 고백하는 건 아니라고 생각해. 지금 시대는 여자가 먼저 고백하는 것이 대세라고 하지만, 엄마 시대에는 여자는 '무조건 까칠하게 튕겨야 한다'라는 말도 있었어.

엄마는 말이야. 우리 딸이 남자친구 사귀는 걸 반대할 생각은 없어. 다만 우리 딸이 좋아하는 사람보다 우리 딸을 좋아해 주는 사람이었으면 좋겠어. 그리고 어떤 경우가 생겨도 사랑하는 사람을 지켜줄수 있는 사람이면 좋겠어. 무엇보다 우리 딸을 사랑하는 것이 가장 중요하겠지. 여자들은 생리적 변화가 한 달에 한 번 찾아오기 때문에 짜증이 날 수도 있어, 그런 짜증도 잘 받아주는 사람이면 좋을 것 같아. 아빠처럼. 자기 생각이나 고집도 필요하겠지만, 딸의 의견을 받아주고 많은 얘기를 나눌 수 있는 사람이면 좋을 것 같아.

'다홍치마'라는 말처럼 잘생기면 좋겠지만 인물보다는 예의 바른 친구였으면 좋겠어.

"그럼 공부는?"

이쯤 되면 딸이 한마디 할 것 같은데, 엄마 생각은 그래.

공부 잘하는 것도 좋겠지만, 창의적이고, 활동적인 사람이 딸에게 더 도움 될 것 같네. 우리 딸의 꿈이 웹툰 작가니깐, 많은 소재 거리를 제공해주는 사람이면 좋을 것 같아. 4차, 5차 혁명 시대라고 하는데, 공부 하나만 잘하는 것으로는 먹고살기 힘들 것 같아. 하하하. 엄마가 너무 앞서간다고 생각할 수도 있겠지만, 엄마가 살아보니까 그랬어. 공부가 전부인 줄 알았는데, 살아갈수록 공부가 전부는 아닌 것 같아.

아직 10대 청소년인 딸에게 너무 엉뚱한 이야기만 한 것 같네. 참, 꼭 말해줘야 할 게 있어. 만남만큼이나 잘 헤어질 수 있는 것도 중요하단다. 왜냐하면 헤어질 때 아쉬움을 남기는 친구가 오랜 시간이 지나도 좋은 친구로 기억될 수 있거든. 성인이 되어 직장에서 만날 수도 있고, 다른 단체에서 만날 수도 있거든. 헤어짐의 상처가 두려울 수도 있겠지만, 예방주사도 자국이 남잖아. 진심을 다하는 사람에겐 진심의 사랑이 통한다고 생각해.

사랑은 자기 자신의 마음도 다스릴 줄 알고, 사랑하는 사람의 마음도 알아주는 것이 무엇보다 중요해. 너무 서두르지는 말고, 네게 사랑이 왔을 때 진심을 다해 네 마음을 열기만 하면 돼. 그다음은 사랑이 네 문을 활짝 열어줄 테니까. 엄마의 얘기가 네 마음에 닿았으면 좋겠어. 먼 미래의 일이 될 수도, 내일의 일이 될지도 모르니까.

참 엄마, 아빠에게 사랑의 표현을 연습해도 괜찮을 것 같아. 예행연습한다 생각하고 말이야.

네 곁에 늘 책이 함께 하기를

우리 딸이 등교하는 모습을 15층에서 내려다보는데 아파트 나무들이 온통 초록 빛깔로 뒤덮여 있구나. 울창한 나무를 볼 수 있는 아침이 엄마는 행복하단다.

올해는 유난히 개나리, 목련, 벚꽃이 일찍 피어나는구나. 봄 날씨치고는 변덕이 심해 딸이 감기에 걸리지는 않을까, 엄마는 늘 신경이 쓰인단다. 중학생이 되고 나니, 등교하는 시간도 빨라지고, 월요일부터 금요일까지 수업시간은 길어졌지. 거기다 방과 후 수업까지 끝내고 돌아오면 오후 6시. 많이 힘들지?

하지만 그럼에도 불구하고 일주일에 한 번 있는 독서모임을 안 간다고 하지 않아서 얼마나 다행인지 모르겠어. 엄마가 강제적으로 하라고 한 것은 아니지만, 딸이 '하고 싶다'라고 말해주기를 내심 바랬거든. 왜냐하면 독서지도를 하는 윤슬 작가님이 엄마가 억지로 밀어넣는 게 아니라, 아이가 하고 싶어 해야 한다는 조건이 있었거든. 독서가 아니고도 다른 것들도 바쁜 아이들한테 독서까지 공부로 다가가는 것을 원하지 않으셨거든. 아마 독서를 하다가 중간에 그만두게 되는 상황이 생기더라도, 스스로 책임감을 느낄 수 있게 해주고 싶었던 것 같기도 해.

다른 하나는 우리 딸이 학교 친구 이외에 다른 친구들과 어울리는 시간이 필요하다 생각했어. 다행히 독서모임에는 같은 학년의 민지와 서윤이가 있어, 엄마는 딸이 친구와 함께 책을 나누는 즐거움을 두 배로 즐길 수 있기를 기대했어. 딸도 알고 있잖아? 작가님은 아이들의 마음을 살펴 조금씩 끌어당기는 분이시잖아. 다른 친구의 생각도 듣게 하고, 알고 있는 것을 정리해서 발표할 수 있도록 하고, 글로 표현하면서 마무리하는 연습을 하시잖아. 엄마는 그런 과정들이 네가 살아가는 데 꼭 필요하다고 생각해. 엄마는 책을 읽어야 하는 이유와 책 읽는 습관이 중요하다는 것을 경험을 통해 알고 있단다. 우리 딸은 엄마가 어떤 과정을 거쳐 왔는지 알고 있잖아? 마흔이 넘어 공저를 3권이나 쓴 작가 엄마. 엄마가 여기까지 오는데 독서의 힘이 가장 크단다.

엄마는 책을 통해 사춘기에 접어든 우리 딸의 감정코칭을 배우게 되었어. 물론, 다른 여러 교육도 필요하지만, 온전히 내 것으로 만들기 위해서는 책만 한 것이 없다고 생각한단다.
'하루도 책을 읽지 않으면 입안에 가시가 돋친다'라는 안중근 의사, '책은 내가 주머니에 넣고 다니는 꿈이다'라고 얘기하신 장영희 교수님의 말씀을 엄마는 잊지 않고 있단다. 일생의 목표를 세웠으면 그 목표를 세우기 위해 해야 할 것이 가벼운 책 하나를 주머니에 넣고 다니는 일이라고 하셨단다. 네가 경험하지 못한 것들을 배우게 되고, 가보지 못한 곳을 간접적으로 데려가 주는 '책 세상'을 우리 딸이 절대 놓치지 않았으면 좋겠어.
그리고 혹시 모르지. 언젠가 엄마와 딸이 함께 책을 출간할 날이 올지.

네가 울던 날

엄마는 욕설이 무조건 나쁘다기보다 아무리 하찮은 의미라도 하지 말았으면 좋겠어. 우리 딸이 한 거친 말들이 사라지지 않고, 이 지구 위에 공기처럼 떠돌아다닌다면 어떻게 될까? 그 말이 나무에게도, 냇물에게도, 눈송이에도. 딸아, 조금 어렵겠지만 엄마는 너의 선한 마음이 그대로 지켜졌으면 좋겠어.

"햄스터 통 청소해라, 소영아, 성백아!"

"응~~"

아빠 방에서 성백이는 컴퓨터로 유튜브를 보고 있었지.

"성백아 청소하자"

"안 들리나 보네. 소영아, 방에 가서 얘기해"

"야!! 18 새끼야"

순간 엄마는 두 귀를 의심했단다.

"뭐라고, 딸 좀 전에 뭐라고 얘기했어?"

"18 새끼, 그거 욕 아닌데."

"다시 한 번 얘기해볼래?"

"그거 욕 아니라고"

"뭐, 뭐라고? 선생님에게 가서 말해봐. 아빠한테 가서 얘기해봐, 제정신이니?"

네 목소리보다 훨씬 더 큰 목소리로 엄마가 얘기했지. 엄마의 불호령에 소영이가 베란다 문틀에 기대어 훌쩍였던 것을 엄마는 몰랐단다.

왜냐하면, 엄마는 성백이랑 햄스터 케이지 청소를 하고 있었거든.
잠시 성백이가 너를 다시 불렀지.
"누나야 좀 도와줘. 응~~?"
너는 못 들었는지, 아무 말이 없었지.
"소영아! 성백이가 도와달라잖아"
대답 없는 딸 곁으로 엄마는 다가갔지.
"못 들었다고, 안 들렸다고"
울먹이는 네 모습은 마치 '나 지금 너무 속상하니깐 건들지 말라고,
아무것도 하고 싶지 않아'라고 얘기하는 것 같았어. 그 순간, 엄마는
고민이 많았단다. 너를 어떻게 대해야 할지. 하지만 그런 마음과 다
르게 엄마의 말투는 예쁘게 나가지 않았단다.

"하고 싶지 않다면 싫다고 말하던지, 왜 동생을 기다리게 하냐고?
못 들은 게 아니고, 하고 싶지 않아서 안 들리는 척한 거 아니니?"
울먹이는 목소리로 네가 얘기를 하는데, 변명인지 짜증인지 구분이
되지 않았어. 그 모습에 화가 난 엄마는 그만 폭발하고 말았지. 후드
티에 딸린 모자를 잡고, 너를 거실로 질질 끌고 나왔지. 너의 의지와
상관없이 말이야. 그 모습에 당황한 너는 "꺼이, 꺼이" 소리 높여 울
음을 터트렸지. 바로 그때 성백이가 엄마에게 달려와 꽉 껴안고
울면서 말했지.
"엄마, 하지 마!"
"내가 잘못했어. 엄마 미안해. 누나가 불쌍해"
성백이의 말에 엄마는 정신이 번쩍 들었단다.
아, 딸에게 하지 말았어야 할 행동을 했구나.
머리카락이 얼굴에 덕지덕지 붙어있고, 눈물, 콧물은 뒤범벅이 되어

바짝 마른 네 몸을 더 왜소하게 보이게 만들었어.

하지만 아직 엄마의 화가 풀리지 않았다는 이유로 미안한 마음을 외면하면서 너를 달래주지 않았어. 그렇게 20분 정도 지났을까. 울음을 그친 딸이 엄마에게 와서 말했지.

"엄마, 미안해. 내가 잘못했어"

도대체 무엇이 정답인지 모를 만큼 혼란스러웠어.

분명 엄마인 나의 행동이 잘못인데, 네가 먼저 사과를 하다니 말이야.

"엄마도 미안해"라는 말을 해야 하는데, 차마 그 말이 나오지 않았단다.

엄마는 네가 아닌 엄마 자신에게 화가 나서 사과를 받을 수도, 사과를 할 수도 없었단다.

그런 다음 눈물을 손으로 쓱 닦고는 아무런 일 없었다는 듯, 동생이 닦아온 햄스터 케이스를 조립하더구나. 톱밥을 깔아주고, 그 위에 밥그릇, 물통도 달고, 목욕 모래를 담아주면서 네 마음을 달래더구나. 소영아, 언제 이만큼 컸니?

소영이가 화장실에 신문 뭉치를 버리러 갔을 때, 의자에 앉으면서 성백이가 말했더구나.

"엄마 표정, 무서웠어. 그리고 누나가 그런 욕 쓸 일 없는데.

엄마가 잘못 들었겠지?

이번엔 엄마가 잘못했어. 먼저 사과해"

성백이의 말에 엄마는 가슴이 뜨끔했단다. '버릇을 고쳐줘야겠다'라는 핑계 아닌 핑계로 제대로 사과하지 않은 엄마의 모습이 들킨 것 같아 부끄러웠단다. 그래서 잠들기 전, 너를 껴안고 "엄마도 미안해, 많이 아팠지? 미안하고, 사랑해!"라고 얘기했었지.

엄마의 목소리를 듣자마자 금세 새근거리며 잠드는 네 모습을 보며
엄마가 너무 몰아세우기만 한 것 같아 얼마나 미안했는지 모른단다.
소영아, 엄마가 그때 제대로 사과를 못 했어.
이번에 제대로 다시 사과할게.

"소영아. 엄마가 미안해. 엄마 마음 빨리 받아줘서 고마워"

소영이에게 쓰는 편지

임신 4개월, 그날의 아찔한 순간을 엄마는 지금도 잊을 수가 없단다.

우리 딸의 탄생과 기쁨은 온 우주를 모두 준다고 해도 바꿀 수 없는
축복이었단다. 엄마에게 너의 존재는 기쁨이고 행복이었단다. 하지
만 네가 태어나기 전, 하나의 사건이 있었단다. 너를 임신하고, 4개
월쯤인 것 같아. 갑자기 엄마 배가 아프지 시작했어. 그때 아빠는 2
박 3일 일본 출장을 앞두고 있었지. 엄마는 대수롭지 않게 임신해서
오는 배앓이 정도라고 생각했지. 그런데 한 부분만 콕콕 찌르는 통
증이 계속되는 거야. 도저히 참을 수가 없어서 아빠에게 병원에 가
자고 했지. 그때가 저녁 6시쯤이었다. 야간진료를 하는 성모 산부인
과로 갔는데, 엄마가 마지막 환자였어. 선생님은 이리저리 배를 만져
보더니 이렇게 말씀하셨어.
"급성 맹장염인 것 같네요. 대학병원으로 빨리 가보세요"

할머니와 아빠는 걱정스러워 어쩔 줄 모르고, 엄마도 살짝 긴장했었
단다. 심각하게 아픈 게 아니라서 별일 없을 줄 알았는데, 그게 아
닌 거야. 그 길로 대학병원 응급실로 달려갔단다. 그런데 산모라서
x-ray 촬영을 함부로 해줄 수 없다는 거야. 왜냐하면, 산모가 방사
선에 노출되면 태아에게 큰 영향이 줄 수 있다는 거야. 기형아 출산
의 원인이 될 수도 있다고 얘기했어. 어쩔 수없이 다시 돌아왔단다.
다음날 아침, 아빠가 일본으로 떠난 후, 할머니와 봉덕동에 위치한

다른 병원으로 가보았지. 역시 동네병원에서도 촬영을 거부하더구나. 대신 소견서를 써주면서 곽 병원을 추천해주었어. 아무것도 먹지 않고, 곽 병원으로 가서 진료를 받았지. X-ray 촬영을 할 때, 4~5센티 두께의 특수 플라스틱으로 태아를 가리고 촬영을 하더구나. 방사선 노출을 막기 위해서라고 했어.

"급성 맹장입니다. 지금 바로 수술해야 합니다"

얼마나 두렵고 무서웠는지 모른단다.

"저~ 태아는 괜찮을까요?"

"맹장과 자궁의 위치가 떨어져 있고, 태아가 아직 크기 전이라 별 이상 없을 겁니다. 그리고 마취약은 최대한 태아에게 영향 가지 않게 소량만 투여할 겁니다"

괜찮을 거라고 안심시키는 의사의 말이 귀에 들어오지 않았단다. 출장 간 아빠에게 이 사실을 알려야겠다고 생각하고 있는데, 할머니께서 엄마를 말리시더구나.

"먼 곳까지 출장 갔는데, 신경 쓰이게 연락하지 마래이. 금방 끝난다는데"

할머니의 말씀에 얼마나 섭섭했는지 눈물이 났단다.

'그래도 혹, 우리 딸이 잘못되면 어쩌나?'라는 걱정과 두려움에 아빠 회사로 연락했단다. 그때만 해도 지금처럼 로밍 되는 휴대폰이 없었거든.

"권 대리님, 제가 지금 맹장수술을 바로 해야 하니 빨리 연락 부탁드려요"

태어나서 삼십 년 만에 처음으로 수술실을 들어갔지.

"금방 끝납니다. 산모님, 숨 크게 들어 마시세요"

수술실에서 수면 마취를 했는데, 잠깐 졸았다는 느낌과 함께 눈이 떠졌단다.

"마취약이 정확하네요. 수술 잘 되었습니다"

그제서야 안심이 되었던지, 안 하던 입덧이 심해지기 시작했단다. 아마 딸이 마취약 냄새가 많이 싫었던 모양이야. 긴장한 탓인지. 입원실로 올라와 한숨 자고 일어나니, 장미꽃바구니를 들고 아빠가 도착했더구나.

"웬 꽃바구니야?"

"회사 직원들이 보냈네"

아빠의 얼굴을 보니 마음이 한결 편해지면서, '아~이제 괜찮구나!' 라고 안도의 한숨을 내쉬었단다. 하지만 그것도 잠시 3인실인 병실에, 쾌쾌한 화장실 냄새 때문에 입덧이 심해져 도무지 음식도 제대로 먹을 수가 없었단다. 일주일을 입원해야 한다고 하는데, 엄마가 너무 힘들어 퇴원을 앞당겼단다. 그때, 엄마는 아주 중요한 것을 깨달았단다. 엄마에게는 자신의 생명보다 태어날 딸의 생명이 더 소중하다는 것을, 세상의 모든 엄마는 위대하다는 것을, 새삼 확인했단다.

2005년 6월 14일 오후 2시 30분. 몸무게 3.2kg

예정일이 다가오고, 세상 밖으로 나오겠다는 신호는 없고, 엄마는 신호를 달라며 너에게 계속 노크를 했단다. 하지만 우리 딸은 아무런 대답이 없더구나. '싸~'하게 아랫배만 묵직하게 굳어졌다가 아프기를 자꾸 반복할 뿐이었지. 선생님은 태아의 무게가 3.2kg이라며, 자연분만보다는 제왕절개를 권했단다. 일반적인 태아의 무게보다 많이 나간다고 하시면서 지금 진통이 없는 상태라 시간이 더 지나면, 태아도, 산모도 위험할 수 있다 하더구나.

진통이 없어 유도 분만 알약을 먹고 두 시간이 흘렀고, 이미 관장까지 마친 상태라 더 이상은 기다릴 수 없다고 하셨단다. 엄마는 수술하기로 마음먹었고, 아빠는 수술 동의서에 자필 서명을 하고 대기실에 할머니와 기다리고 있었단다. 한 시간 정도 흘렀을까. 우리 딸의 우렁찬 목소리가 들려왔단다.

"축하드립니다. 공주입니다"

의사의 말을 듣고 엄마는 비로소 안도의 한숨을 내쉴 수 있었단다. 그러고 보니, 우리 딸을 만나기 위해 엄마는 큰 숨을 두 번 내쉬었구나. 맹장수술 때, 한 번. 분만실에서 한 번.

소영아, 살다 보면 그런 날이 있을 거야. 인생의 고비라고 느껴지는 힘겨운 날이 있을 거야. 그럴 때 엄마처럼 크게 숨을 들이마시고, 뱉어보렴. 한 번이 안 되면, 두 번. 두 번이 안 되면 세 번. 엄마가 소영이를 만난 기적처럼, 기적 같은 일이 너를 찾아올 거야.

딸아, 우리 미리 연습 한번 해볼까?

한 번. 두 번. 세 번. 후~~~~~.

5. 아들에게 쓰는 편지

가상 유서 쓰기

공개수업 날. 6학년 교실 문을 조용히 열어 안으로 들어갔단다. 옹기종기 모인 친구들이 보였지. 참관수업을 하러 온 학부모들도 보였어. 그중 한 분이 엄마에게 교실 뒤편 활동지를 보라고 눈짓을 했단다. 궁금한 마음에 엄마는 유심히 들여다보았지.

「제목 – 가상 유서 쓰기 체험」

어떤 내용이 들어있을까? 엄마는 아들의 글이 많이 궁금했단다.

"마지막 날이 되었다. 얼마 살지 못한, 내 13년을 어떻게 보냈는지 모르겠다. 엄마, 아빠, 누나, 햄찌(햄스터이름)를 사랑하고, 그리고 내가 아는 모든 분 고맙고, 사랑하고, 감사하다. 이제 갈 시간이 되어서 힘이 점점 **빠진다**"

글을 읽는데, 눈물이 핑 돌더구나.

마지막이라는 표현과 13년 동안 고마운 사람들 잊지 않고, 감사하다는 표현도 할 줄 알고, 가족들을 사랑한다는 말도 하고, 마냥 어리광 부리는 아들인 줄 알았는데, '감사할 줄 아는 아이'로 자란 것 같아 마음이 참 따뜻했단다. 그러면서 엄마는 혼잣말을 했단다.

'우리 아들 잘 컸네'

기특한 아들의 글을 읽고, 엄마는 아들의 얼굴을 한 번 더 쳐다보았지. 엄마의 마음을 알았는지, 활짝 웃어 보이며, 엄마의 눈빛에 답해주더구나. 오후 3시쯤 학교에서 돌아온 아들을 엄마는 찐하게 포옹하면서 얘기해주었지.

"아들, 오늘 멋지게 공개수업 잘하더라. 그리고 가상 유서는 감동적이었어"

양손으로 엄지 척을 들어 보이며 활짝 웃어주자, 아들은 당연하다는 듯 수줍은 미소를 보여주었지. 조금 늦은 발달로 엄마가 아들로 인해 마음고생 한 날도 많았지만, 그런 날들보다 엄마에게 기쁨을 주고, 행복했던 날이 훨씬 더 많았단다. 바로 오늘처럼 말이야.

아들아, 고맙고, 또 고맙다.

p s. 아들, 가상 유서 첫 줄을 읽을 때 엄마의 눈이 뿌옇게 흐려지더라. 잠깐 숨 고르기 하고 다시 읽었단다. 엄마를 생각하는 아들, 누나를 생각하는 마음을 알 수 있었단다. 그리고 햄스터 이야기. 햄스터를 데리고 집에 온 첫날, 엄마는 경악하며 소리를 질렀지.

"왜 데려왔니?"

사실 다른 무엇보다 엄마는 아들이 호기심에 데려와서 키우다가 싫증 나면 돌봐주지도 않고, 관리도 하지 않을까 봐 걱정했단다. 그러다가 혹시 버리게 되는 건 아닐까 하고. 그래서 의논을 했어야 하지 않겠냐라고 묻기는 했지만, 실은 아들 말이 맞기는 해.

"의논했으면 엄마가 키우라 했겠어?"

그래, 아마 엄마는 "안돼"라고 말했을 거야. 아들, 이왕 데려왔으니까, 생명은 소중히 다루고, 청소는 3일에 한 번씩 해줘야 해. 햄찌의 운명이 다할 때까지 건강하고, 깨끗하게 키우자. 약~~속!!

엄마는 아이의 눈물을 보고 자란다

4월 11일 수요일 오후 4시쯤, 지성 선생님(헬스 트레이너)과 일대일 수업시간. 아들은 50분 수업을 하고, 목욕탕으로 들어갔지. 엄마랑 6시에 만나기로 하고. 엄마는 10분 일찍 나와서 아들을 기다리고 있었단다. 갑자기 남탕 사우나 문이 "쾅" 열리더니, 아들이 울먹이며 나왔지.

"엄마... 흑흑"

신발을 양손에 들고 '나 지금 너무 슬퍼요!'라는 표정으로 나오는데, 심장이 두근거렸단다.

"무슨 일이야?"

"사우나 아저씨가 글쎄, 내가 안 그랬는데 흑~흑"

"천천히 얘기해봐, 무슨 말이야?"

"사우나 아저씨가 ... 내가 면봉 통에 ... 스프레이 뿌렸다면서, 모가지 비틀어 버린다고 말했어... 흑.. 흑"

아들은 너무 억울하다며 엄마에게 '아저씨 혼내줘!'라는 표정이었단다.

"뭐?"

순간, 당황한 엄마는 말문이 막혔단다. 아들에게 다시 물어보았지.

"뭐라고? 아들이 안 그랬는데, 사우나 아저씨가 그런 말을 했단 말이야?"

"흑흑~응 그랬다고"

그 말을 들은 엄마의 심장이 더욱 빨라지기 시작했어. 걷잡을 수없이 쿵쾅거렸지. 가슴을 손으로 한 번 쓸어내린 후, 데스크 직원에게 얘기했단다.

"남탕 사우나로 전화 연결해 주세요"

일단 아들의 말이 사실인지, 아닌지 확인해보기로 하고, 통화가 연결되기를 기다렸단다.

엄마의 심장 소리가 이때처럼 크게 들렸던 적은 없었던 것 같다.

'아니길, 아이가 잘못 들었기를'

누군가 전화를 받았고, 사우나 아저씨의 음성 같았단다.

"저 윤성백 아이의 엄마입니다. 혹 아이에게 심한 말을 하셨나요?"

"네~에"

설마, 설마 했는데, 사실이라고 하니, 엄마는 너무 당황스러웠단다.

"아저씨! 사실 확인을 위해 밖으로 좀 나와 주세요"

엄마의 단호한 말투에 아들도 살짝 긴장하는 것 같았지. 평소 상대방을 배려하고, 존중하는 엄마의 말투가 아니라는 걸 알아차린 것이지. 아저씨는 바로 밖으로 나오셨어. 하얀 머리카락이 오십 대 중, 후반쯤이란 걸 예상할 수 있었지.

엄마는 다짜고짜 아저씨에게 따지듯 물었단다.

"아저씨 우리 아들에게 심한 말 하셨나요?"

아저씨는 다시 한 번 엄마의 눈치를 살피더니 "네~에"라고 대답하셨지. 너무 어처구니가 없어 다시 물어보았지.

"왜 그런 말을 아이에게 하셨어요?"

"아이가 공동으로 사용하는 면봉 통에 스프레이를 뿌리고, 헤어젤도 짜놓고, 하지 말라고 얘기를 해도 말을 안 들어서 좀 심한 말을 했지요"

'아차!' 싶었다.

'아들이 잘못한 게 사실이구나!'

잠시 말문이 막혀 고개를 들 수가 없었어. 아들이 잘못한 상황은 맞지만, 아무리 그렇다고 해도 아저씨가 아들에게 한 말은 너무 심하다는 생각을 지울 수 없었다.

"아저씨, 아이가 잘못을 했으면 조심하라고 타일러야죠?"

"아지매! 야가 한두 번이 아니라요"

이발소 아저씨도 얘는 타일러도 말을 듣지 않는다고 말을 하는데, 엄마는 귀를 의심했단다.

'한 번이 아닌 여러 번? 우리 아들이?'

애써 마음을 진정하고 아들에게 다시 물어보았어.

"아들아, 네가 그런 것 맞나?"

"아들아, 아저씨 말이 맞냐고?"

고개를 숙인 채 아무 말도 못 하는 아들, 엄마는 아들의 눈빛이 흔들리는 것을 보았단다.

"스프레이를 머리에 뿌리려다 호기심에 면봉에다 뿌려보았고, 헤어 젤도 그렇게 해봤어"

'어, 이게 아닌데...'

사태를 수습해야 할 것 같은데, 방법이 떠오르지 않았다. 아들의 호기심이 심했던 모양이다. 하지만 아저씨의 말과 행동이 나에겐 더 심각한 문제로 느껴졌다. 그래서 용기 내어 단호한 목소리로 아저씨 에게 얘기했다.

"아저씨, 아이에게 사과하세요. 아저씨 손자에게도 그렇게 얘기하시나요?"

오히려 아저씨를 다그치는 엄마의 눈빛에 아이의 얼굴은 한결 편안 해하는 것 같았다.

"미안하다, 애야. 너도 그러면 안 된다. 알았지?"

아이에게 사과하는 아저씨의 표정이 좋게 느껴지지는 않았어. 하지만 애써 외면했단다.

"왜 그러니?" 한 번쯤 물어봐 줬으면 어땠을까?"

아이가 반복적으로 장난을 친다면 "너 이름이 뭐니?, 누구랑 같이 왔니?"를 물어보고 함께 온 어른에게 얘기를 해도 될 텐데, 굳이 그렇게 험한 말을 할 필요가 있었을까, 별의별 생각이 다 들었다.

아저씨가 들어가고 난 다음, 알 수 없는 여러 감정이 올라오면서 눈물이 났단다. 그런 엄마의 모습이 신경 쓰였는지, 아들이 엄마를 위로하면서 같이 울었지.

"엄마. 엄마 울지 마"

늘 아기같이 감싸주기만 했던 아이가 엄마를 위로해주는 모습에 가슴이 아팠단다. 애써 가슴을 진정하고 아들에게 조심스럽게 물었지.

"아들아! 네가 잘못한 건 사과를 하는 게 맞지 않을까?"

"엄마... 금요일에 사과할게"

"음... 금요일보다 오늘 사과하는 게 어떨까? 어때? 아들 생각은?"

"생각해볼게"

조금 망설이더니 아들이 남탕 사우나로 들어갔단다. 그리고 잠시 후에 나와 말했지.

"사과하고 왔어"

"진짜? 잘했다. 잘했어. 우리 아들. 엄마는 잘못한 건 솔직하게 사과하고, 사과를 받을 건 확실하게 받는 게 맞다고 생각한단다. 아이든, 어른이든 인정할 건 인정할 줄 아는 용기가 필요해"

아들의 손을 잡고 집으로 걸어오며, 엄마는 생각했단다.

"아들아, 오늘 정말 잘했어. 사과를 미루지 않고 오늘 해줘서 고마워"

아들아. 거짓말쟁이는 어지간히 기억력이 좋지 않으면 언젠가는 모든 것이 들통나기 마련이야. 양치기 소년처럼 말이야.

그러니 거짓말은 하지 않는 것이 좋을 것 같아. 어때? 약속할 수 있겠어? 다른 또 하나, 나이 먹은 어른이라고 해서 다 어른은 아니란다. 아들도 언젠가 어른이 될 테니깐. 삶은 나이순이 아니거든. 그에 맞는 행동을 해야만 어른 대접을 받거든. 앞으로 아들도 어른들이 심한 말이나 행동을 할 때에는 울지 않고 얘기를 할 수 있었으면 좋겠단다. 운다고 해결되는 일은 없거든. 이번 일이 너에게 상처가 되지 않고, 좋은 경험이 되었으면 좋겠구나.

p.s 그 후 사우나 아저씨는 아들에게 빵, 음료수를 주었다. 그 고마움에 두유 한 박스를 전달해 드리며, "고맙습니다"라고 꼭 인사를 하라고 얘기해주었다.

엄마의 온도는 사람의 정상체온보다
1도 높은 37.5도

2006년 11월 30일. 오후 2시 30분 신호가 왔어. 급히 화장실로 달려가 부푼 배를 쓰다듬으며, 내장 찌꺼기를 쏟아내었지. 그래도 부푼 배는 가라앉을 기미가 보이지 않았단다. 수술시간은 다가오고 두려운 마음으로 하얀 침대 시트 위에 누웠지. 천천히 투명 유리막이 열리는 곳으로 천천히 들어갔단다. 수술복으로 갈아입은 엄마를 향해 간호사가 말했단다.

"이제 마취할게요. 숨 크게 들어 마셔보세요"

간호사의 음성이 점점 희미하게 들리더니, 곧이어 "응애, 응애"하는 소리가 들려왔단다.

"축하드립니다. 아들입니다"

마취에서 완전히 깨어나지 못한 엄마는 제대로 눈을 뜨지 못해 아들의 얼굴을 자세히 볼 수 없었단다. 아빠와 할머니는 누구보다 기뻐하셨지. 곧이어 입원실로 옮기는데, 간호사의 다급한 음성이 들려왔단다.

"산모가 자궁출혈이 멈추지 않아요. 피를 빨리 빼내야 합니다"

말이 떨어지기 무섭게 갑자기 엄마의 수술 부위를 눌러버리는 거야.

"악~~"

엄마는 외마디 비명도 지를 수 없을 만큼 고통스러웠어. 간호사의 손짓은 10분 뒤, 더 다급해졌단다. 보통 시간이 지나면 자연스럽게 출혈이 멈추어야 하는데, 엄마는 자궁출혈이 멈추질 않는다는 거야.

엄마의 통증이 2배로 고통스러웠단다.

간호사는 급히 의사를 호출하고, 눈도 제대로 뜨지 못하는 엄마를 침대 시트 그대로 옮겨서 어디론가 데려가는 거였어. 아마 분만 대기실인 것 같아. 몰골이 말이 아닌 엄마를, 아빠는 창백하다 못해 울상이 된 얼굴로 내려다보며 말했단다.

"괜찮아? 괜찮은 거야?"

아빠가 묻는 말에 엄마는 고개만 끄덕일 뿐 어떤 말도 할 수 없었단다. 모든 감각을 잃어버린 느낌이었다고나 할까.

갑자기 온몸이 추워지더니, 사시나무 떨리듯 벌벌 떨기 시작했단다.

"너무 추워요, 너무 추워"

이 말만 계속 반복한 것 같구나.

"출혈이 심해서 지금 수혈하고 있습니다"

짧고 가는 음성만 들려올 뿐이었지. 엄마는 '헉' 하는 숨소리도 내지 못하고, 갑자기 헛구역질을 하기 시작했단다. 정신을 차릴 수 없을 만큼 힘들었단다. 나중에 알고 보니 혈액을 냉장보관하는데, 차가운 혈액이 몸 안으로 들어가면서 강한 거부반응을 일으킨 거라고 하더구나. 미처 혈액을 데울 수 없을 만큼 심각한 상태였다고 하더구나. 아빠는 혹시 엄마가 잘못될까 봐 걱정스러운 마음으로 내내 엄마의 손을 놓지 않고 있었지. 출혈은 멈추지 않고, "벌써 2봉지째 수혈입니다"라는 말만 들려왔단다.

아랫배가 타는 듯한 통증과 함께 '이대로 죽는 게 아닐까?'라는 생각이 들었단다.

이대로 죽을 수 없다고 생각에 애원하듯 간절히 기도드렸어.

하늘이 노랗고, 지옥과 천국을 넘나드는 문 앞에 와 있는 느낌이라고나 할까??

"제발 배 그만 누르세요. 제발 너무 아파요. 흑흑"

너무 아파서 울 힘도, 말할 힘도 없었단다. 그리고는 기억이 없단다.

다시 의식을 차려 보니 아빠의 얼굴이 보이더구나.

'아~~~살아있었구나!'

"위험한 고비는 넘겼습니다만, 새벽까지 완전히 출혈이 멈추지 않으면 대학병원으로 옮겨야 합니다"

위험한 고비를 넘겼다는 말에 목이 말라 물을 한잔 마시고 싶었는데, 물조차도 마실 수 없었단다. 왜냐하면, 자궁출혈로 장기들이 운동을 멈춘 상태에서 회복되는 첫 번째 신호가 방귀(가스)여서, 방귀가 나와야 물을 마실 수 있다고 했어. 그래서 물을 마실 수가 없었고 거즈에 물을 적셔 입술로 쪽쪽 빨아먹었단다. 그때의 물맛이 얼마나 달고 맛있었는지. 거즈 몇 개를 빨아먹었는지 모르겠단다.

그러다 작디작게 방귀가 나온 거야.

"방귀 나왔어. 방귀! 이제 물 마셔도 되는 거지?"

벌컥벌컥, 물 한 컵이 그렇게 간절해 보기는 처음이었던 것 같아.

아침 7시쯤 된 것 같아. 다행히 출혈이 멈춰 입원실로 올라가도 된다고 했단다. 하루 동안 엄마의 모유 대신 분유를 먹었을 아이를 생각하니, 뱃가죽이 땅기는 건 문제가 아니었단다. 아들의 얼굴이 어른거려 뜨거운 타월로 가슴 마사지를 수없이 반복했단다. 손목이 뻐근함을 느낄 때쯤 모유를 유축기로 짜보니, 초유의 양이 60ml쯤 되더구나. 정말 다행이다 싶었지. 입원실에서 2시간 단위로 혈압체크를 하고 있었는데, 어느 날 간호사가 고개를 갸웃거리면서 말하더구나.

"혈압 수치가 정상수치보다 높게 나왔어요. 약 처방 들어가야겠네요"
'어, 이건 또 무슨 소리인가, 고혈압이라니?'
어쩔 수 없이 혈압약을 복용했는데, 약으로 인해 엄마의 몸은 더 힘들어졌단다. 주위가 핑 도는 어지럼증과 몸이 붕 뜨는 증상이 동시에 느껴지면서 견딜 수가 없었단다. 처방전에는 매일 두 알씩 먹으라고 되어 있었는데, 어쩔 수 없이 간호사에게는 '먹었다'라고 말하고. 약은 쓰레기통에 버렸단다.
"모유 수유에는 아무 영향 없습니다. 그러니 드셔도 됩니다"
엄마를 안심시켜주려는 간호사의 말에도 엄마는 '혹시나'해서 약을 먹지 않았단다. 일주일 입원 후, 조리원으로 가서 이른 아침 7시에 모유를 짜서 아들에게 먹이고, 오전 10시쯤 직접 수유를 하러 가면 아들은 배가 고팠는지 허겁지겁 엄마의 모유를 먹었단다.

2주간 조리원에서 지내던 어느 날이었어. 지금 생각하면, '엄마 귀에만 들렸나' 싶기도 해. 조리원은 아파트형으로, 바깥소리가 전혀 들리지 않는 단독 원룸같이 실내가 구성되어 있었지. 옷장 하나와 침대, 의자 2개와 테이블, 일인용 TV, 냉장고가 있었어. 벽지 냄새가 좀 자극적이었지만 창문을 열어 환기시키면 괜찮았단다. 그러다 피곤해서 침대에 기대어 깜빡 잠이 들었단다.
"똑. 똑. 똑"
누가 문을 두드리는 줄 알고 "누구세요?"라고 문을 활짝 열어보았는데, 아무도 없었단다. 이상하다 싶어, 소리 나는 곳으로 귀를 기울어 보았어. 천장 어딘가에서 나는 소리 같았어.
몇 초 간격으로 정확하게 '똑. 똑. 똑' 떨어지는 소리는 갈수록 엄마의 신경을 날카롭게 만드는 거야. 특히, 밤 시간엔 더욱 크게 들리는 거야. 도저히 견딜 수 없어 간호사에게 얘기했단다.

"음... 잘 들리지 않는데, 아, 지금 들리네요"

바로 위층도 조리원인데, 지금은 비어있는 방이라며. 고개를 갸웃거리며 방을 나갔어. 정말 소름 돋는 일이었단다. 그러면서 별생각이 다 들더구나. 도저히 잠을 잘 수가 없어 방을 바꿔 달라 해서 다른 방으로 옮겼는데, 그 방에서도 계속 똑같은 소리가 희미하게 들려오는 거야. 완전 소름 돋지 않니? 엄마는 너무 무서워 밤에는 불을 켜놓고 잠을 청했단다.

결국 퇴원하는 날짜보다 이틀을 앞당겨 조리원을 나왔단다. 정말 끔찍한 2주였던 것 같아. 죽을 고비를 넘기고, 아들에게 꼭 초유를 먹이고 싶은 마음에 엄마의 고통은 아무것도 아니라며 애써 외면한 고혈압의 위험. 그리고 조리원의 이상한 소리들, 이 모든 것을 이겨냈단다. 아들아, 사랑하는 엄마의 체온이 36.5도보다 1도 높은 37.5도라고 말하는지 알겠니?

p.s 엄마가 아들에게 부탁이 있단다. 나중에 엄마가 나이 들고, 힘이 없어 움직이기 어려울 때 아들이 엄마를 외면하지 않고, 밥도 떠먹여 주고, 엄마가 눈이 어두워 글씨를 못 볼 때, 엄마를 위해 대신 책도 읽어주면 좋겠구나. 엄마의 작은 부탁이란다. 아니, 큰 부탁인가? 아들을 사랑해. 사랑해.

에필로그

나의 일상이 되어버린 글쓰기.

험난한 산을 오를 때 힘들지만, 일단 오르고 보니 뿌듯함을 감출 수가 없는 것 같다.

엄마의 알록달록한 옷들과 함께한 인생이 앞으로는 황금색만 채워지길 바라는 마음과 어머니 박수자 여사에 대한 고마움을 종이 위에 옮겨보았다.

보답할 줄 아는 청소년으로 자라길 바라는 마음으로 딸과 아들에게 편지를 썼다. 앞으로 용기 잃지 않고 자라날 아이들, 소영이와 성백이와 함께 나 또한 '자라는 엄마'가 될 거라고 다짐해본다.

가끔 어머님과 불편한 관계가 되었을 때 늘 중립을 지켜준 현명한 신랑에게 고마움을 전해본다.

세상 모든 일은 여러분이 무엇을 생각하느냐에 따라 일어납니다

-오프라 윈프리

한 번은 전하고 싶었던 이야기
부제, 어른이 된다는 것은

1쇄 발행 2018년 11월 26일
지은이 김미영 김인설 김채영 조국향 조재자

발행처 담다
발행인 김수영
디자인 고현경
제　작 네오시스템

등록번호 제25100-2018-2호
주소 대구광역시 달서구 조암로 25
메일 damdanuri@naver.com
블로그 blog.naver.com/damdanuri
문의 070-7520-2645
팩스 070-8262-2645

ISBN 979-11-960763-8-2 (03810)

생각을 담다. 마음을 나누다.
도서출판 담다에서는 소중한 원고를 기다립니다.
출간에 대한 기획이나 원고가 있으신 분은 damdanuri@naver.com으로 보내주세요.